Peter Godazgar, Kathrin Heinrichs, Carsten S. Henn,
Jürgen Kehrer, Ralf Kramp, Tatjana Kruse,
Sandra Lüpkes und Sabine Trinkaus

8

Peter Godazgar, Kathrin Heinrichs,
Carsten S. Henn, Jürgen Kehrer,
Ralf Kramp, Tatjana Kruse, Sandra Lüpkes
und Sabine Trinkaus

8

KBV

Originalausgabe

www.kbv-verlag.de
E-Mail: info@kbv-verlag.de
Telefon: 0 65 93 - 998 96-0
Fax: 0 65 93 - 998 96-20
Umschlaggestaltung: Ralf Kramp
unter Verwendung von: © Giuseppe Porzani · www.fotolia.de
Redaktion: Volker Maria Neumann, Köln
Druck: Aalexx Buchproduktion GmbH, Großburgwedel
Printed in Germany
ISBN 978-3-942446-91-4

Vorab

Im äußersten Winkel der Uckermark, in einem winzigen Nest nur wenige Kilometer von der polnischen Grenze entfernt, steht eine prachtvoll renovierte Villa. Die Heimat ist fern, die Internetverbindung instabil, das Telefonnetz löchrig wie ein zerschossener Fluchtwagen. Genauso hatten wir es uns vorgestellt, genauso sollte es sein. Keine lockenden Vergnügungen in erreichbarer Nähe, kein Sightseeing, keine Feinschmeckerlokale – nur wir, das Haus und unser kühner Plan.

Wir sind Krimiautoren. Jeder von uns hat bereits eine stattliche Anzahl von Morden auf dem Kerbholz. Zusammen haben wir etwas mehr als hundert Kriminalromane verfasst. Multipliziert mit einem Leichenaufkommen von durchschnittlich drei pro Buch entsteht eine beachtliche Zahl, und ergänzt man dann noch das, was in unseren unzähligen Kurzkrimis so anfällt, wird die ganze Brutalität unseres bisherigen Schaffens nur allzu deutlich.

Was würde geschehen, wenn wir uns zusammenfänden, um unsere geballte kriminelle Energie zu bündeln – so fragten wir uns eines Tages. Könnte das gelingen? Ein einziger Roman, verfasst von acht experimentierfreudigen Autoren, in nur acht Tagen, mit dem Titel … na, nennen wir das Projekt mal »8«. Wir haben es getan.

Wir waren in unser Refugium gereist, ohne ein noch so dürftiges Konzept im Koffer zu haben. Fest stand nur der Titel, und fest stand auch, dass wir das Experiment am Ende möglicherweise als gescheitert würden erklären müssen. Aber schon beim ersten Brainstorming im Kaminzimmer wurden die Bruchstücke unserer Geschichte erkennbar. Und in den folgenden Tagen befeuerte ein kollektiver Dauerschreibrausch unseren Ehrgeiz.

Am Ende waren wir um eine großartige Erfahrung reicher. Wir waren uns selbst allabendlich beim Vortrag des Tagespensums die schärfsten Kritiker, wir haben viel voneinander gelernt und sind an der enormen Aufgabe gewachsen, unsere unterschiedlichen Schreibstile einander brauchbar anzupassen. Das alles – so viel steht unumstößlich fest – konnte nur gelingen, weil uns diese eine Zahl vorangetrieben hat. Lernen Sie sie auf den folgenden Seiten kennen!

Peter Godazgar, Kathrin Heinrichs,
Carsten Sebastian Henn, Jürgen Kehrer, Ralf Kramp,
Tatjana Kruse, Sandra Lüpkes und Sabine Trinkaus

Acht

Der Geruch ist betäubend. Eine süße, schwere Wolke, die an Schmeißfliegen denken lässt. Ich weiß nicht, ob das meine Übelkeit verursacht, oder ob es am Sekt liegt – dieser süßen, viel zu teuren Brühe, die ich vorhin hastig hinuntergestürzt habe, um die Angst zu überspielen.

Ich schlucke Gedanken und Brechreiz weg. Es spielt keine Rolle. Heute Abend ist alles egal.

Ich will nicht hier sein. An diesem Ort, an dem ich mich noch fremder fühle als überall sonst. Aber was ich will, zählt nicht mehr. Sie wollte, dass ich komme. Hat das passende Ambiente gewählt, um ihren Sieg zu feiern. Sich zu weiden an dem, was aus mir geworden ist. Ich tue, was sie will. Ich habe mich lange gewehrt. Jetzt weiß ich, dass es sinnlos ist. Der Kampf ist verloren. Den kläglichen Rest gebe ich ihr gern. Kaufe damit den Keim der Hoffnung, dass sie dann endlich genug hat.

Sie ist ganz in der Nähe. Ich höre ihre Stimme, aber ich verstehe nicht, was sie sagt, weil die dicke, stinkende Frau neben mir schrill kichert. Ein Mann betatscht ihren fleischigen Rücken, zieht dann weitere Jetons aus der Tasche und legt sie an den Platz, auf den sie gackernd zeigt. Verschleudert achtlos das, von dem alle hier offenbar im Überfluss haben. Die satten, selbstzufriedenen Ignoranten.

Als ich vorhin an den Tisch trat, haben sie mich misstrauisch beäugt. Jeder sieht, dass ich nicht passe, sogar die Großkotze hier, die von sich selbst besoffenen ist.

Es dauert nicht lange. Ein paar Minuten, dann nehmen sie mich nicht mehr zur Kenntnis. Das ist immer so. Früher oder später werde ich unsichtbar.

Das ist die Quelle. Ich habe lange geglaubt, dass es die Schuld ist, die sie auf sich geladen haben. Aber Schuld kann man vergeben. Schuld nährt nicht den Hass, der in mir gärt. Es ist die Beiläufigkeit, mit der sie in mein Leben eingegriffen, mich ein ums andere Mal aus dem Gleis gehoben und in die falsche Richtung katapultiert haben. Das hat die Wunden gerissen, die nicht heilen. Sie haben mir all das angetan und ein paar Minuten, Stunden, Tage danach vergessen, dass ich überhaupt da bin.

Ich weiß das seit jener Nacht, in der ich alles verstanden habe. Auch, dass sie letztlich nicht verantwortlich sind für das, was passiert ist. Sie steckt dahinter. Sie war es die ganze Zeit. Sie stellt die Weichen und sorgt dafür, dass es niemals besser wird. Sie hat von Anfang an verhindert, dass ich eine Chance bekomme.

Ich betrachtet die Jetons, die vor mir am Rande des Tisches liegen. Mehr Geld, als ich erwartet habe. Geld, das ich so dringend gebraucht hätte in den letzten Monaten. Aber der Schnösel in der Bank hat es mir vorenthalten. Sparvertrag, hat er gesagt, festgelegt, da könne man nichts machen, das tue ihm wirklich leid. Jetzt kann man etwas machen, aber jetzt ist es zu spät. Jetzt könnte ich davon höchstens ein paar Monate Aufschub kaufen. Die nächste Demütigung hinauszögern. Aber früher oder später muss ich doch hingehen. Zur Agentur für Arbeit, die alles hat, nur keine Arbeit. Nicht vermittelbar, werden sie mein Scheitern nennen, werden mich in die Reihe der Versager schicken, die dankbar sein müssen für die Krumen, die man ihnen zuwirft. Ob ich es morgen tue oder in ein paar Monaten spielt keine Rolle. Mir schien es sinnvoller, ihren Anweisungen zu folgen. Ich werde ihr dieses letzte Opfer bringen, bunte Jetons auf ihren Altar legen. Ich werde ihr all das Plastik in den gierigen Schlund stopfen, zusehen, wie sie es zerkaut und ausspuckt, so wie alles, was in meinem Leben je von Wert war. Vielleicht ist sie dann zufrieden. Vielleicht stimmt das Opfer sie milde. Vielleicht lässt sie dann endlich von mir ab.

Der Croupier sagt etwas. Hände schieben Jetons über grünen Filz. Jetzt kann er sie sehen.

Die Acht.

Eine Zahl, denken die Ignoranten. Alle hier halten sie einfach für eine Ziffer, ein abstraktes Konstrukt, auf das die Welt sich geeinigt hat. Ich weiß es besser. Sie hat sich mir offenbart, hat mir ihre Macht wieder und wieder gezeigt. Es hat eine Weile gedauert, aber in jener Nacht habe ich alles verstanden.

Ich sehe sie an, sie erwidert meinen Blick hämisch und kalt. Eine Schlange, die sich fortwährend neu erschafft, unendliche Qual und Demütigung, nur sie weiß, wo alles beginnt und endet. Sie ist so viel mehr als Zahl, ist Fluch, ist Geißel, mein Dämon und mein Untergang.

Ich hasse es, wenn sie mich auslacht. So wie jetzt.

Meine Hände schieben trotzdem, geben ihr alles. Ich ergebe mich, sagen die bunten Jetons, ich gebe auf.

Ihr spöttisches Lachen übertönt fast den Croupier, nichts geht mehr, sagt er, ahnt nicht, wie recht er hat. Das Rad beginnt zu kreisen, die Kugel wird geworfen, sucht klackernd ihren Platz.

Ich schließe die Augen. Warte auf den Moment. Das letzte Scheitern, von dem ich hoffe, dass es Befreiung birgt. Klackern und Sirren, Suchen und Finden, Sekunden, in denen die Kugel alles bestimmt. Jetzt ist es ganz still. Für eine Sekunde scheint die ganze Welt zu verstummen. Dann bricht die Hölle los.

Die Umstehenden kreischen, Hände klopfen auf meinen Rücken. Die stinkende Frau fällt mir um den Hals. Ich rieche Alkohol und Schweiß. Sie küsst mich auf die Wange. Ich schiebe sie weg, angewidert, überfordert, Kaskaden geheuchelter Freude, durchsetzt von Neid und Unverständnis. Worte prasseln unverständlich auf mein Trommelfell.

Ich kann sie nicht verstehen, ich kann auch nichts sagen. Ich kann nur auf das Rad starren. Auf sie, die Acht, die die Kugel an sich genommen hat.

Der Croupier schiebt mit seinem langen Stab buntes Plastik über den Tisch, schiebt alles zu mir, Berge von Jetons. Zwei Männer in Anzügen tauchen auf, schirmen mich diskret ab. Sie sind höflich, ihr Lächeln ist falsch. Sie fragen, ob ich weiterspielen möchte, mich einen Moment zurückziehen vielleicht.

Ich ignoriere sie. Konzentriere mich auf sie, die Acht, die zum ersten Mal ohne Häme lächelt. Es ist an der Zeit, sagt sie. Wir ändern die Regeln. Jetzt bist du an der Reihe, sagt sie. Jetzt spiele ich auf deiner Seite. Schau sie dir an, die Idioten. Sie denken, du hast mich gewählt.

Aber wir beide wissen, dass es umgekehrt ist.

Vertrau mir.

Ihre Stimme ist süß und schmeichelnd. Vertrau mir und ich mache alles wieder gut. Deine Zeit ist gekommen. Jetzt ist deine Zeit endlich gekommen.

Ich habe dich erwählt, sagt sie.

Die Aufregung um mich herum ist einer gespannten Stille gewichen. Alle starren mich an. Ich bin am Zug. Auf einmal kommt es auf mich an.

Ich lege die Hände auf die Jetons. Zögere nur eine Sekunde. Ich höre sie raunen. »Nein«, haucht die Dicke, »wollen Sie wirklich …«

Ich beachte sie nicht. Schiebe alles zurück.

Ich nehme die Acht beim Wort.

Nichts geht mehr. Das Rad setzt sich in Bewegung. Nichts geht mehr.

Erneut schließe ich die Augen.

Achtung Baby!

Die Frage war jeden Morgen um fünf Uhr die gleiche: Weckte ihn sein Funkwecker mit einem der besten Hits aus den achtziger, neunziger, nuller Jahren und von heute – oder sein verfressener Kater, der ihn hungrig in den Fuß biss. Heute war erfreulicherweise der Wecker schneller. *U2* spielten *Achtung Baby*, der richtige Song. Es versprach ein guter Tag zu werden.

Andy wuchtete sich aus seinem ausladenden Bett – und wurde von seinem Kater in die Zehen gebissen.

»Morgen, Lamprecht. Willste lieber was Nahrhaftes?«

Bevor sich der Fünf-Kilo-Kater entscheiden konnte, ob Füße nahrhaft genug waren, ging Andreas in die Küche und öffnete eine Dose *Sheba Thunfisch*, deren Inhalt weitaus besser aussah als die drei Tage alten, kalten Ravioli, die er selbst löffelte. Direkt aus der Dose. Danach schlurfte er ins neongelb gekachelte Bad, putzte sich die Zähne, duschte sich – und bemerkte erst an der Wohnungstür, dass er vergessen hatte, sich zu rasieren. Egal, er arbeitete beim Radio, da fiel das keinem auf. Genauso wenig wie seine schluffigen Jeans oder der ausgebeulte Kapuzen-Sweater. Alles vielleicht ein bisschen zu jugendlich für einen Mann über vierzig, aber er würde niemals Anzug tragen, das hatte er sich geschworen.

Es war noch nicht viel los in Köln-Sülz. Die Pizzeria, die direkt unter seiner Wohnung lag und in der er niemals essen würde, weil er unfreiwillig Einblick in den Küchenhof des Gründerzeithauses hatte, war abgedunkelt und verriegelt. Er ging die zwanzig Meter hinüber zur Bahnhaltestelle am Gürtel, wo jeden Morgen dieselben Nasen warteten. Er lehnte sich gegen den Stromkasten und nickte ihnen zu. Geredet hatte er noch mit keinem von denen. Wenn man damit erst einmal anfing, musste man sich immer nebeneinandersetzen, und Andy wollte nichts anderes als seine Ruhe.

Quatschen musste er gleich eh noch genug. Bei *Powerradio KKN. Köln Kult News* von sechs bis neun Uhr. Super Laune und Spitzenmusik. Direkt gegenüber der Haltestelle war die Plakatwand großflächig tapeziert, das Bild zeigte einen lachenden Andy in Bermudashorts, der in einem Rettungsreifen in einer riesigen Tasse Kaffee trieb. Saudämliches Plakat. Hatte sich die neue Chefredakteurin einfallen lassen. Und nun musste er jeden Morgen, wenn er aus dem Haus trat, seiner eigenen Visage begegnen.

Seit fünfzehn Jahren war er bei dem Laden, er war die Stimme des Senders, er war der Star. Die Straßenbahn hielt am Mediapark, Andy ging Richtung Hochhaus Nummer 7, vorbei am Teich mit den Tretbooten, ein paar Tauben aufscheuchend, die sich auf dem Platz versammelt hatten. Die Strecke legte er wie in Trance und halb schlafend zurück, den Aufzugknopf der elften Etage drückte er, ohne hinschauen zu müssen. Er mochte die Ruhe des Morgens, keine Hektik, vor allem da ihm der Abend gestern im *Heising & Adelmann* immer noch in den Knochen steckte – und zum Großteil in der Leber.

Die Aufzugtüren glitten auf, Andy trottete weiter – fast genau in Saskia Schmölln hinein.

»Guten Morgen, Herr Otto. In zehn, nein, warten Sie, neun Minuten gehen Sie auf Sendung. Da bleibt ja noch ordentlich Zeit zur Vorbereitung.«

Saskia Schmölln war die neue Chefredakteurin, seit gut zwei Monaten, und sie pisste an jeden Baum, um ihr Revier abzustecken. Sie war der harte Knüppel, den die Betreibergesellschaft geschickt hatte, um die Quoten nach oben zu prügeln. Die Morgen-Show war dabei die wichtigste Sendung. Unzählige ließen sich davon wecken, hörten sie beim Frühstück und auf dem Weg zur Arbeit. Entsprechend teuer und begehrt waren die Werbeplätze. Es gab sogar Vertragspartner, die Geld dafür zahlten, ihren neuen Film, ihr neues Album oder Buch in Andys Sendung zu präsentieren, dann musste er morgens mit unausgeschlafenen Studiogästen über Themen reden, die ihm am Arsch vorbeigingen: Teenagerschwangerschaften, die Rettung der Berggorillas oder die Plastikmucke eines Castingshowgewinners. Ob man sich da vorbereitete oder nicht, kam nach Andys Verständnis aufs Gleiche raus.

»Ich mach das spontan, wissen Sie doch. Das wirkt authentischer als dieser vorbereitete Kram.«

»Das wirkt nicht authentischer, das wirkt unvorbereitet! So etwas spürt der Hörer.«

»Unterzuckern Sie gerade?«

Saskia Schmölln war im Gegensatz zu ihm perfekt gekleidet, ihr silbergrauer Hosenanzug passte wie maßangefertigt, ihre messerscharf auf Kinnlänge geschnittenen, blonden Haare betonten ihre hohen Wangenknochen, ihre Lippen hatten ein sanftes, frisches Rosa. Sie war jünger, erfolgreicher und schicker als er. Aber mit ihrer Stimme würde sie es niemals vors Mikro schaffen, die klang nämlich, als wäre sie in dem Alter, in dem man lieber Gummitwist spielt, als andere herumzukommandieren.

»Bitte?«, fragte sie nach. »Habe ich das richtig gehört? Ob ich unterzuckere?« Jetzt wurde sie richtig laut. »Herr Otto, seien wir doch mal ehrlich: Sie machen seit Jahren dasselbe. Dieselben lahmen Sprüche, dieselben Anmoderationen, und Ihre Musikblenden sind lausig. Wissen Sie was? Ich bin es leid mit Ihnen.« *Ich bin die Pippi Langstrumpf, hollahi holla ho holla hoppsasa* – genau so klang sie gerade. Andy musste sich zusammenreißen, nicht gleich loszulachen. »Es gibt Dutzende, ach was Hunderte, die Ihren Sendeplatz wollen, die sich den Arsch aufreißen würden dafür.«

Ja, bestimmt der schöne Thorsten, dachte Andy, der würde dann das Mikro vollschleimen. Doch er sagte nichts. Die Sache zwischen der Schmölln und dem schönen Thorsten war nur Sendertratsch, und er wollte es heute Morgen nicht übertreiben.

»Wenn Sie nicht etwas Neues, sagen wir mal Frisches finden, dann war das Ihre letzte Schicht bei uns.«

»Sie können mich nicht feuern, Chefin.« Er grinste sie an. Andy hatte schon vier Chefredakteure kommen und gehen sehen. Auch die hier würde er locker überstehen. »Ich bin die Stimme des Senders. Und das Gesicht auf den Plakaten.«

»Zeit für eine Gesichtstransplantation.«

Mittlerweile hörten die Kollegen zu. Nicht, dass sie sich um sie versammelt hätten wie bei einem Duell in *Gold Rush City*, nein, sie taten so, als wären sie mit allem Möglichen beschäftigt – doch waren dabei so leise wie selten.

»Ich meine es völlig ernst, Herr Otto. Lassen Sie sich etwas einfallen. Und zwar heute. Überzeugen Sie mich, dass ein Mann Ihrer Klasse keine zwei Stunden Vorbereitung braucht wie alle anderen Kollegen. Ansonsten können Sie sich einen anderen Sender suchen, der Ihre Arbeitshaltung unterstützt.« Sie drehte sich zu den Kollegen an den Schreibtischen um. »Meine Damen und Herren, Sie können jetzt aufhören zu lauschen und weiterarbeiten.«

Andy ging ins Studio, vorbei an Carina, sie war morgens für die Verkehrslage im Sendegebiet zuständig – und abends für die in seinem Bett. Sie sah aus wie diese amerikanische Schauspielerin mit dem breiten Grinsen, die auf die Rolle des inzwischen erwachsen gewordenen Teenagerschwarms abonniert war, auch wenn Carina es hasste, mit ihr verglichen zu werden.

»Die Schmölln hat völlig recht, reiß dich mal am Riemen«, raunte sie ihm von ihrem Platz aus zu. »Du stehst auf der Abschussliste. Nimm das bloß nicht wieder auf die leichte Schulter.«

»Ach Quatsch!« Andy trat in die kleine Ecknische, welche Carina etwas übertrieben ihr Büro nannte. Sie erhob sich vom Stuhl. Ihre großen, braunen Augen verrieten Unruhe, und während sie ihm seine widerspenstigen Haarsträhnen hinter die Ohren legte und seinen Sweater geradezog, hatte sie schon fast etwas Mütterliches an sich. »Ich will hier doch noch länger mit dir zusammen arbeiten.« Und dann küsste sie ihn vor der versammelten Mannschaft auf den Mund. Was war denn hier los?

Andy ging ins Studio, schloss die Tür hinter sich, warf sich in den Drehsessel, setzte die Kopfhörer auf, hörte den ersten Track vor, mit dem die Sendung gleich beginnen würde, um die Stelle zu programmieren, an der er richtig Gas gab, stellte das Mikro ein und rief seine Spracheinstellung auf. Noch liefen die Nachrichten, die der Kollege im Studio zwei nebenan vorlas, gleich war er dran. Sein Finger schwebte über dem Knopf, mit dem er den Trailer seiner Sendung abfeuern konnte. Sein Puls zog an, Adrenalin rauschte durch seinen Körper, selten fühlte er sich so lebendig wie bei einer Livesendung. Jetzt war es so weit. Klick.

»Einen wun-der-schönen Guten Morgen ins *Powerradio-KKN*-Land. Die Sonne ist schon aus ihrem Bettchen gekrochen, hier ist *Morgens um Andy*, ich bin Andy Otto und hier kommt einer der Songs für die einsame Insel: Gotye und *Somebody That I Used To Know*.«

Er startete den Track.

Die erste Stunde seiner Sendung war mit einer vorproduzierten Comedynummer von Oliver Kalkofe, einem Telefoninterview mit einer Guerilla-Strickerin aus Bochum und einem Vorbericht zum ersten *Iron Man* in Schwerte gefüllt – und damit, dass Andy sich Gedanken machte, was er Saskia Schmölln bieten konnte. Zusätzlich vibrierte ständig das Handy. Klar, seine Mutter, die immer noch nicht kapiert hatte, dass sie während der Sendung nicht anrufen sollte. Er ging nicht ran. Sie stand im Seniorenheim immer mit den Hühnern auf und wusste vor dem Frühstück nichts mit sich anzufangen. Familie war leider nichts, was nur anderen Menschen widerfuhr.

Sein letzter Take, er musste die nächste Stunde anteasern, die Leute dazu bewegen, dass sie die öden Nachrichten überstanden und am Radio blieben.

»Kurz vor sieben, für alle, die nicht für den *Iron Man* trainieren, geht es hier gleich weiter und ich kann euch versprechen: Es wird sich lohnen. Gleich geh ich wie jeden Morgen runter zum Büdchen und hol mir bei meinem Kumpel Wolle einen Kaffee, in dem der Löffel stecken bleibt und – ihr ahnt es schon – den Witz des Tages!« Er ließ den nächsten Song schon mal anklingen. »Außerdem bring ich eine Überraschung mit, mit der ihr und vor allem meine bezaubernde neue Chefin Saskia Schmölln bestimmt nicht rechnet. Was ganz Neues! Was ganz Frisches! Also bis gleich!«

Als er aus dem Studio trat, stand Saskia Schmölln schon vor seiner Tür. Irgendwie wirkte sie größer als vorhin, vielleicht hatte sie noch hochhackigere Schuhe angezogen. »Was sollte das gerade?«, wollte sie wissen.

»War doch nett, oder? Klingt als wären wir eine große, glückliche *Powerradio-KKN*-Familie. Sie sind die Mutti, und ich …«

»… der Sohn, von dem sich herausstellt, dass er im Krankenhaus vertauscht wurde.«

»Sie können ja richtig witzig sein.«

Doch Saskia Schmölln lächelte nicht. »Da bin ich ja mal sehr gespannt auf Ihre große Überraschung.«

Das war Andy auch, denn er hatte keinen Schimmer, was sie sein sollte.

Draußen auf dem Platz war inzwischen etwas mehr Trubel. Für seinen täglichen Sieben-Uhr-Ausflug zu *Wolle's Büdchen* brauchte er immer so um die zehn Minuten – war also knapp genug, das Ganze, und heute musste er auch noch irgendwas mitbringen, womit seine Chefin nicht rechnete.

Eine von den rotzfrechen Tauben? Und die dann live entfedern? Oder eine Ente vom Teich? Er könnte auch irgendeinen Passanten ansprechen und ihn hochschleifen. Doch ein Mensch von der Straße war jetzt auch nicht so wahnsinnig überraschend, und wenn der dann auch noch nichts zu sagen hätte, eine glatte Nullnummer. Es sei denn, der stellte sich als psychotischer Serienkiller heraus – aber so ein Glück würde Andy heute wohl kaum haben, auch wenn Köln mit seinem öffentlichen Personennahverkehr alles dafür tat, dass es mehr von der Sorte gab.

Wolle's Büdchen lag am Ring. Schon von Weitem war die Schrift an der Seite zu erkennen: *Wolle's Powerradio-Büdchen – Jeden Tag frische Witze!* Wolfgang Rademacher machte ein Geschäft draus – sollte er ruhig. Andy kannte ihn schon ewig, die zwei waren zusammen zur Schule gegangen. Wolle hatte allerdings nicht nur eine, sondern gleich zwei Ehrenrunden gedreht, sodass er nachher mit Andys kleinem Bruder den Schulabschluss gemacht und die Bundeswehrzeit absolviert hatte. Trotzdem, das Dorf, in dem sie aufgewachsen waren, war klein genug, dass man die Menschen, die man dort traf, ein Leben lang kannte.

Wolle wartete schon auf ihn, klar, er hörte ja auch *Powerradio KKN*. Andy flog immer von rechts an, jeden Morgen dieselbe Schleife, am selben Busch vorbei, immer genau gleich … Hey, was war das da? In diesem Busch kurz vor dem Zeitungsständer sollte nichts Rosafarbenes sein. Der war grün, alle Blätter, schon immer gewesen, seit Andy hier landete. Der hatte auch keine Früchte oder Blüten oder so. Der war ganzjährig langweilig grün. Und jetzt lag da etwas Rosafarbenes drunter, oder besser: Es war pink. Schreiend pink. Andy bückte sich, um es erkennen zu können. Ein Handy, Samsung Galaxy, neueste Generation mit *Hello-Kitty*-Abdeckung, noch ohne Kratzer. Er hob es auf.

»Morgen, du alte Kackbratze«, grüßte Wolle.

»Morgen du Gesichtsbaustelle«, antwortete Andy und reichte ihm die Hand zum Einschlagen. Wolle erinnerte Andy immer an diese Insekten, die wie ein Zweig aussahen. Er war hager, sehnig, und groß. Und seine Hautfarbe war Birke.

Andy zeigte ihm das Handy. »Weißt du zufällig, wem das gehören könnte? Habe ich da drüben im Busch gefunden. Hat vielleicht einer deiner Kunden eins vermisst?«

»Also, ein Kunde schon mal gar nicht, sondern eine Kundin. Guck dir das rosa Ding doch mal an.« Wolle dachte nach und kratzte sich dazu stilecht die Brustbehaarung. »Heute war noch nicht viel los. Vom Sender war bislang nur diese Sekretärin da. Du weißt schon, die mit den dicken …«

»… Augen?«

»Genau die!«

Das musste Julia sein. Andy ließ das Handy in seine Sweatertasche gleiten, damit er die Hände frei hatte für Wolles Kaffee. Der war nicht anders als der Kaffee oben im Studio – schmeckte aber trotzdem besser, musste an der Umgebung liegen.

»Schwarz wie die Nacht?«

»Schwarz wie meine Seele«, antwortete Andy grienend. Jeden Tag dieselben Gags. Nicht lustig, aber irgendwie beruhigend. Man brauchte solche Traditionen und Stützpfeiler. Andy liebte sein Stammbüdchen, vor dem wie immer zwei Stehtische standen, und das Schild mit der Werbung für Langnese-Eis. Wolle hatte sogar noch ein Süßigkeitenregal, aus dem man sich selber ein Tütchen zusammenstellen und abwiegen konnte. Andy schaufelte sich fünf süße Mäuse, drei saure Pfirsiche und zwei lustige Schlümpfe zusammen. Immer dieselbe Mischung. Den einen Schlumpf würde er gleich Carina schenken, die wusste schon, warum.

»Immer zuerst den Kopf abbeißen«, sagte Wolle beim Wiegen. »Sonst verstößt du gegen das Tierschutzgesetz.«

»Spuck schon aus.«

»Den Witz des Tages?«

»Nee, dein Frühstück. Klar, den Witz des Tages, Mann.«

»Berühmte letzte Worte«, begann Wolle. »Diesmal: Privatdetektiv. Hörst du zu?«

Andy nickte und biss der weißen Maus den Schwanz ab.

»Berühmte letzte Worte des Privatdetektivs: ›Klarer Fall, Sie sind der Mörder!‹« Er lachte schallend.

Andy nicht. »Hm.«

»Du musst das richtig betonen, dann ist es lustig.«

Er legte ihm einsfuffzich für den Kaffee hin. »Was kriegste für die Nervennahrung?«

»Geht aufs Haus. Erwähn nur im Radio, dass es die bei mir auch gibt.«

»Raffinierte Sau.« Andy machte sich auf den Weg zurück zum Radio.

»Ich dich auch. Bis morgen!«

»Hoffen wir's.«

Mist, er hatte nichts für die nächste Stunde, keine geniale Idee. Klar, Wunder gab es immer wieder, aber nicht morgens um sieben in Köln, an einem durch und durch unspektakulären Montag im August. Da waren die Wunder woanders.

Die Tür des Aufzugs surrte auf – keine Saskia Schmölln. War das jetzt ein gutes Zeichen? Keiner blickte auf, als Andy seinen Kaffee schlürfend vorbeiging. Die wichen seinem Blick aus, okay, er steckte also knietief in der Scheiße. Vielleicht reichte ihm die Suppe auch schon bis zum Hals. Er legte Carina den Gummischlumpf auf den Schreibtisch, das machte er immer, ja, er konnte auch romantisch sein.

Als er sich auf seinen Drehsessel setzte, stieß er mit dem Handy, das noch in seiner Tasche steckte, gegen die Lehne und friemelte es heraus. Shit, das musste er Julia gleich noch zurückgeben. 5,4,3,2,1 …

»Goooood Mooorning Vietnaaam … nee Quatsch, falscher Film. Good Morning ins *Powerradio-KKN*-Land. Am Mikrofon ist Andy Otto. Gleich gibt es den Witz des Tages, und hier kommt Frank Turner mit *The Fisherking* für alle Frauen mit tollen, großen, braunen Augen da draußen.«

Er startete den Track. Nur wenige Sekunden später klopfte Carina ans Studiofenster und zeigte ihm unmissverständlich, dass er ja wohl völlig bescheuert war. Aber sie lächelte dabei. Ein wenig.

Als er rausging, war sie aber schon wieder in den Newsroom des Senders verschwunden, deshalb ging er ohne Umschweife zu Julia und warf ihr das Handy auf den Schreibtisch.

»Hab ich beim Büdchen im Gebüsch gefunden.«

Sie blickte ihn an. Julia war so hager, dass sie jeden Gully weiträumig umgehen musste. »Und was soll ich damit?« Sie packte das Gerät mit langen Fingern an einer Ecke an und legte es beiseite.

»Telefonieren, simsen, Pornos gucken. Was alle damit machen.«

»Das mach ich lieber mit meinem eigenen.«

»Ich dachte, das sei deins.«

»Mit *Hello Kitty*? Bin ich acht? Na danke. Hier nimm's wieder. Und an deiner Stelle würde ich schnell zurück in Studio, der Track ist gleich zu Ende.«

Sie hatte recht. Andy griff sich das Samsung und stürzte zurück, gerade rechtzeitig, um die neue Single von Lloyd Cole zu starten. Das Handy legte er aufs Studiopult. Und vergaß es, trotz der knalligen Farbe.

»Und hier der Witz des Tages, backfrisch von Wolle.« Auch wenn man besser betonte, wurde die Pointe nicht lustiger.

Noch zwei Tracks. Er hatte immer noch keine Idee.

Irgendwas würde ihm einfallen, oder? Irgendwas fiel ihm doch immer ein.

Carina kam rein. »Du denkst an unseren Wohnungsbesichtigungstermin heute Mittag, oder? In der Brabanter Straße.«

»Nachher, in der Brabanter Straße, klar.«, wiederholte Andy fast mechanisch. Es hätte genauso gut »Nashörner schielen rückwärts, wenn's türkis ist« sein können.

»Versetz mich bloß nicht wieder wie beim letzten Mal!« Sie ließ die Tür hinter sich laut ins Schloss fallen.

»Nee. Niemals.« Er fuhr lässig die Blende auf die *Waterboys* und schlug zur Aktivierung der Hirnaktivität mit der Stirn auf den Tisch. Wobei er unglücklich das Handy traf. *Kitty* konnte verdammt wehtun.

Verdammtes Handy.

Verdammt, das Handy!

Noch zehn Sekunden. Andy nahm es in die Hand und schaltete es ein, dann ein kurzer Wisch – nicht mit Code gesichert. Genau das, was er brauchte.

Mike Scott stellte das Singen ein, Andy das Mikro an. »Hier ist Andy und *Morgens um Andy* ist die Welt noch in Ordnung. Aber nicht für alle im *Powerradio-KKN*-Land, das weiß ich ganz genau, denn eben habe ich an *Wolle's Büdchen* was gefunden. Etwas, das jemand jetzt gerade total vermisst. Ruft an, wenn ihr etwas vermisst – oder sogar wisst, was ich gefunden habe.« Er nannte die übliche Nummer, mit der die Hörer direkt bei ihm in der Leitung landeten.

Mit den mal mehr, mal weniger spaßigen Anrufern füllte er die zweite Stunde. Nein, es war kein Ehering, mit dem jemand heute seinen Antrag machen wollte, ebenso kein hochgewürgtes Schnitzel von Mannis Bulettenbude an der Aachener, leider auch weder Madonnas Stringtanga noch das Bernsteinzimmer. Vor der Werbung feuerte er noch den Hinweis ab, dass es rosa sei und man es gerne in Socken stecke. Und nein, es sei nicht das rosafarbene, was die *Red Hot Chili Peppers* auf der Bühne früher in Socken gesteckt hätten. Jeder einzelne von ihnen. Es folgte passend *Give It Away* – manchmal hatte Andy wirklich geniale Ideen, zumindest, was die Musikauswahl betraf.

Nach den Nachrichten war es dann so weit, er lüftete das Geheimnis. »Es ist kurz nach acht hier bei *Morgens um Andy*, die Welt ist noch in Ordnung und vor mir liegt … ein rosafarbenes *Hello-Kitty*-Handy. Und nachdem Madonna mit Stringtanga, und Peter Maffay – hoffentlich ohne – gesungen haben, gucke ich mal rein in die wichtigsten Daten. Und ihr seid live dabei.«

Carina schaute herein. »Spinnst du? Du kannst doch nicht einfach ins Handy von einer Wildfremden gucken!«

»Mach ich ja nur, damit sie es zurückbekommt. Und das alles *on air*.«

»Willst ja nur gucken, ob sie ihren nackten Hintern fotografiert hat.«

»Ach, Hasenöhrchenschnuckiputz, du kennst mich so gut.« Er warf ihr einen Kuss zu, sie zeigte ihm den Mittelfinger. Andy entschied, doch keine zwei Tracks zu warten, sondern direkt nach *Applaus, Applaus* reinzugehen.

»Ich halt es nicht mehr aus, Leute. Ich muss da jetzt reingucken. Einmal gewischt … und … drin!« Er feuerte einen Tusch ab. »Also, wen haben wir da in der Kontaktliste? … *D.U. Imwald* … *E.I. Felstern* … sagt euch das was? Mir nicht! Mal bei den Fotos schauen … Ja, ich weiß, was ihr denkt: Schweinkram, am besten in Nahaufnahme … Mal gucken … nee, gar nix! Komisch, nicht ein Foto … Menno! Aber wartet, da kommt gerade eine SMS rein … ein Klick und …«

Ein Klick und … er sah die Nachricht. Da stand etwas, das er nicht vorlesen wollte, weil es irgendwie, na ja, merkwürdig klang, auf eine beunruhigende Weise ernst.

Hier stimmt was nicht. Hab ein ganz komisches Gefühl. Komm bitte sofort.

Andy entschied sich schnell. »Nach den nächsten beiden Songs verrate ich euch, was drin stand. Nur so viel: von wem immer diese SMS ist, es sieht schlecht aus.«

Radio war wie Sex. Heiß machen, etwas geben, aber nicht alles, lustvoll kitzeln, den Höhepunkt hinauszögern – und dann war es zum Schluss umso geiler für Moderator und Hörer.

Aber deshalb hatte er das Vorspiel diesmal nicht hinausgezögert. Er wollte diese SMS nicht vorlesen. Kurz entschlossen rief er die Nummer an, von der sie kam. Es tutete. Vier, fünf

Mal, dann klackte es. »Hier ist die Mailbox von Christine Irene Osterling. Wenn ich nicht rangehe, bin ich sicher mit meinen Tausendfüßlern beschäftigt. Nachricht bitte nach dem Piepton.« Die Stimme klang streng, wie Fräulein Rottenmeier.

Andy legte auf. Tausendfüßler? Kölner Zoo? Die hatten doch im Terrarium auch Insekten. Er googelte auf dem Handy die Kombination *Kölner Zoo* und *Christine Osterling*. Nix. Einfach nur Christine Osterling? In Köln gab es mindestens vierzehn davon, noch mehr, wenn der Telefonbucheintrag unter ihrem Mann lief oder sich Christine hinter den unzähligen C. Osterling verbarg. *Tausendfüßler* und *Christine Osterling*?

Treffer.

AWO-Kindergarten *Die Tausendfüßler* in Hürth, Leitung: C. Osterling. Auf der Homepage ganz viele Kuscheltiere.

Und jetzt? Das Handy spuckte kaum Informationen aus. Die *Eigene Rufnummer* wurde angezeigt, sonst gab es nichts. Keine weitere SMS, kaum gespeicherte Nummern ... Er machte einen Versuch, die Nummer des Geräts zu googeln, aber das lief ins Leere.

Shit, er musste wieder auf Sendung gehen, erzählte schnell, dass er was über komische Gefühle auf dem Display gelesen habe. Und dann setzte er etwas hinzu, das ihm ganz spontan einfiel, weil das Adrenalin mal wieder Raggamuffin in seinem Körper tanzte.

»Und wisst ihr was, ihr da draußen im *Powerradio-KKN-Land*? Ich weiß auch, wer das geschrieben hat und wo ich ihn oder sie finde. Und genau da fährt euer Andy jetzt hin. *Morgen um Andy* erzähle ich euch, wie die Sache gelaufen ist. Ich habe jetzt ein Date.«

Was für eine Mörder-Story!

Angelacht

Christine ging beim Aufschließen der Kita vieles durch den Kopf. Der muffige Geruch im Innern hielt ihr vor Augen, dass ihr Jahresurlaub nun endgültig vorbei war, andererseits wusste sie: Das war gar nicht so schlecht. Zu Hause saß Rainer, der noch acht Tage Urlaub hatte. Nach zwei gemeinsamen Wochen auf Ibiza war das ein Gedanke, der Christine geradezu in Panik versetzte. Ihr Mann war ihr fremd geworden, beinah unheimlich. Das Bild, wie er am vorletzten Urlaubstag im Appartement auf sie losgegangen war, ließ sie erschauern. Mit einem tiefen Durchatmen schob sie den Gedanken beiseite. Ab der nächsten Woche war wieder Alltag angesagt. Jede Menge Robins und Idas und Leos warteten auf sie, außerdem Mütter mit Erziehungsfragen, Kolleginnen mit gelben Krankenzetteln und der Kita-Träger mit neuen Verordnungen. Christines Arbeit wurde zunehmend komplex, aber sie machte ihr Spaß. Als sie bei ihrer Rückkehr einen Zettel im Briefkasten vorgefunden hatte, dass sie zur Kontrolle der Handwerksarbeiten trotz Urlaubs heute Morgen die Kita aufsuchen sollte, war sie nicht etwa empört, sondern geradezu erleichtert gewesen. So weit hatte Rainer es schon gebracht! Aber wenn sie ehrlich war, hatte es auch Thomas Wiemer so weit gebracht, der Vorsitzende des Elternbeirats. Er hatte gestern bei ihr angerufen, er hatte versprochen vorbeizukommen, als er gehört hatte, dass sie heute hier war – vielleicht konnte ihr das Leben ja doch noch etwas bieten! Jetzt aber hieß es, die Lage zu sichten, und für die gab es nach dem ersten Umschauen nur ein treffendes Wort: Chaos!

Die Handwerker hatten ihre Arbeit ordentlich erledigt, ordentlich aufgeräumt hatten sie nicht. Schon im Flur Materialreste und zwei Säcke mit Bauschutt. Die Möbel aus dem Mäusezimmer hatten sie vor den Eingang zum Turnraum gepackt und wild übereinandergestapelt. In Gedanken ging Christine durch, welche Firmen sie gleich telefonisch zusammenfalten würde. Wütend kämpfte sie sich zum ehemaligen Hasenzimmer durch, das in Zukunft als Ruheraum genutzt werden würde. Schon der erste Blick verschaffte ihr ein gutes Gefühl. Der Farbton, den sie zusammen mit Thomas ausgesucht hatte, war wunderschön. Ein mattes Lindgrün. »Beruhigend«, hatte Thomas gesagt und ihr dabei lange in die Augen geschaut. Das neue Fenster an der Ostseite sah gut aus, ebenso das Laminat. Trotzdem noch jede Menge Arbeit mit Putzen und Einräumen, Christine zog kurzerhand die Tür zu. Das Eulenzimmer hatte dagegen nur einen neuen Anstrich bekommen: ein sonniges Gelb. Das Inventar war in der Mitte zusammengestellt und mit einer Plane abgedeckt worden. In der Ecke stand noch die kitaeigene Leiter. Die Anstreicher hatten es offenbar nicht für nötig befunden, sie zurück in den Schuppen zu räumen. Vielleicht würde Thomas ihr gleich dabei helfen. Aufräumen dagegen konnte sie allein. Sie zog die Folie ab, verstaute sie im Flur und begann, das Chaos zu sortieren. Alles lag durcheinander: Die Stofftiere und Kissen, die in die Kuschelecke gehörten, außerdem alles, was an den Wänden gehangen hatte; ein Satz Stempeldruck-Bilder, eine selbst gebastelte Glitter-Girlande, Fotos vom Aufbau der Spielhäuschen. Sie nahm eine der Aufnahmen in die Hand. Thomas, der ausgelassen in die Kamera lachte. Der Mann hatte so viele Ideen: die Vater-Kind-Übernachtung, die Gründung des Fördervereins, der Alleinerziehenden-Stammtisch, der ihm natürlich besonders am Herzen lag. Seitdem er im Elternbeirat war, hatte Thomas unglaublich viel organisiert. Allein, dass er die Fotoshootings der Kinder selbst in die Hand genommen hatte, um bei den Eltern Geld für den Fotografen zu sparen, das wiederum dem Förderverein zugekommen war! Dieser Berufsfotograf war eine Pfeife gewesen, der die Kinder in Kitschpositionen mit Lolli, Stofftier oder Matrosenmütze abgelichtet hatte. Thomas dagegen hatte total lebendige Aufnahmen draußen im Garten gemacht. Christine hatte dem Fotografen deshalb eine Abfuhr erteilt.

Oder dann die Auseinandersetzung mit Hiltrud Klein! Die Erzieherin hatte den Kindern erzählt, Jungs müssten nicht in der Küche helfen, das wäre Frauenarbeit. Thomas hatte Christine bestmöglich unterstützt und wunderbar zwischen allen Fronten vermittelt. Christine war sehr wohl bewusst, dass Thomas das nicht allein für seinen Sohn tat. Er tat das auch für sie. Um mit ihr zusammen zu sein. Es kribbelte in ihrem Magen, wenn sie nur daran dachte. Kurzerhand entschloss sie sich, das Bild von Thomas auf jeden Fall wieder aufzuhängen, allein um ihn in allen Räumen bei sich zu haben. Sie schaltete das Radio ein und suchte nach dem Tesa, das wieder irgendwer verschusselt hatte. Ihre Finger wühlten sich durch die Inhalte der Schubladen. Es klapperte und raschelte. Bei Radio KKN war gerade der Moderator dabei, ein fremdes Handy zu durchschnüffeln. Sicher ein billiger NSA-Gag auf Kosten der Kanzlerin. Sie fand die Rolle und riss einen Streifen ab. Gerade als sie sich streckte, um das Bild an der Wand zu befestigen, hörte sie die Tür. Er kam – schon jetzt! Ihr Kribbeln wurde stärker. Sie hatten sich zwei Wochen lang nicht gesehen. Schon seine Stimme am Telefon hatte gestern so gut getan. Hektisch überlegte sie: Wie sah das aus, wenn er sie beim Anpinnen seines Bildes erwischte?

Dann war sie plötzlich sicher, er würde sich freuen. Vielleicht war es endlich an der Zeit, sich zu offenbaren. Vielleicht war es endlich, endlich an der Zeit! Aufgeregt fuhr sie sich durchs Haar, schaute an sich hinunter, war drauf und dran, ihm entgegenzustürmen – im letzten Moment entschied sie sich dagegen. Sie wollte nicht ihn finden, sie wollte von ihm gefunden werden. Sich überraschen lassen. Sich ergeben. Sie hörte ihn im Flur, versagte sich, ihn zu rufen. Vielmehr streckte sie sich, um den Tesastreifen festzudrücken. Jetzt hörte sie ihn hinter sich im Raum. Ihr Herz klopfte bis zum Hals. Sie spürte förmlich, dass er sie beobachtete, dass er lächelte bei ihrem Anblick, dass er von ihr fasziniert war. Alles in ihr wollte sich umdrehen, ihm entgegenspringen. Gleichzeitig war der Moment zu schön, um ihn schon zu beenden.

Sportfreunde Stiller sangen im Hintergrund:
Applaus, Applaus,
Für Deine Art mich zu begeistern.
Hör niemals damit auf!
Ich wünsch' mir so sehr,
Du hörst niemals damit auf.

Er kam näher, noch näher. Ihr Nackenhaar sträubte sich, als sie ihn direkt hinter sich spürte, und dann – endlich – war der Augenblick gekommen. Sie drehte sich um.

Wie Achterbahnfahren

Während Andy mit dem sendereigenen, knallroten Smart zum *Tausendfüßler*-Kindergarten unterwegs war, probte er für den Fall, dass er einem Fake erlegen war und hier nichts Außergewöhnliches vorfinden würde, ungefähr 264 verschiedene Gesprächseröffnungen.

»Guten Morgen, Andy Otto von *Morgens um Andy*« – kurze Pause, um dem Gegenüber Gelegenheit zum Verstehen und Staunen zu geben:

»Andy? *Der* Andy? Von *Morgens um Andy*? Gibt es doch gar nicht!« – »Doch, gibt es, hier bin ich. Und ich habe Ihre Kita – Ihre Kita! – für eine Reportage über U3-Betreuung ausgewählt.«

U3-Betreuung – das war für Andy bislang nur ein ödes Stichwort aus den Nachrichten gewesen, das ihm sagte: Pass auf, jetzt kommen schon die uninteressanten Themen, gleich danach bist du wieder auf Sendung. Ansonsten interessierte Andy sich kein Stück für die Sorgen doppelt belasteter Eltern, die ihre Säuglinge abgeben wollten, um wieder Zeit zum Geldverdienen zu haben, das sie dann wiederum in die sauteure Kita investieren mussten. Doch für den Auftritt hier in Hürth hatte er sein kleines bisschen U3-Betreuungs-Wissen zusammengekratzt, sonst nahm ihm das gleich keiner ab.

Er übte sich weiter als investigativer Journalist: »Was mich interessiert: Wie fühlt sich eine Erzieherin, jetzt da die Winzlinge immer winziger werden? Wie ist Ihr Windelwechsel-Rekord auf dreißig Minuten? Ab wie viel Dezibel träumen Sie davon, statt Kindergärtnerin lieber Friedhofsgärtnerin zu sein?«

Nein, nicht gut. Das war der Sound seiner Sendung, aber er war schließlich nicht *on air*, sondern hier, um etwas herauszufinden – etwas, das im besten Fall nicht angenehm werden würde. Und aus dem er eine gute Story herausschälen konnte.

Als er ausstieg, sank seine Zuversicht in den Keller. Tote Hose. Kein Geplärre und keine Käsehochs, die sich am Zaun drängelten, um zu fragen, was der fremde Onkel hier will. Wenn er richtig Pech hatte, machte diese Kita gerade Sommerferien, dann war kein Schwein da und er war völlig umsonst ins schnuckelige Hürth rausgefahren. Dass jemand sich einen Gag mit ihm erlaubte, schloss er aus. Schließlich war ihm die Idee mit der kleinen Exkursion ganz spontan gekommen.

Er warf zunächst einen Blick über den Zaun. Ein Kinderparadies mit Schneckenrutsche, Klettergerüsten und kleinen Häuschen, die wahrscheinlich von den sieben Zwergen persönlich erbaut worden waren. Hatte er früher in seiner Kindheit auch so ein Angebot gehabt? Nee, da hatte es nur den Wald bei der alten Fabrik gegeben, wo er durchs schmutzige Unterholz geschlichen war. Seine Höhlen waren zwar nicht so niedlich, aber dafür selbst gebaut gewesen. Hatte ihm auch nicht geschadet. Hier war alles unbespielt und unbeklettert. Mist! Andy suchte die Eingangstür – ein kunterbuntes Glasgebilde mit Tausenfüßlerornamenten. Da er schon fest damit gerechnet hatte, hier alles verschlossen vorzufinden, operierte er mit zu viel Schwung. Die Tür rammte böse gegen die Wand. Na ja, mit der Tür ins Haus zu fallen, war ja auch eine Gesprächseröffnung. Eigentlich sogar die, die er am besten beherrschte.

Im Flur stand Baukram herum. Also doch Sommerferien. Und wahrscheinlich wartete hier auf Andy ein einsamer

Handwerker, der Kabel verlegt. Vielleicht wurden ja die Spielhäuschen im Garten mit Internet versorgt. Bei den heutigen Kids war alles möglich.

»Hallo?«

Keine Antwort. Andy quetschte sich an ein paar Müllsäcken vorbei und öffnete eine Tür. *Spatzenzimmer* stand außen dran, ach wie süß. Ein großer Raum mit Tischchen und Stühlchen in der Mitte, die sofort Mitleidsgefühle in Andy aufkommen ließen. Ein einziger Tag auf so einem Mini-Stuhl hätte bei untrainierten Erwachsenen wie ihm wahrscheinlich zwangsläufig einen Bandscheibenvorfall zur Folge. Die arme Christine Osterling!

Andy fiel auf, dass er noch nie zuvor in einem Kindergarten gewesen war. Seine Mutter hatte von solchen Einrichtungen nichts gehalten. Neugierig schaute er sich um. In einem Winkel gab es Kisten mit Bauklötzen und Lego, in einem anderen lag eine flauschige Decke mit Kissen, an der Wand hingen selbst gemalte Bilder von der Qualität, dass nur die eigenen Eltern darin etwas erkennen konnten. Er trat näher und sah sich eines davon an. Ein Mensch, der allerdings mehr wie eine Riesenmotte aussah. *KIM* war krakelig untendrunter geschrieben. Kim – war das ein Er oder eine Sie? Mussten solche Namen nicht ein Anhängsel haben? Kim-Dennis oder Kim-Jacqueline? Andy drehte ab. Ließ sich nicht klären und war auch egal.

»Hallo?«, versuchte er es im Flur ein weiteres Mal. Sollte hier wirklich jemand an der Arbeit sein, so schien er oder sie taub zu sein – oder war in der Pause, ohne den Laden abgesperrt zu haben. Er steuerte die nächsten Zimmer an. *Meisenzimmer? Schwalbenzimmer? Piep piep piep, wir ham uns alle lieb?* Falsch! *Eulenzimmer* stand auf einem Schildchen. Die Tür stand offen.

Er sah die Frau sofort. Sie lag am Fuße einer Leiter, ausgestreckt auf dem Rücken, die Augen geschlossen, neben ihrem Kopf breitete sich eine Lache von Blut auf dem bunten Laminat aus. Ringsherum ein einziges Chaos: verknickte Girlanden, Stofftiere, eine umgestürzte Holzkiste.

Mit wenigen Schritten war er bei ihr, schüttelte etwas unbeholfen ihren Körper, fühlte ihren Puls. Nichts. Dann setzte der Schock ein; Zittern und die Unfähigkeit, etwas zu tun. Andy brauchte gefühlte Ewigkeiten, bis er sich zur Ruhe zwingen und einen klaren Gedanken fassen konnte. Ein Rettungswagen, sofort!

Er brauchte eine halbe Minute, bis er mit bebenden Händen das Handy aus der Hosentasche gefischt hatte. Das *Hello-Kitty*-Handy. Er starrte darauf und versuchte zu kapieren: Da lag eine tote Frau. Ob das Christine Osterling war, die Frau von der Mailbox? Ihr Körper befand sich unter einer Leiter. Ein Unfall also, ganz klar. Vielleicht war sie unglücklich auf die Kante gestürzt, diese Kiste stand ganz nah bei ihrem Kopf. Andererseits – vielleicht hing das ja zusammen mit dieser Nachricht: *Hier stimmt was nicht! Hab ein ganz komisches Gefühl …*

War das wirklich ein Unfall?

Andy war kein Kriminologe, er konnte das nicht beurteilen. Doch er war Radiomoderator, und eines wusste er ganz bestimmt: Das war er, der ganze dicke Fisch am Haken! »Bleib locker«, beschwor er sich erneut. »Jetzt nicht die Angel loslassen.«

Er wählte den Notruf und machte brav die notwendigen Angaben. Er erklärte, die Frau sei ganz sicher tot. Er versprach, nichts anzurühren und legte wieder auf. Ging doch!

Und dann sah er das Steinchen. Zwischen ihren Fingern. Ein Dominostein mit vier Punkten auf jeder Seite. Klar, da lag so einiges herum, aber irgendwie wirkte dieses Plastikteil so, als wäre es der Frau nachträglich in die Hand gelegt worden.

Nichts anfassen, ermahnte er sich selbst, das gab bloß Ärger. Aber komisch war das schon, das wollte er irgendwie festhalten, also nahm er sein Handy und machte Fotos von der Toten. Nur zwei oder drei, irgendwie war das ja schon ziemlich daneben, eine Tote zu fotografieren. Die Frau war um die Vierzig, schätzte er. Kurzes, dunkelblondes Haar, von der Sonne aufgehellt, so wie es auch bei Carina ausgesehen hatte, nachdem sie zusammen im Urlaub gewesen waren. Unsexy Jeans, hellgrünes Polo, Klettersandalen – der Typ, mit dem man Pferde stehlen konnte, aber als Mann nicht unbedingt wollte. Wenn er sie jemals beim Beruferaten gesehen hätte, er wäre gleich auf was Pädagogisches gekommen.

Dann hörte er die Tür. Der Rettungsdienst. Endlich.

»Christine?« Im Flur erschien kein Rettungsdienst, sondern ein Typ. Als er Andy sah, kam er herein.

Ein sportlicher Kerl, aber nicht groß, er trug Bermudas mit ganz vielen Taschen und ebenfalls Klettersandalen. Der Ehemann, schoss es Andy durch den Kopf, sie haben zusammen Klettersandalen gekauft.

Und dann sah der Typ die Frau und stürzte sofort in die Spielecke. »Christine!« Fast schmiss er sich auf sie.

»Nichts anfassen!«, rief Andy, und seine Mahnung schien anzukommen. Der Mann blieb auf den Knien sitzen, riss sich aber zurück und schlug die Hände vors Gesicht.

»Ihre Frau?«, traute Andy sich zu fragen. Mein Gott, das war echt eine Situation, die wünschte man nicht mal seinem schlimmsten Feind. Da sträubte sich selbst der Journalist in ihm.

Der Typ sah ihn an, als wäre Andy völlig gestört. »Meine Frau?« Dann schien er sich zu fassen und stand auf. »Was ist hier passiert?«

Andy wies auf die Leiter. »Ich hab sie gefunden. Sie lag da und war schon … tot.«

»Ich fass es nicht. Wir waren verabredet.« Der Mann starrte die Tote an, schüttelte langsam den Kopf. »Ich bin übrigens nicht ihr Mann.«

In Andys Kopf klingelten gleich mehrere Alarmglocken.

»Ich bin Thomas Wiemer.« Noch immer konnte der Mann seinen Blick nicht abwenden von der Toten. »Elternbeirat in der Kita.«

Eine skurrile Situation. Unter anderen Umständen hätte man jetzt Hände geschüttelt. Tatsächlich hob Wiemer kurz die Rechte, zog sie aber wieder zurück, als hätte er erst jetzt begriffen, dass das irgendwie nicht passte. »Und wer sind Sie?«

Andy fuhr sich durchs Haar. »Ich?« In diesem Moment hörte man mehrere Wagen vorfahren. Andy ging dankbar in den Flur hinaus. Zwei uniformierte Polizisten betraten den Eingangsbereich. Anscheinend hatte der Rettungsdienst gleich noch die Polizei informiert. Nun, ihm war das recht. »Hier!«, sagte er knapp. »Im *Eulenzimmer*.«

Kurz darauf ging es hoch her, tausend Füße bei den *Tausendfüßlern*, Streifenpolizei und Rettungswagen enterten die Spielzimmer, und gleich sollte noch die Kripo mit der Spurensicherung kommen.

Darauf sollten sie bitte warten, befahl einer in Uniform mit strenger Stimme. Thomas Wiemer und er wurden getrennt, Wiemer wartete nun im *Spatzenzimmer* darauf, als Zeuge befragt zu werden, Andy in einem Büro.

Sie ließen sich Zeit. Andy hockte da und versuchte, etwas von den Ermittlungen da draußen mitzubekommen, doch die Kita war leider bestens schallisoliert. Es war keine Langeweile, eher Neugier, die ihn die Bilder an der Wand studieren ließ. Fotos vom Kindergartenfest, von einer Theateraufführung, anderen offiziellen Anlässen. Kein Zweifel, hier war die Frau, die er nebenan gefunden hatte, mehrfach abgelichtet. Christine Osterling war als Kindergartenleiterin natürlich bei jedem Fest dabei. Auf einer Aufnahme bekam Thomas Wiemer von Christine Osterling eine eingepackte Flasche überreicht. Die Blicke der beiden, die Hände, die sich leicht berührten – das alles wirkte doch etwas intensiver, als hätten sie sich nur über den Vitaminreichtum von Apfelsaft unterhalten. Aha? Hatte der Elternbeirat da gerade eben um die Betreuerin seiner Kinder – oder um die Geliebte getrauert?

Als sich die Tür öffnete, fuhr Andy zusammen, als fühlte er sich ertappt.

»Herr Otto?«

Im Türrahmen stand eine kleine, pummelige, dunkelhaarige Frau mit einem durchdringenden Blick, der durch ihre rote Hornbrille, die optisch prima ins *Eulenzimmer* passte, noch verstärkt wurde. »Bianca Radekow. Kripo Köln. Sie haben die Tote gefunden?«

Es war nicht das Aussehen und auch nicht die Stimme, die ihn fatal an Saskia Schmölln erinnerte. Es war nur die Art, wie sie mit ihm sprach.

»Auch von mir guten Tag.« Andy benutzte seine Schwiegermuttergewinnstimme, auch wenn die Polizistin nur unwesentlich älter war als er. Sie hatte etwas Tantenhaftes.

Die Kripo-Frau sah ihn abschätzig an. »Sie haben die Tote gefunden?«, wiederholte sie kühl.

»Scheint so.« Andy versuchte ein lässiges Grinsen.

»Ihr Name?«

»Andreas Otto.«

Sie sah ihn aufmerksam an. Schien zu überlegen, woher sie ihn kannte.

»*Morgens um Andy*«, erklärte er. »Von sechs bis neun auf *Powerradio KKN*. Ich bin der Moderator. Vermutlich kennen Sie meine Stimme.«

»Wohl kaum«, sie lächelte kalt. »Ich höre keinen Kommerzfunk.«

»Lieber Polizeifunk?«

»*Deutschlandradio*.«

Er merkte selbst, dass ihm die Gesichtszüge entglitten. Eine *Deutschlandradio*-Hörerin? Musikanteil zehn Prozent und dauernd französische Chansons. Vor solchen Leuten musste man sich in Acht nehmen, die waren so trocken, dass man im Gespräch mit ihnen verdursten konnte, sobald sie den ersten Satz von sich gaben.

»Kommen wir zum Punkt«, setzte sie fort. »Warum waren Sie hier?«

Er ließ sich Zeit, rief sich seine 264 Gesprächseröffnungen ins Gedächtnis und entschied sich schließlich für: »Eine Reportage.«

»Eine Reportage über diese Kita?«

»Exakt.«

»Das heißt, Sie waren mit Frau Osterling verabredet?«

»Nein, heißt es nicht. Ich bin spontan vorbeigekommen.«

»Sie machen eine Reportage ohne Termin?«

Er hasste es, ausgefragt zu werden. Das hatte er lieber andersrum. »So arbeiten wir beim Kommerzfunk. Keine stundenlange Vorbereitung, so was spürt der Hörer.« Diesmal gelang ihm das lässige Grinsen. Die Kripo-Frau – wie hieß sie noch? – Bianca Radekow blieb steif wie gehabt.

»Ihr Equipment?«

»Brauch ich nicht. Ich muss einfach nur Eindrücke sammeln, der Rest passiert aus dem Bauch raus sozusagen.«

Die Radekow verschränkte die Arme. Total unterkühlt, die Frau. So was törnte ihn ab. »Sie behaupten, Sie sind hierhergefahren, sind in die Kita marschiert und haben Christine Osterling tot auf dem Boden gefunden?«

»Nein.« Auch Andy verschränkte die Arme. »Ich habe *eine Frau* tot auf dem Boden gefunden. Ob es sich um Christine Osterling handelt, kann ich nicht definitiv sagen, ich bin ihr ja noch nie begegnet.«

Ob die Kripo-Frau das schluckte? Als sie weitersprach, klang sie, als hätte sie ziemlich viel im Mund. »Wann haben Sie die Kita betreten?«

»Gegen halb zwölf.«

»Und die Tür war offen?«

»Hat mich auch gewundert.«

Die Radekow machte sich Notizen, dazu musste sie kurz ihre Brille abnehmen. Andy nutzte die kleine Pause, um das Gespräch abzukürzen. Mit dieser Tante konnte er nicht, da war nichts zu machen. »Meine Daten habe ich Ihren Kollegen von der Streife gegeben, außerdem eine Aussage, wann und wie Herr Wiemer später hinzugekommen ist. Damit wäre die Sache doch wohl gegessen.« Andy drängte sich an ihr vorbei. Eigentlich hatte er jetzt das dringende Bedürfnis, den Spieß mal umzudrehen. Zu gerne hätte er versucht, sie dazu zu bringen, ein bisschen was auszuplaudern. Er konnte das gut. Aber die war ihm zu taff. Besser, wenn er jetzt den Abflug machte.

»Moment!« Die Augen hinter den Brillengläsern funkelten. »*Ich* entscheide, wann eine Befragung vorbei ist.«

»Und *ich* entscheide, wann ich alles Wichtige gesagt habe. Schicken Sie bei weiteren Fragen die Vorladung direkt an den Sender. Dann hat unser Gespräch wenigstens einen offiziellen Touch, und ich kann das in meiner Arbeitszeit erledigen. *Time is Cash, Time is Money.* So ist das nämlich beim Kommerzfunk.«

Einen Moment lang fixierten sie einander. Es war ein stummes Duell mit Blicken. Ihre Züge bekamen etwas Gönnerhaftes. Ein spöttisches Lächeln umspielte ihre Mundwinkel. Als er sich im nächsten Augenblick zum Gehen wandte, hielt sie ihn nicht zurück.

Er spürte ihren Blick in seinem Rücken. Und er spürte das gefundene Handy in seiner Jeans. Diese Story war gut. Und sie wurde immer besser, so viel war schon mal klar.

Draußen wartete er eine knappe halbe Stunde, bis die Gestalt von Thomas Wiemer im Türrahmen der Kita erschien. Die Befragung war dann doch ziemlich schnell zu Ende gegangen.

Andy stieg aus und ließ die Autotür vernehmlich zufallen. »Herr Wiemer?«

Vielleicht war diese kryptische SMS auf dem *Hello-Kitty*-Handy ein dämlicher Scherz, und dass Christine Osterling ausgerechnet heute unglücklich von einer Leiter gestürzt war, reiner Zufall. Das allein schon reichte für eine ziemlich gute Story, mit ein bisschen Tränendrüsengekitzel und so, da würde Andy schon was einfallen. Vielleicht war es aber auch anders, und dieser Elternbeirat hatte irgendetwas damit zu tun. Dann war die Story noch tausendmal besser.

Andy schlenderte zu ihm hin. »Alles klar?«, erkundigte er sich.

Wiemer sah ihn ungläubig an. »Klar? Wie soll etwas klar sein?«

»Darf ich Sie zu einem Kaffee einladen? Ich glaube, wir könnten beide einen gebrauchen.«

Andy rechnete mit einer Abfuhr und hörte Wiemer schon sagen, dass er jetzt etwas Abstand brauche und lieber in seinen Klettersandalen ein wenig herumwandern würde.

Doch er lächelte schwach. »Vielleicht keine schlechte Idee.«

Yes, dachte Andy, du hast es doch immer wieder drauf!

Fünf Minuten später standen sie in der Bäckerei schräg gegenüber an einem Stehtisch und tranken ein Heißgetränk *to go*.

»Ich bin Andy!« Er hielt seinem Gegenüber die Kaffeetasse zum Zuprosten hin.

Wiemer fand das wohl nicht so lustig und klammerte sich weiter an seinen grünen Tee.

»Für Sie ist das natürlich alles viel schlimmer als für mich«, suchte Andy nach dem richtigen Ton. »Ich bin ja nur zufällig hier, aber Sie haben Frau Osterling persönlich gekannt.«

»Stimmt!« Wiemers Augen färbten sich verdächtig rot. Der würde doch jetzt nicht losheulen?

»Sie war eine tolle Frau, was?«

Wiemer sah ihn überrascht an. »Sind Sie von der Presse, oder wie?«

Andy nickte wie selbstverständlich. Nicht mal gelogen.

Wiemer schnaubte. »Ging ja verdammt schnell.« Er senkte den Blick zu Boden. »Tolle Frau … tolle Frau …«, murmelte er.

»Ich meine, sie wirkte so – patent«, beeilte sich Andy zu sagen. *Patent* – war das ein Kompliment? Bestimmt – wenn man Klettersandalen trug …

»Christine ist fantastisch«, bestätigte Wiemer. »Sie hat in der Kita alles im Griff – und das ist heutzutage wirklich nicht leicht.«

»Kann ich mir vorstellen.« Andy versuchte eine Miene aufzusetzen, die ihn als vierfachen Vater auswies. »Jetzt, wo diese ganze U3-Sache läuft …«

»Eben, deshalb ja auch die Renovierungsarbeiten.« Wiemer nahm einen Schluck Kaffee. »Vielleicht ist das Christine alles zu viel geworden? Was ist, wenn sie auf der Leiter einen Schwächeanfall bekommen hat?«

»Einen Schwächeanfall?«

»Okay, sie hat gerade zwei Wochen Urlaub gehabt, aber davor war furchtbar viel los. Abschlussfeier für die Schulkinder, Stress mit Eltern, deren Kind nicht aufgenommen werden konnte …«

Andy war sofort hellwach. »Was war denn da los?«

»Stichwort Inklusion.« Wiemer rieb sich die Stirn. »Ein Elternpaar wollte sein Kind hier unterbringen, obwohl es extrem lernbehindert und verhaltensauffällig war. Christine sah da im Moment keine Chance. Sie ist allein mit der U3-Unterbringung derzeit total überfordert. Glauben Sie mir, die Erzieherinnen sind mit ihren Möglichkeiten an ihrem persönlichen Limit.«

»Verstehe«, sagte Andy, um einen kompetenten Eindruck zu machen.

»Dieses Elternpaar allerdings stand ständig hier auf der Matte und hat mit einer Klage gedroht. Gleich die ganz harten Bandagen, verstehen Sie? Christine hat das ganz schlimm belastet.«

»Verstehe«, sagte Andy erneut. Er überlegte, ob er sich jetzt auch noch ein Vollkornbrötchen mit veganem Aufschnitt bestellen sollte, um sein Bild zu vervollständigen.

»Christine hat sich echt aufgerieben für ihren Job, hat immer den Kopf hingehalten. Sie wirkte manchmal schroff, aber im Grunde war sie unglaublich sensibel.«

Es war so weit: Wiemer legte die Hände vors Gesicht und tat seinen ersten Schluchzer.

Erzähl mir noch was, dachte Andy, du hast sie flachgelegt. Oder zumindest hättest du es gerne.

»Deswegen hat sie sich auch gegen ihren Mann zu wenig gewehrt. Ein Choleriker – ich hab mal mitgekriegt, wie er Christine angebrüllt hat.«

Andy nahm sich vor, diesmal nicht »verstehe« zu sagen, obwohl er plötzlich jede Menge verstand. Der böse Ehemann, der liebevolle Elternbeirat – das war doch eine absolut verständliche Kombination. Er klopfte Wiemer verlegen auf den Arm.

Der schluchzte jetzt richtig. »Vielleicht habe ich ihr nicht genug zur Seite gestanden.« Danach kriegte er sich über Minuten nicht mehr ein. Andy nickte ihm gelegentlich aufmunternd zu, trank seinen Kaffee und dachte an seine Story. *Helden des Alltags. Frauen, die sich aufreiben.* Irgendetwas für den Sender ließ sich doch da machen. *Power-Helden im Power-Radio.*

Dann fiel ihm plötzlich etwas ein: Das Handy! *Hello Kitty* – vielleicht wusste dieser Typ, wem es gehörte, vielleicht war es sogar das seiner Kinder? Obwohl er eigentlich eher aussah wie einer, der an die Geschichte mit dem Ei glaubte, das nach einer Nacht neben einem Handy von den Strahlen dotterweich gegart wurde. Andy fummelte das Teil aus seiner Jeans und legte es auf den Tisch. Wiemer lenkte das immerhin ab, zumindest kriegte er sich langsam wieder ein. Mit einem zaghaften Lächeln deutete er auf das Gerät. »Sie haben also auch Kinder – deshalb haben Sie sich die Kita angeschaut.«

»Heißes Teil, nicht wahr?« Andy hob es hoch. »Dass Frauen so etwas schön finden …«

Wiemer schniefte. »Christine hat Rosa gehasst.«

Bevor die nächste Heulattacke kam, griff Andy das Handy und verabschiedete sich. Wiemer blinzelte ihn dabei trotz seiner verheulten Augen konzentriert an. »Sie kommen mir bekannt vor«, sagte er. »Irgendetwas an Ihnen kommt mir bekannt vor.«

»Die Stimme«, sagte Andy und grinste. »Ich moderiere eine Abendsendung im *Deutschlandradio*.«

Auf der Fahrt hatte sich Andys Pulsschlag dann doch ab und zu mal bedenklich gesteigert, und er wusste nicht, ob sein Herz das abkonnte, weil er nie zu irgendwelchen Voruntersuchungen ging und auch sonst keinen geeigneten Werbeträger für die AOK abgeben würde. Verdammt, er hatte gerade eben eine Leiche gefunden! Obwohl er schon 44 war, war Christine Osterling tatsächlich sogar die erste Leiche seines Lebens – zumindest, an die Andy sich bewusst erinnern konnte. Ob er seinen Vater gesehen hatte, damals, mit knapp fünf Jahren, wusste er nicht mehr. Aber an die tote Erzieherin würde er sich bis ans Ende seiner Tage erinnern, das stand schon mal fest.

Das Ritual, das er immer beim Betreten des heimischen, nach Pizzaresten riechenden Treppenhauses vollzog, holte Andy zum Glück wieder etwas runter. Er öffnete den Briefkasten, ein Blätterstapel rutschte ihm entgegen und fiel raschelnd zu Boden. Andy bückte sich danach, sortierte die Prospekte von vier Discountern aus und steckte sie bei der ollen Kaminke aus dem zweiten Stock in den Briefkastenschlitz. »Nimm das, Kaminke«, brummte er. Die nervte ihn nämlich immer, dass er sich mehr um seinen Kater kümmern sollte. Und er hatte sie im Verdacht, dass sie Lamprecht Leckerlis durch den Türschlitz steckte, wie sonst sollte der Kater so fett geworden sein?

Dann betrachtete er die übrig gebliebenen zwei Briefe, Absender waren Banken, die ihm einen Kredit aufschwatzen wollten. Er bekam solche Angebote in regelmäßigen Abständen, seit er bei Elektronikfachmärkten irgendwelche Null-Prozent-Finanzierungen in Anspruch genommen hatte – einmal für einen Kaffeevollautomaten, der schon längst wieder kaputt war, und einmal für ein Surround-System im Wohnzimmer.

Er faltete die Briefe zusammen, schob sie in seine hintere Hosentasche und stieg die Treppe hoch. Auf halber Strecke spürte er sein Handy in seiner Hosentasche vibrieren. Dieses Mal war es wirklich seines, er zog es heraus. *Mutter* stand auf dem Display. Andy stöhnte, diese Hartnäckigkeit war unfassbar. Es war klar, weshalb seine Mutter anrief: Er hatte demnächst ein Treffen mit ihr. Mit ihr und seinem Bruder. Eines, um das er nicht herumkommen würde. Vatis Todestag. Mit Schwarzwälderkirsch am Vormittag und Fotoalbum im Anschlag. Für Andy und seinen Bruder war das Betrachten dieser Bilder, als stöberte man in fremdem Eigentum, keiner von ihnen konnte sich an ihren Erzeuger erinnern. Doch für seine Mutter war er offenbar immer noch so präsent, als wäre er nur eben mal weg, um Zigaretten zu kaufen – und käme gleich wieder, mit unglaublichem Schmacht auf Schwarzwälderkirsch.

Andy schloss seine Wohnungstür auf, hörte Musik aus der Küche – und in diesem Moment, wirklich erst in diesem Moment fiel ihm wieder ein, dass er heute einen Termin mit Carina gehabt hatte. Scheiße!

In seinem Kopf begann es zu arbeiten. Dass Carina in seiner Wohnung war, deutete er als schlechtes Zeichen. Klar war: Sie würde auf Hundertachzig sein wegen des verpassten Termins. Klar war aber auch, dass sie ihm die Sache jetzt so richtig aufs Butterbrot schmieren wollte. Deswegen war sie da, deswegen stand sie in der Küche ...

Ob es wirklich so eine gute Idee war, sich nach einer gemeinsamen Wohnung umzuschauen? Allein lebte es sich deutlich entspannter.

Andy streifte seine Schuhe ab, schubste sie mit den Füßen in Richtung Regal – und einer der Sneaker erreichte sogar fast sein Ziel. Als er sein Jackett an den Haken im Flur hängte, erschien Carinas Gesicht in der Küchentür. Ein giftiger Blick nur, dann war seine Freundin wieder verschwunden.

Welche Verteidigungsstrategie war jetzt wohl am sinnvollsten? Immer bei der Wahrheit bleiben – auch wenn die Wahrheit in diesem Fall absolut schräg war? Ein Verhör durch die Kripo? Das klang doch wieder nach einer seiner üblichen wilden Ausreden. Kurz vor der Küchentür knipste er ein strahlendes Lächeln an. »Hi, Schatz«, sang er – und merkte sofort: falsche Strategie.

»Hi, Schatz«, äffte Carina ihn nach. Eine Sekunde später verzerrten sich ihre Gesichtszüge, und sie fing an zu weinen.

Bitte nicht, dachte Andy. Das war jetzt echt zu viel. »Carina, ich weiß, die Wohnungsbesichtigung, aber du ahnst nicht, was ich heute für einen Scheißtag hatte.«

Carina stand am Küchentisch, zog geräuschvoll die Nase hoch und wischte sich mit dem Handrücken übers Gesicht. »Halt die Klappe! Halt einfach dein blödes Maul.«

Andy stand mit offenem Mund da. So was hatte sie noch nie zu ihm gesagt. »Sorry!« Er machte einen Schritt auf Carina zu und öffnete die Arme in der Hoffnung, dass sie eine Berührung zulassen würde. Doch stattdessen packte Carina den Gegenstand, der für sie am günstigsten lag, und schleuderte ihm das Teil gegen den Kopf. Zum Glück war es nur eine alte Fernsehzeitung gewesen, bei einer Tasse hätte das Manöver auch schlecht für ihn enden können.

»Ey, sag mal!«, schimpfte Andy. In seinen Schrecken mischte sich Ärger. »Weißt du eigentlich, was heute los war? Die Schmölln hat mir die Hölle heiß gemacht, die hat mir einen Einlauf verpasst, die hat mich auf die Abschussliste gesetzt!« Und danach wurde es erst richtig heftig, dachte er, doch er war sich gerade gar nicht so sicher, ob er davon erzählen wollte. Nicht, wenn Carina in dieser Stimmung war.

Das klang alles viel zu sehr nach einer Andy-Radiostory und viel zu wenig nach einer ernst zu nehmenden Erklärung.

»Ach, du Armer«, rief Carina sarkastisch. »Soll ich dir was sagen? Und wenn dich das FBI einkassiert hat, das ist mir scheißegal! Mann, Andy, wir hatten einen Termin! Weißt du, wie beschissen das für mich war? Ich stand da mit dem Makler – und wer nicht kam, warst du! Der Typ guckte mich an, als wäre ich die sitzen gelassene Braut am Hochzeitstag.«

Andys Gedanken rasten. Er müsste ihr von der Toten erzählen. Von der Nachricht auf dem Handy. Von der ganzen Katastrophe, die ihn daran gehindert hatte, im richtigen Moment an Carinas Seite zu stehen.

»Irgendwas ist immer bei dir!«, sagte sie mühsam beherrscht. »Irgendwelche Promis, die du in der Stadt triffst, irgendwelche haarsträubende Storys, die dir plötzlich dazwischen kommen … Alles ist wichtiger als ich!«

Sie rauschte an ihm vorbei und ins Wohnzimmer. Er folgte ihr. Sie hatte sich auf das Sofa geworfen und starrte beleidigt aus dem Fenster.

»Carina, das ist doch albern«, sagte er, und im selben Moment begann das Telefon zu läuten, das auf dem kleinen Couchtischchen stand. Carina beugte sich zu dem Gerät, und noch bevor Andy sie davon abhalten konnte, hatte sie den Anruf angenommen.

»Hier bei Andreas Otto«, flötete sie mit einer Stimme, aus der nun jede Spur von Wut verschwunden war. Na toll, sie konnte an- und abschalten, wie sie wollte. »Hallo Frau Otto!«, rief sie jetzt fröhlich, als wäre nie etwas gewesen, und Andy begann hektisch, mit den Händen zu wedeln. »Nein, Frau Otto, das ist wirklich nicht nett. Ich sag ihm immer wieder, dass er sich öfter bei Ihnen melden sollte.« Eine Pause entstand, Carina lauschte in den Hörer hinein, dann sagte sie:

»Natürlich ist er da! Warten Sie, ich reiche den Hörer rüber!«

Andy starrte Carina an, die ihm das Telefon mit stocksteifem Arm und triumphierendem Gesichtsausdruck entgegenhielt. »Andreas! Deine Mutter ist am Telefon!«

Wenn sie ihn beim Vornamen nannte und nicht mit Schlumpfi titulierte, war es besonders schlimm.

Nach ein paar endlosen Sekunden riss er das Telefon an sich. »Hallo, Mutter.«

»Andreas?«

»Wer denn sonst?«, sagte er gereizt. Carina schüttelte den Kopf.

»Andreas, wo warst du denn den ganzen Tag?«

»Ja, wo war ich wohl den ganzen Tag? Ich hab da seit einigen Jahren diese Stelle beim Radio, da muss ich manchmal hin. Um zu ar-bei-ten.«

Carina erhob sich. »Du bist wirklich unmöglich«, zischte sie, und als sie an ihm vorbei aus dem Wohnzimmer ging, konnte er ihr Parfum riechen. Sie nahm immer ein bisschen zu viel davon. Andy mochte das.

»Du hast dich den ganzen Tag nicht bei mir gemeldet. Ich habe mehrfach versucht, dich anzurufen.«

Andy hätten am liebsten das Telefon aus dem Fenster geworfen, doch stattdessen schloss er die Augen und atmete tief durch. Seine Mutter plapperte irgendwas.

»'tschuldigung, was hast du gesagt, Mutter?«

»Wann kommt ihr?«

»Um zehn, wie immer!«

»Kommt deine Carina auch?«

»Keine Ahnung.« Kam drauf an, welchen Modus sie bis dahin angeworfen hatte.

»Du sollst Markus mit dem Auto abholen, ich habe heute mit ihm telefoniert.«

»Na bitte, dann ist doch alles klar.« Abgesehen von dem Krach mit Carina, dem Anschiss seiner Chefin und der toten Frau. »Ich hab im Moment einfach ein bisschen viel um die Ohren, Mutter. Wir sehen uns dann, ja?«

»Zehn Uhr, Andreas! Versucht bitte, dieses eine Mal pünktlich zu sein.«

»Ja, Mutter.« Er beendete das Gespräch, warf das Telefon aufs Sofa und ließ sich daneben in die Kissen fallen. Ein paar Sekunden starrte er auf den dunklen Fernseher, griff reflexartig zur Fernbedienung und drückte einen Knopf.

Carina erschien in der Zimmertür. »Du bist vielleicht ein Arsch, weißt du das?«

Andy war einfach nur müde. »Ja, Carina, ich weiß es, du lässt ja keine Gelegenheit aus, mich daran zu erinnern.«

Eine schmierige Soap, auf dem Bildschirm stritt sich ein Paar in einem edel eingerichteten Zimmer.

»Oh Mann!« Sie schüttelte den Kopf. »Ich, Andy, die Sonne.«

Andy drückte ungerührt die Programmtaste. Irgendein Vieh tastete sich im Zeitlupentempo einen Ast entlang, ein Waran oder so etwas, nahm Andy an.

»Kannst du mal die Scheißglotze ausmachen?«, rief Carina.

Okay, Tierfilme interessierten ihn nicht, er schaltete aus, behielt die Fernbedienung aber vorsorglich in der Hand.

»Können wir jetzt bitte mal normal miteinander reden?«, fragte sie.

Er betrachtete Carina, wie sie vor ihm stand. Ihre Haut war braun wie nach einem dreiwöchigen Strandurlaub. Sie trug ein kurzes Sommerkleid. »Du siehst schön aus in dem Kleid«, sagte er.

Sie verzog kurz das Gesicht. Er hoffte, sie würde sich neben ihn aufs Sofa setzen, aber sie ließ sich links davon im roten Sessel nieder. »Dein blöder Kater hat mich in den Fuß gebissen.« Hörte er da eine Spur von Versöhnlichkeit in ihrer Stimme?

»War bestimmt nur ein Schrei nach Liebe.«

»Wohl eher ein Schrei nach Futter.« Carina lächelte kurz über ihren Witz. Noch ein gutes Zeichen, dachte Andy.

Sie schwiegen eine Weile, dann fragte sie: »Also, kannst du jetzt bitte mal erklären, wieso du nicht zu der Wohnungsbesichtigung gekommen bist?«

Sie sah ihm direkt in die Augen und er dachte: Was für ein schönes Gesicht sie hat. Wollte er sich das wirklich jeden Tag ansehen?

»Hallo? Erde an Andy?«

Er breitete seine Arme aus. »Komm doch mal her zu mir.«

Und tatsächlich stand Carina auf. Für eine Sekunde schien sie unentschlossen, dann ließ sie sich neben ihm aufs Sofa plumpsen. Mit verschränkten Armen zwar, aber immerhin »Also?«

»Was mir heute passiert ist, war echt ...«, setzte er an, doch dann fehlte ihm, ausgerechnet dem *Powerradio-KKN*-Andy, das passende Wort. Wie war es gewesen? Total irre, abgefahren, verrückt? Oder schrecklich? Traurig? Schockierend? Andy nahm wieder ihren Duft wahr. »Ich hab doch dieses Handy gefunden. Unten, am Kiosk, vor dem Sender. Hab ich doch dann in der Sendung berichtet.«

Sie betrachtete ihn mit vollkommener Ausdruckslosigkeit.

»Und dann fang ich an, damit ein bisschen rumzuspielen.«

Carina zeigte keine Regung.

»Hab ein bisschen in den Kontakten gestöbert, ein paar Vornamen vorgelesen ...«

»Andy!«, unterbrach sie ihn. »Ich war dabei! Ich hab zugehört! Ich war im Studio, wie du dich vielleicht erinnerst. Ich hab dir gesagt, dass das eine Scheißidee ist.«

»'tschuldigung. Jedenfalls, auf einmal kommt diese Nachricht rein. Ich hab improvisiert und den Hörern was Falsches erzählt. In der SMS stand nämlich etwas … Da stand: *Hier stimmt was nicht. Hab ein komisches Gefühl. Komm bitte sofort.*«

Die Falten auf Carinas Stirn schienen ein bisschen tiefer zu werden.

»Und ich dachte, was jetzt? Verstehst du, da hatte *Andy am Morgen* auf einmal echt Sorgen.« Er kicherte sinnlos. »Jedenfalls bin ich nach der Sendung dahin gefahren.«

»Wohin?«

»Zu einem Kindergarten, wo die Frau, von der die SMS stammte, arbeitet. *Andy am Morgen* im Einsatz, verstehste?« Wieder dieses Kichern, diesmal ärgerte er sich selbst darüber.

Noch mehr Falten.

»Und, Carina, ich sag dir. Da lag eine tote Frau, als ich da hinkam. Die hatte Klettersandalen an.« Er breitete die Arme aus. »Ganz hässliche Teile.«

Carina sah nun aus wie eine Frau, die auf der Schauspielschule eine wirklich grandiose Leistung abliefert bei der Übung: verständnislos gucken.

»Kurz darauf kam so ein Typ, wenn du mich fragst, war das der Lover von der Kindergartentante. Riesentheater und Geheule.« Er wusste selbst nicht, warum er die Geschichte so erzählte, als wäre das der Witz des Tages aus *Wolle's Büdchen*. Manchmal passierte ihm das, wenn die Dinge, die er erzählen musste, richtig schlimm waren, peppte er sie mit seinem vertrauten Laberhumor auf, dann ging es irgendwie leichter. Klar war das eine ziemlich blöde Methode, aber er konnte nicht anders. Er moderierte aus gutem Grund *Morgens um Andy* und nicht die *Tagesthemen*. »Dann kamen die Bullen, die haben mich verhört, ich erwische ausgerechnet eine Superzicke, vom Gehabe her wahrscheinlich eine Schwester von der Schmölln.«

»Wovon redest du?«

»Von der Kommissarin. Die hatte wahrscheinlich zu viele Tatorte mit dieser blonden Ermittlerin geguckt.« Er zeigte auf Carina. »Die eine, die du auch so doof findest …«

Die Falten auf Carinas Stirn verschwanden wie in Zeitlupe. Die Schauspielübung lautete nun offensichtlich: langsam aufsteigende, allumfassende Wut. Dann brach es aus ihr heraus: »Was erzählst du mir denn jetzt für einen Scheiß!? Hast du irgendwas genommen? Du bist ja wohl …«

»Ich kann's dir beweisen«, rief er und sprang auf. Sie stand im gleichen Moment auf den Beinen und marschierte in Richtung Wohnzimmertür.

»Carina, warte, ich zeig dir die SMS!« Er packte ihren Arm, aber sie riss sich los.

»Hör auf, Andreas, hör bitte auf mit diesen Schwachsinnsgeschichten! Was kommt als Nächstes? Ein rosa Elefant, der dich auf einen Kaffee eingeladen hat?«

Sie stürmte aus dem Raum, und eine Sekunde später knallte die Wohnungstür zu. Andy lief hinterher, grapschte nach seinem Jackett, tastete daran herum, fühlte das kitschige Handy und zog es aus einer der Innentaschen. Er öffnete die Wohnungstür, doch Carinas Flip-Flop-Schritte schallten nur noch leise zu ihm herauf.

»Carina!«, rief er. »Hier, ich hab das Handy! Guck doch mal!«

Er hörte, wie die schwere Haustür ins Schloss fiel.

Zu spät.

Erster Verdacht

Als Andreas am nächsten Morgen das Studio betrat, war er nervös. Er konnte sich nicht erinnern, wann er dieses Gefühl zum letzten Mal gehabt hatte, vermutlich vor achtundzwanzig Jahren, als er sich von Jeanette Enzensberger aus der Parallelklasse entjungfern ließ.

Es fiel ihm verdammt schwer, da zu hocken und abzuwarten, dass die Nachrichten zu Ende waren und Kathleen ihre Verkehrstexte aufsagte.

Carina und Kathleen wechselten sich im zweitägigen Rhythmus ab. Zum Glück. Dann konnte er die Begegnung mit seiner Freundin noch ein bisschen nach hinten verschieben. Darauf hatte er einfach keinen Bock.

Dafür hatte Andy gestern Abend noch zu lange vor dem Fernseher gehockt und auf den Bildschirm gestiert, ohne etwas vom Programm mitzubekommen, weil er eigentlich gegrübelt hatte, Carina anzurufen. Irgendwann hatte die pure Bockigkeit gesiegt. Sie würde schon früh genug mitkriegen, dass er keinen Scheiß erzählt hatte. Diesmal nicht.

Er stellte sich vor, wie sie in ihrer Wohnung am Frühstückstisch sitzen und ihr in der Zeitung der Bericht über die tote Kindergärtnerin ins Auge fallen würde. Dann würde sie kapieren, dass Andy – ihr Andy! – ausnahmsweise mal keinen Blödsinn erzählt hatte. Nein, er hatte die Wahrheit erzählt! Und dann würde sie zerknirscht sein und sich fragen, ob er nicht ganz dringend jemanden gebraucht hätte, jemanden, der ihm Halt gegeben hätte, ihm geglaubt und vertraut hätte! Na, das würde sie sicher quälen.

Doch dann fiel ihm ein, dass die Zeitung vermutlich gar nicht berichten würde, da der Tod der Kindergärtnerin ja bloß ein Unfall gewesen war. Etwas völlig Alltägliches. Wahrscheinlich fielen in diesem Land täglich mehrere Erzieherinnen von der Leiter, bestimmt hatte das was mit den viel zu kleinen Stühlen zu tun, auf denen sie sitzen mussten, und …

Und dann fiel ihm endlich ein, dass es eigentlich völlig egal war. Denn er selbst, der *Powerradio-KKN*-Andy, würde die Story in seiner Sendung bringen. Er würde was draus machen. Den dicken Fisch nicht von der Angel lassen.

Gerade blätterte er zum zweiten Mal durch den *Stadt-Anzeiger*, die *Rundschau* und den *Express* auf der Suche nach einem Hinweis. Da war wirklich nichts. Sehr gut.

Das Jingle der Morgen-Show erklang und Andy räusperte sich. »Einen wunderhübschen guten Morgen, meine Vögelchen! Ihr Spatzen und Meisen. Seid ihr alle gut aus den Federn gekommen? Wer liegt noch drin? Bitte aufzeigen! Aha, sind doch immer dieselben! Danke! Aber bleibt ruhig liegen. Und die paar Eulen, die sich jetzt erst in die Daunen werfen: Bleibt noch dran, es lohnt sich.« Die Idee mit dem Gefieder war ihm gekommen, als er an die Szene im Eulenzimmer gedacht hatte. War doch witzig. »Hier ist Andy – und wenn ihr mich hört, dann wisst ihr: *Morgens um Andy* ist die Welt noch in Ordnung. Und alle, die das nicht glauben, die können mich mal. In diesem Sinne und mit freundlichen Grüßen.«

Er drückte einen Knopf und ein spannungsgeladener Musikakzent ertönte, gefolgt von einem langsam lauter werdenden, stampfenden Rhythmus. Und dann sangen die *Fantastischen Vier* ihre Hommage auf die Abkürzung: *ARD, ZDF, C&A, BRD, DDR und USA …*

Andy wippte im Rhythmus mit dem Kopf und stampfte mit dem linken Fuß. Ja, jetzt hatte er sie wieder, die richtige Spannung. Keine Spur mehr von Nervosität. Die Zeilen *GbR, GmbH, ihr könnt mich mal* und *RHP, USW, LMAA* sang er laut mit, dabei schaute er durch die Fensterfront ins Redaktionsbüro, in dem um diese Uhrzeit nur ein Kollege saß, der schöne Thorsten, und der glotzte auf seinen Monitor. Andy hätte ihm gern irgendein Zeichen gegeben, den erhobenen Daumen, das Victory-Zeichen. Sollte der doch scharf auf Andys Stuhl sein, er hatte keine Chance, so eine Morgen-Show konnte nur einer moderieren, Andy Otto. Er hatte sich in dieser kurzen Zeit derart mit Adrenalin aufgepumpt, dass er sich nicht mal bescheuert vorkam.

Am Ende der ersten Stunde lief er zu Wolle und holte den obligatorischen Kaffee, einen Gummi-Schlumpf und diverse andere Produkte der Gelatine verarbeitenden Industrie – sowie natürlich den von den Hörern sehnsüchtig erwarteten Witz des Tages ab.

Wolle freute sich wie Bolle: »Was hat vier Füße und kann fliegen?«

Andy zuckte mit den Schultern.

»Zwei Vögel!«, rief Wolle.

»Ich glaub, den hab ich schon mal gehört«, sagte Andy. »Kann es sein, dass du den schon gestern erzählt hast?«

Wolle zog eine beleidigte Miene. »Ist doch alles zwischen meinen Segelohren selbst ausgedacht. Täglich frische Witze. Muss ich mal sammeln und ein Buch rausbringen.«

»Das erzählst du schon seit Jahren«, meinte Andy. »Mach das doch mal. Und du weißt ja, ich lach grundsätzlich mehr so nach innen. Und in mir drin sind, glaub ich, vor Lachen gerade alles Organe durcheinandergerutscht.«

»Arschgeige.«

»Ich dich doch auch. Aber jetzt stell dein Radio mal lauter, gleich gibt es nämlich eine echte Sensation bei *Morgens um Andy*.«

Wolle gehorchte. Mist, die waren schon beim Wetter, schnell zurück ins Studio.

Und dann, kurz nach sieben, zog er seinen Joker. Salbungsvoll berichtete er von all jenen Menschen, die Tag für Tag die richtig schwere und die wirklich wichtige Arbeit leisten. Er lobte Krankenschwestern, Müllmänner und Verkäuferinnen. Und dann verkündete er mit Pauken und Trompeten, die er als *Midifile* dazuspielte – seinen am Abend zuvor zurechtgelegten Plan. »Leute, ab heute starte ich meine Serie über die *Powerhelden des Alltags im KKN-Land*. Weil ich nämlich gestern genau so einer Heldin begegnet bin.« Da hatte er die Hörer doch schon im Sack, oder? Nach *All That She Wants Is Another Baby* erzählte er von Christine Osterling und ihrem Einsatz für die ganz Kleinen in der Gesellschaft. Und U2s *Still Haven't Found What I'm Looking For* leitete dann über zu seinem Besuch im Kindergarten und dem Moment, als er die Tote fand. »Und, Leute da draußen, wisst ihr, wie sich das anfühlt, wenn man dann die Zeitungen aufschlägt, und keine Zeile, keine einzige Silbe ist dieser Frau gewidmet? Alles nicht so wichtig, oder was? Eine Heldin des Alltags ist tot, und wir regen uns über das Wetter auf oder darüber, dass wir vielleicht nicht die Mietwohnung gekriegt haben, in der wir gern gewohnt hätten.« Kleiner Gruß an Carina, jetzt war sie sicher vor lauter schlechtem Gewissen vom Stuhl gefallen. »Und dieses Erlebnis, liebe Leute im *Powerradio-KKN*-Land, hat mir gezeigt, wir müssen uns wieder mehr füreinander interessieren, für die kleinen großen Taten im Alltag. Macht ihr mit? Klar, das macht ihr!« Als er an diesem Punkt angekommen war, waren schon anderthalb Stunden seiner Sendung rum. In der restlichen Zeit plauderte er mit Hörern, die von ihren positiven Erlebnissen mit Kindergärtnern berichteten. Die Leute hatten echt zu jedem Scheißthema ihren Senf dazuzugeben. Zum Schluss widmete er seine Sendung der Kindergärtnerin und spielte *She Works Hard For The Money.* Besonders stolz war er darauf, dass er nach knapp drei Stunden noch einmal so was wie einen richtigen inhaltlichen Bogen spannte: »Das war's wieder mal, ihr Lieben, kommt gut durch den Tag, *ihr Powerhelden im KKN-Land,* Andy denkt an euch, Andy dankt euch, vielleicht tun andere es heute auch mal. Lasst die Vögelchen schön für euch singen. Und denkt immer dran: Bevor wir fall'n, fall'n wir lieber auf.«

Er sackte in seinem Drehstuhl zusammen, als hätte man die Luft aus ihm herausgelassen, dehnte den Kopf so weit nach hinten, bis es schmerzte. So was fiel der Schmölln vermutlich überhaupt nicht auf, so eine fein komponierte Sendung. Blöde Kuh.

Die Tür ging auf, und der schöne Thorsten steckte den Kopf herein.

»Soll ich übernehmen, oder willst du gleich weitermachen, wenn du schon mal so in Fahrt bist?«

Am liebsten wäre Andy gleich ins Büro der Schmölln spaziert, hätte sich bei ihr auf den Schreibtisch gesetzt und sie um eine Einschätzung der vergangenen drei Radiostunden gebeten. Doch sie war angeblich gerade zu Tisch. Als er im Aufzug stand, vibrierte sein Handy. Er blickte aufs Display: *Carina* und dahinter ein Foto, auf dem sie in die Kamera lächelt. Er nahm das Gespräch an und versuchte, möglichst wenig triumphal rüberzukommen. »Grüß dich, Carina.«

Statt einer Begrüßung fragte sie: »Dann stimmt das wohl mit der Leiche?«

»Ja, klar.«

»Scheiße.«

»Kann man wohl sagen.«

Sie schwieg, er lauschte.

»Tut mir leid«, sagte Carina schließlich.

Das war seine Chance. »Blödsinn, Carina. Mir tut's leid. Das muss total erniedrigend für dich gewesen sein gestern mit diesem Makler. Ich hätte dich anrufen müssen. Aber ich war einfach … also, als ich die Leiche gefunden hatte …« Er hielt inne in der Hoffnung, dass sie ihn unterbrechen würde.

Sie tat ihm den Gefallen: »Vergiss es … Wie geht's dir denn?«

»Schon okay.«

»Oh, Mann, ist ja echt heftig.« Wieder entstand eine Pause. Dann fragte Carina: »Wollen wir uns heute Abend sehen und irgendwie noch mal … reden? Heute Abend? Schönes Abendessen?«

»Unbedingt. Das machen wir.« Er zögerte, konnte aber der Versuchung dann doch nicht widerstehen: »Ach so, übrigens, wie fandest du die Sendung?«

Carina antwortete nicht sofort, und Andy bereute es, die Frage gestellt zu haben. Sie war immer ziemlich kritisch. Aber heute glaubte er eigentlich, ihren Nerv getroffen zu haben.

»Na ja«, meinte sie schließlich. »War schon ein bisschen dick aufgetragen, oder? Unsere *Powerhelden im KKN-Land*? Ich weiß nicht. Bisschen ranschmeißerisch, oder? Was hat denn die Schmölln gesagt?«

»Scheiß doch auf die Schmölln! Mann, das sind unsere Hörer! Unsere Hörer-Helden!«

»Du, meine Bahn kommt, lass uns später noch mal telefonieren, Schlumpfi.«

»Okay.«

Alles war gut. Sie hatte ihn Schlumpfi genannt. Dieser alberne Ausdruck war mehr als nur ein Kosename, den sie ihm verpasst hatte, weil er so gern die süßen Gummiteile im

Büdchen kaufte und – wenn sie Dienst hatte – immer einen für sie mitbrachte. Er war eine Art Code. Schlumpfi hieß: Alles im grünen Bereich. Ohne i war neutral, Vorsicht war bei Andy geboten – und wenn Carina ihn Andreas nannte, musste er sich warm anziehen.

Andy trat durch die Glastür des Funkhauses ins Freie und rief noch schnell seine E-Mails ab. Da waren doch bestimmt schon ein paar Rückmeldungen von seinen Fans.

Andy blieb vor der Tür stehen und wartete, bis das Telefon die acht Nachrichten geladen hatte, sieben davon waren Werbemails, den achten Absender kannte er nicht. Oder war es eine Absenderin? *H.N.Weis* stand da. Kein ihm bekannter Fan, aber er hatte ja heute einen anderen Ton angeschlagen und vielleicht ein paar neue Hörer dazugewonnen. Hoffnungsvoll tippte er die Mail an, sie öffnete sich – und Andy spürte, wie seine Herzschläge ihre Taktfrequenz erhöhten und Hitze in sein Gesicht stieg.

»Hey, Andy!«

Er zuckte zusammen und drehte sich um. Vor ihm stand Julia, die Sekretärin. »Ich bin's nur. Sorry, wollte dich nicht erschrecken.« Sie machte eine entschuldigende Geste. »Coole Sendung, heute.«

Andy versuchte ein Lächeln und verdeckte das Handydisplay. »Danke!«

»Willste rein oder kommste raus?« Julia lachte.

»Was? Nee, ich muss noch grad … ich wollte …« Nur Gestammel, mehr ging nicht.

»Na dann, bis dann«, sagte Julia und stemmte die Glastür auf.

Andy schaute sich um, da kam niemand mehr vorbei, den er kannte. Die Hand, mit der er sein Smartphone hielt, war schweißnass. Er aktivierte das Funktelefon erneut, und die

Mail erschien wieder. Sie hatte keine Betreffzeile und bestand ansonsten nur aus einem einzigen Satz, nein, eigentlich bestand sie nur aus drei Buchstaben: *M F G.*

Mit freundlichen Grüßen – ein Song, den er eben in seiner Sendung zitiert hatte. Doch diese Floskel war es gar nicht, was Andy so entsetzte. Denn da gab es ein Foto unter dem Text. Er konnte nicht fassen, was er da sah.

Das musste er sich genauer ansehen, am besten am Computerbildschirm. Aber an seinem Schreibtisch im Sender war das unmöglich. Wann ging endlich die nächste Bahn?

Zwanzig Minuten später saß er in seiner Wohnung vor seinem Laptop und wartete darauf, dass das Gerät die E-Mails hochlud. Unterwegs hatte er es sich verkniffen, das Bild noch einmal zu betrachten. Umso mehr brannte er darauf, jetzt die Details zu erkennen. Fünf neue Werbemails waren dazugekommen, außerdem zwei Facebook-Nachrichten. Die eine hieß *Bravo, Andy*, die andere *Das war ja wohl scheiße*. Er ignorierte beide und klickte stattdessen die Mail von H.N.Weis an. Sobald das Foto den Bildschirm ausfüllte, stöhnte Andy auf.

Er erkannte Christine Osterling, genauer: die tote Christine Osterling. Noch genauer: den Kopf und den Oberkörper der toten Christine Osterling.

Die Leiche lag vor ihm auf dem Bild, fast wie am Vortag – nur zweidimensional, und ihre Hände waren über der Brust gekreuzt. Sie hielt etwas. Andy zog das Foto größer, dadurch wurde es unschärfer, aber was die Tote da in den Händen hielt, war immer noch gut zu erkennen: ein Zettel, oder? Nein, ein Flyer, eines dieser gefalteten Werbeblättchen.

Was stand da? *Eifelhimmel.*

Seine Hände waren schon wieder nass.

Eifelhimmel? Was sollte das denn? Wie in Trance starrte Andy auf das Bild. Die tote Kindergärtnerin, seine posthum gekürte *Powerheldin aus dem KKN-Land*. Doch etwas stimmte nicht. Als Andy sie gefunden hatte, lag ihr Kopf auf der Kante dieser Kiste. Hier auf dem Foto war er auf ein Stoffnilpferd gebettet. Und die Tote hielt das Faltblatt in den Händen. War es möglich, dass Andy es übersehen hatte?

Nein! Da war kein Faltblatt gewesen, als er Christine Osterling gefunden hatte. Da war nur dieser komische Dominostein gewesen.

Moment, das konnte er doch beweisen. Hastig öffnete er die Fotodateien auf seinem Handy. Das letzte Foto hatte er gestern geknipst, da lag sie, die Klettersandalenfrau, wie er sie vor knapp vierundzwanzig Stunden vorgefunden hatte. Eindeutig, da waren weder das Nilpferd noch dieser Flyer auch nur in ihrer Nähe gewesen.

Das musste jemand so drapiert haben. Nachträglich. Oder davor? War vielleicht die Position, in der Christine Osterling aufgefunden worden war, auch schon eine Art Installation gewesen? Aber dann war es vielleicht auch kein Unfall, kein Sturz von der Leiter, kein Schwächeanfall wegen Überforderung. Dann war das eventuell … Mord?

Was bedeutete das Ganze?

Eifelhimmel.

Andy öffnete seinen Browser. Sekunden später befand er sich auf der Homepage eines offenbar riesigen Hotels mitten in der Vulkaneifel. Der Laden positionierte sich ziemlich unverhohlen als Bumsschuppen. Als kommende Höhepunkte waren eine Mallorca-, eine Ibiza- und eine Alpen-Party angekündigt, außerdem ein Schlagerspektakel.

Andy klickte zur Mail und zum Foto zurück und betrachte erneut den Flyer. Ein hässlicher, mehrstöckiger Kasten, für den das Wort »Bettenburg« erfunden worden war. Andy hatte von solchen Hotels gehört, die davon lebten, dass irgendwelche notgeilen Gruppen dort abstiegen. In der Mitte des Flyers sah man das Foto einer Disco, die offenbar Teil des Etablissements war. Darunter waren eine Kegelbahn sowie ein herausgehobener Kegel abgebildet. Und daneben Zahlen. Ein Datum? Andy brauchte einen Moment, um zu kapieren, dass es sich um den heutigen Tag handelte. Und die Uhrzeit? 16 Uhr.

Was war das denn? Eine Aufforderung zum Kegeln? In der Hand einer Toten?

Dann war es eine Einladung, die man besser nicht annahm. Oder sollte er da jetzt hinfahren? War das die Story für die morgige Sendung? Womöglich sogar die noch viel bessere Story? Klar war doch: H.N. Weis hatte die Mail an ihn persönlich geschickt.

Kegeln in der Eifel, heute, 16 Uhr.

Andys Blick ging automatisch in die obere rechte Monitorecke. 10.38 Uhr.

Das war zu schaffen. Bloß wie? Mit dem Zug?

Andy betrachtete wieder die drei Wörter und mit einem Mal schoss ihm eine heißkalte Welle über den Rücken. So stark, dass er sich schütteln musste.

MFG.

Mit freundlichen Grüßen.

Bevor wir fall'n, fall'n wir lieber auf.

Konnte das sein? Aber das hieße doch …

Seine Gedanken fanden kein Ziel.

Er betrachtete den Absender: H.N. Weis.

H.N. Weis? Hinweis? Hinweis!

»Was soll dieser Scheiß«, murmelte Andy.

Schmacht

Normalerweise wurde Paul-Erwin Heuser nicht so schnell kribbelig. Er hatte sich in den sechsundzwanzig Jahren, die er in einem Vierzigtonner auf den europäischen Autobahnen unterwegs gewesen war – vor allem in den südlichen Ländern, die er bereist hatte –, all die Gemütszustände abgeguckt, die ihm attraktiv erschienen waren. Er trug seinen prallen Bauch mit dem Gleichmut eines Südfranzosen durch die Gegend, gönnte sich, wann immer es ging, ein üppiges Pensum an Ruhepausen wie die Spanier und genehmigte sich ab und zu einen ordentlichen Wutausbruch, wie ihn normalerweise nur die Italiener hinbekamen. Zum Ausgleich gewissermaßen.

Aber heute war er nervös. Das war alles nicht einfach gewesen, den Terminkalender so umzustricken, dass niemand Verdacht schöpfte. Seit er nicht mehr auf dem Bock saß, sondern größtenteils hinter dem Schreibtisch, seit er nicht mehr allein durch die Weltgeschichte gondelte, war es nicht mehr so leicht, sich den Alltag mit ein paar kleinen Vergnügungen zu verschönern. Er hatte Druck. Zeitlich und auch sonst. Wenn ihm früher die Frachttermine und der Disponent im Nacken gesessen hatten, so waren es heute seine Sekretärin und seine Frau.

Sein Obst- und Gemüsegroßhandel lief wie am Schnürchen. Mit siebenunddreißig Angestellten und einem großen Firmengebäude am Rande von Meckenheim, direkt an der Autobahn, hätte er eigentlich glücklich sein können. Wenn man ihn nur ab und zu mal lassen würde.

Seit die neue Bananen-Reifungs-Anlage fertig war, war es ganz schlimm geworden, seitdem ging irgendwie gar nichts mehr. Früher war es einfacher gewesen. Als Trucker kannte man alle schönen Plätze entlang der Strecken. Und in den heimischen Gefilden hatte er es auch ordentlich krachen lassen, wenn sich die Gelegenheit bot. Machten die Italiener ja auch dauernd.

Er hatte neuneinhalb Jahre das Amt des Vorsitzenden im Karnevalsverein seines Heimatdorfs bekleidet. Karneval war für ihn sowieso der Höhepunkt des Jahres gewesen. Fast so wie der alljährliche Ausflug der Freiwilligen Feuerwehr an die Mosel. Oder die regelmäßige Frühjahrsreise zur Grünen Woche in Berlin. Das alles war Geschichte, seit er selbstständig war. »Selbst« und »ständig«, wie er das immer nannte. Nur seinem Kegelclub *Zicke, Zacke, Hühnerkacke* blieb er treu, da konnte kommen, was wollte. Das war so ziemlich der einzige Lichtblick in seinem Leben, das irgendwie nur noch aus Arbeit zu bestehen schien.

Seine Frau Elfi hatte die Vollrath, seine Sektrtärin, eingestellt. Die Alte hätte er nicht mal im Dunkeln angepackt, so wie die aussah. Langes Elend, platt wie 'ne Gerüstdiele. Die Frauen aus dem Lager ackerten im Akkord, da war auch mal keine bereit, mal schnell eine Zwischenschicht mit ihm einzulegen, und so blieb ihm nur ab und zu ein Ausflug auf die andere Rheinseite, wo er ein paar fröhliche kleine Clubs kannte. Die Mädels nannten ihn Paolo, so wie alle anderen um ihn herum auch. Sein Haar war von einem tiefdunklen, bläulichen Schwarz, das für seine Begriffe völlig natürlich aussah. Auch der dichte Schnäuzer.

Der Radiosender KKN verstummte, und die Stimme von Theo Michalkski kam über die Freisprechanlage des BMW: »Tach Paolo, wo steckst du? Wolltest du nicht eigentlich heute vorbeikommen?«

Oh, blöd. Theo war sein Steuerberater und Kegelbruder. Es gab kaum ein Geheimnis, das er nicht mit Theo teilte, schon seit Ewigkeiten. Einem Steuerberater konnte man mehr anvertrauen als einem Beichtvater. Machte auch viel mehr Spaß.

»Nee, geht heute nicht, Theo. Ich bin unterwegs in Richtung Niederrhein. Zu dem Kartoffelbauern, von dem ich dir erzählt hab.«

»Wann bist du denn zurück?« Theos Stimme klang blechern, die Verbindung schwankte.

»Wird sicher lang. Der lädt mich wahrscheinlich noch zum Essen ein und so. Fies Schnitzel essen, blöden Niederrheinschnaps trinken, das ganze Pipapo rauf und runter. Meint wahrscheinlich, er muss mich ein bisschen pampern. Vielleicht übernachte ich sogar da.«

Auch der beste Steuerberater und der beste Freund musste nicht alles wissen. Um ihn herum wurden von Kilometer zu Kilometer die Berge höher und die Wälder dichter. Die Eifel lag in der Nachmittagssonne, und der Niederrhein war schön weit weg.

»Morgen früh um sieben hab ich einen Termin auf dem Großmarkt in Roisdorf, und danach komme ich gleich zu dir.«

»Na, dann mal viel Spaß bei deinen Kartoffelnasen, und wenn du dann morgen ...«

Der Rest des Satzes bröckelte im Funkloch weg, und die Verbindung brach ab. Hatte das jetzt bei Theo ironisch geklungen? Der konnte doch nichts wissen. Oder doch? Die Vollrath hatte er mit diesem getürkten Termin täuschen können und seine Frau auch. Und Theo?

Theo wusste immerhin von der Existenz des Kegelclubs *Scharfe Schnitten* aus Heilbronn. Und er wusste auch von Renate, der Mutter der Kompanie, mit der Paolo sich damals mehr als gut verstanden hatte.

Die beiden Kegelclubs waren vor sieben Jahren zum ersten Mal im *Eifelhimmel* aufeinandergetroffen. Das Ding lag abgeschieden genug, um Vereine aus ganz Deutschland magisch anzuziehen, die hier jeweils einmal im Jahr ein Wochenende lang in einer der sechs Kellerbars, auf einer der acht Kegelbahnen oder in den zweihundert Zimmern die Sau raus ließen. Die Schwabentanten waren wirklich gut drauf gewesen. In jedem Club gab es ja normalerweise immer mindestens einen Blindgänger, den man zum Jagen tragen musste, aber die vierzehn Mädels waren in jeder Hinsicht erfahren, vergnügungswillig und einsatzfreudig gewesen. Und dazu hatten sie sogar noch einigermaßen gut ausgesehen. Renate, das war sogar ein richtiger Schuss. Gut zurechtgeschnitzt und ordentlich in Form gepumpt, so wie Paolo das mochte. An der Bar hatte er für sie sein ganzes Melonenwitze-Repertoire abgefeuert und war danach zu den Gurken- und Möhrengags übergegangen. Das volle Programm. Die hatte Humor und war auch ganz schön fix mit der Zunge. In jeder Beziehung. Nur den schwäbischen Dialekt musste man sich wegdenken.

Er lenkte den BMW durch Gerolstein und fuhr den Berg hinauf. In fünf Minuten war er da. Seine Vorfreude stieg ins Unermessliche. Seit damals hatten sie die Schwabenmädels noch dreimal getroffen. Beim letzten Mal hatten er und Renate dann gleich ein gemeinsames Zimmer gebucht. Das Geld konnte man sich ja sparen.

Noch nie hatte er sich mit ihr außerhalb eines Kegelausflugs getroffen. Ab und zu schickte er ihr mal eine E-Mail mit schweinischen Witzchen rüber, aber sonst hatten sie keinen Kontakt. Das wäre auch viel zu heikel gewesen. Wegen Elfi. Die schnüffelte gerne in seinem Handy rum. Umso mehr hatte ihn die frohe Botschaft überrascht, Renate sei vier Tage ganz privat im *Eifelhimmel*. Eine solche Einladung hatte sie ihm natürlich nicht zweimal übermitteln müssen. Allein schon, was sie alles in die E-Mail reingeschrieben hatte. Er hatte die gar nicht schnell genug löschen können.

Die klotzige Fachwerkkonstruktion des *Eifelhimmels* schimmerte schon durch die Bäume. Er verlangsamte die Fahrt und bog auf den Parkplatz ab. So leer hatte er ihn noch nie vorgefunden. Wahrscheinlich war hier nur an den Wochenenden richtig was los. Er parkte in der Nähe des Haupteingangs neben zwei Fahrzeugen mit Dauner Kennzeichen.

Nachdem er seinen rundlichen Körper aus dem Autositz gewuchtet hatte, schnüffelte er kurz an seinen Achseln. Ging. Vielleicht würden sie gleich duschen. Schön einseifen. Renate ließ sich immer was einfallen. Auch so einer ihrer Vorzüge.

An der Rezeption empfing ihn eine kleine Brünette ohne Hals, die sich anhörte wie ein Faxgerät auf zwei Beinen. Mit Piepsstimmchen konnte er gar nicht, da sagte er immer gleich, sie sollten besser einfach für eine halbe Stunde die Klappe halten.

»Herzlich willkommen im Hotel *Eifelhimmel*«, quiekte die Rezeptionistin.

Er atmete die abgestandene Luft ein und nahm den leicht säuerlichen Biergeruch wahr, der aus den Kneipen im Kellergeschoss heraufdrang. Es roch vertraut. Hier wusste man gleich, worum es ging. Hier fühlte sich Paolo Heuser gleich zu Hause.

»Guten Tag«, schnaufte er. »Bei Ihnen wohnt eine Frau ...« Für einen kurzen Moment wollte ihm Renates Nachname nicht einfallen. Er war wirklich sehr nervös. »Frau Nägele, Renate Nägele.« Er schmunzelte. Klar, wie sonst.

Die junge Frau konsultierte ihren Computer. »Ja, ich sehe hier, dass Frau Nägele Zimmer Nummer 88 hat. Wenn Sie einen Moment Geduld haben, sehe ich mal, ob sie schon eingecheckt hat.« Sie fixierte wieder den Bildschirm.

»Wenig los, was?«, fragte Heuser und trommelte leise mit den Fingern auf der Theke.

»Nein, wir sind ausgebucht. Bis auf das letzte Zimmer. Allerdings sind die Herrschaften alle noch nicht angereist. Ah, jetzt sehe ich es: Frau Nägele, das ist die Einzige, die offenbar schon da ist. Soll ich sie anrufen und ihr Bescheid sagen, dass Sie hier auf sie warten, Herr ...?«

Er nickte. »Ja, sagen Sie ihr bitte ...« Aber er besann sich eines Besseren. »Nein. Nein, Momentchen, anders: Ich werde sie überraschen. Zimmer ... was sagten Sie gleich?«

»Nummer 88. Der Aufzug ist gleich da vorne, auf der anderen Seite der Lobby. Zweiter Stock.«

Wusste er.

Während er hinauffuhr, dachte er daran, dass Zimmer Nummer 69 auch nicht schlecht gewesen wäre. Er zupfte sich im Schritt und richtete seinen Hemdkragen. Alles tipptopp, das konnte ein schöner Nachmittag werden.

Was hatten sie hier schon erlebt. Er dachte an den Strippoker in der großen Suite im Dachgeschoss, er dachte an den Abend, als sie morgens um vier die Cocktailbar gekapert und selbst gemixt hatten. In einem Jahr waren sie in Klamotten schwimmen gegangen. Da war einer von ihnen fast ersoffen und ins Krankenhaus in Gerolstein eingeliefert worden. Einen anderen hatten sie mal pudelnackt bei den schwäbischen Mäuschen auf der Kegelbahn festgebunden. Ach ja, und super gekegelt hatten sie auch jedes Mal.

Mit einem *Ping* kam der Aufzug zum Stehen.

Als er auf die mahagonifarbene Tür zuging, hatte er den Peak der Aufregung erreicht. Ab jetzt wurde es richtig geil. Das war es, was er schon seit Wochen vermisste. Er war ausgetrocknet, verdorrt. Er brauchte ... Fast schon konnte er Renates Anwesenheit durch die Tür spüren. Er brauchte Fleisch! Weiches, heißes Fleisch.

Er klopfte, und die Tür öffnete sich fast augenblicklich.

Paul-Erwin Heusers Mund öffnete sich leicht, sein gekrümmter Finger, mit dem er gerade noch gegen das Holz der Tür gepocht hatte, schwebte in der Luft.

»Nee, ne«, sagte er tonlos. »Was willst du denn hier?«

Etwas Hartes, Massives schoss wie aus dem Nichts auf ihn zu und traf ihn mitten im Gesicht, bevor er auch nur darüber nachdenken konnte, seinen fetten Körper zur Seite zu werfen. Das Zersplittern seines Nasenbeins toste durch seinen Kopf, füllte alles aus und endete abrupt, als er das Bewusstsein verlor.

Bei näherer Betrachtung

Können Sie mich hier schon rauslassen?«

Der Taxifahrer drehte sich verwundert um. »Aber da vorne ist es doch schon. Nur noch hundert Meter. Kann man schon sehen.«

Eben. Wer immer da wartete, sollte ihn ja nicht schon bei der Anreise bemerken. Er hatte keine Ahnung, auf was er hier, am Arsch der Welt, gefasst sein musste. Er kannte die Eifel von früher. Zwei Tagesausflüge der Messdienertruppe waren hierher gegangen, Monschau und die Dauner Maare. Irgendwo hier in der Nähe war er auch mal im Schullandheim gewesen, aber ansonsten wusste er mit dieser Gegend wenig anzufangen.

Er bezahlte den Fahrer, stieg aus und guckte dem Taxi hinterher, bis es hinter die Bäume verschwand.

Wie im Hitchcock-Thriller, dachte er. Sonnenbrille konnte nicht schaden. Bringen würde sie aber auch nicht viel, von wegen dicker Fisch an der Angel, momentan fischte er im Trüben. Was brachte ihm was? Und was war ein Flop? Irgendjemand schickte ihn auf einen dubiosen Weg, der zu diesem hässlichen Bumsbunker in der Pampa führte.

Es fühlte sich gefährlich an. Es gab eine tote Frau, und dieser Irgendjemand spielte geheimnisvolle Spielchen. Das war strange. Und genauso wie ihn als Radiomoderator diese abgedrehte Story lockte, sagte ihm seine innere Stimme, auf die er zugegebenermaßen selten hörte, dass er sich mit dieser Aktion genauso gut gehörig auf die Schnauze legen konnte. Er war nicht Null-Null-Andy. Er hatte ja nicht mal ein eigenes Auto. Welcher Ermittler fuhr schon mit der Deutschen Bahn auf Spurensuche? Das war doch *Steam Punk*.

Noch könnte er umkehren, einfach wieder ein Taxi rufen, sich zurück nach Gerolstein chauffieren lassen und im trostlosen Bahnhof in den nächstbesten Zug nach Köln steigen. Einfach abhauen. Das Spiel abbrechen.

Andy hatte einen Kumpel, der in der Pressestelle der Polizei arbeitete: Henk. Den konnte er heute noch anrufen, dem konnte er immer alles erklären, der hörte auch zu. Im Gegensatz zu dieser Eisklotzfrau, die ihm im Tausendfüßlerkindergarten dermaßen auf den Zeiger gegangen war. Wie hieß die noch? Rabenow oder Wanselow oder so ähnlich. Ja, Henk konnte er anrufen!

Aber jetzt war Andy hier. Hatte schon ein paar Euro hingeblättert für die Strecke. Und Zeit investiert. Nerven. Er gab sich einen Ruck. Nur mal eben gucken.

Das *Eifelhimmel* lag jetzt vor ihm in all seiner altbackenen Trostlosigkeit. Hinter dem rechten Anbau musste der kleine Parkplatz für die Dienstfahrzeuge sein, wenn Andy die Fotos der Internetseite und die Beschaffenheit der Anlage, die er bei *google earth* unter die Lupe genommen hatte, richtig deutete. Undeutlich erkannte er hinter dem angrenzenden Strauch ein paar Abfallcontainer, dort würde er mit Sicherheit einen Nebeneingang finden.

Er verfiel in eine gebückte Haltung, als er am Waldrand entlang auf das Gebäude zuging. Wahrscheinlich hatte er nie verdächtiger ausgesehen. Er zwang sich, aufrecht zu gehen, das war doch sonst völlig albern hier. Zum Glück würde ihn hier niemand erkennen, das *Powerradio-KKN*-Land endete an den Grenzen zur Eifel.

Die Container stanken süßlich, und es wimmelte von Fliegen. Das erinnerte ihn stark an den Geruch in seinem Innenhof zu Hause, wenn die Pizzeria mal wieder vergessen hatte, wann die Müllabfuhr kommt.

Hinter einem der länglichen Fenster musste die Küche liegen, eine Neonröhre hing von der Decke, es schepperte, Stimmen waren auch zu hören. Ein paar Schritte weiter stand eine zweiflügelige Tür zur Hälfte offen. Als in diesem Moment ein junger Mann in karierter Hose und fleckigem T-Shirt herauskam, um sich eine Zigarette anzustecken, presste Andy sich flach gegen die Wand. Der Mann steuerte einen weißen *Berlingo* mit einem leuchtend roten Schriftzug *Eifelhimmel* an, stieg ein und brauste davon.

Und jetzt?

Das alles war großer Quatsch. Er schlich sich hier an wie ein Schwerverbrecher, klebte sich an Häuserwände, das war doch hirnrissig.

Warum ging er nicht wie ein stinknormaler Besucher zur Rezeption? Das hier war die Eifel. Hier grinste kein Andy in der Kaffeetasse von den Plakatwänden, hier tapezierte man anständige Werbung für Autohäuser, Möbelzentren und andere Segnungen der Zivilisation. Keine Sau kannte ihn, seine Stimme oder seine Sendung am Morgen. Er würde jetzt einen Blick ins Kegelbahn-Wunderland werfen, seine Neugier befriedigen, und sonst nichts, verdammt noch mal! Wahrscheinlich war da sowieso nichts.

Das Ganze konnte auch ein Gag von seinen Kollegen sein, schoss es ihm durch den Kopf. Ein Scheißtrick von dieser Kuh Schmölln, um ihn von seinem Arbeitsplatz wegzulotsen.

Andy wusste im selben Moment, dass das nicht stimmte. Geschmacklose Scherze mit toten Kindergärtnerinnen – das war weder der Stil seiner Chefin, noch der des schönen Thorsten, der so scharf auf seinen Job war. Die hätten sich was anderes ausgedacht. Was deutlich Langweiligeres.

Okay, alles auf Anfang, das hier musste anders laufen, das war kein Top-Secret-Einsatz.

In diesem Moment räusperte sich jemand. Andy fuhr herum und stand einem mageren, älteren Mann mit Stoppelkinn gegenüber, der zwei Mayonnaise-Eimer spazieren trug. »Kann ich Ihnen helfen?«, fragte der Alte.

Die Kälte kroch um seinen Körper und leckte über seine nackte Haut. Warum konnte er sich nicht bewegen? Was schnitt ihm so schmerzhaft in die Handgelenke? Was schnürte ihm das Blut an den Fußknöcheln ab? Paolo Heuser konnte den Blick nur langsam schärfen, seine beiden Augen schienen sich nicht im Einklang bewegen zu lassen. Da war auch Blut, und in seiner Nasenwurzel wummerten Puls und Schmerz im gleichen Takt. Alles war geschwollen und fühlte sich an, als müsste es gleich platzen. In seinem Schädel kreischte es.

Warum war es so dunkel? Wie viel Zeit war vergangen, seit er bewusstlos geworden war? Heuser konnte nicht viel erkennen: nur die dünnen Drähte, durch eine fahle Lichtquelle messerscharf aus der Finsternis herausgeschält.

Nur die kleinen Staubteilchen, die darum tanzten.

Seinen aufgeblähten Bauch, der schneeweiß leuchtete.

Und jemanden, der im Dunkeln an seinem Unterkörper herumhantierte.

Dies war nicht das Hotelzimmer, und diese Gestalt war nicht Renate.

Und plötzlich kroch etwas anderes langsam über ihn, vermischte sich mit der klammen Kälte und steigerte das Zittern, das seine teigige Haut vibrieren ließ, zu einem Beben, das seinen ganzen Körper schüttelte.

Es war die Angst.

Keine Angst, wie er sie als Kind vorm schwarzen Mann gehabt hatte, keine Angst wie damals im Flieger nach Mallorca, als sie hatten notlanden müssen, und auch keine Angst wie die nach der Krebsuntersuchung, bei der man ein Geschwür diagnostiziert hatte.

Diese Angst war anders. Viel schlimmer. Nackt wie er, ungeschminkt, hässlich. Die konnte man nicht mit einem dreckigen Witzchen weglachen. Die bohrte sich in das Zentrum seiner Seele, spießte ihn langsam auf.

Da waren leise Geräusche, wie von einer Schere. Eine Zange!

Die Gestalt richtete sich auf und betrachtete ihr Werk. Als Heuser jetzt ein Stöhnen durch den Knebel presste, zeigte sie undeutlich ein Lächeln, kam näher und neigte sich zu seinem Kopf hinunter.

Er kannte dieses Gesicht, und plötzlich begriff er alles. Zwei behandschuhte Hände zauberten von irgendwoher einen länglichen, blinkenden Gegenstand aus dem Dunkel hervor und führten ihn zu seiner Brust.

Die Angst legte sich jetzt um seinen Hals. Sie wollte ihn nicht mehr atmen lassen.

* * *

»Hab mich verlaufen.« Andy drehte den Kopf leicht zur Seite und wedelte mit der Hand. »Ich bin irgendwie falsch ums Haus rum.«

»Wollen Sie zur Rezeption?«

»Äh, ja. Ist hier nicht, stimmt's?«

»Nee, wirklich nicht. Sie können einmal ganz ums Gebäude rum ...« Der Alte versuchte, die Richtung zu weisen, was wegen der Eimer nicht klappte. »Oder Sie gehen einfach schnell hier durch, an der Küche vorbei. Stört keinen. Das ganze Haus ist leer. Irgendwer hat alle Zimmer gebucht, aber jetzt ist schon Nachmittag, und es ist immer noch kein Mensch da.«

»Alle Zimmer auf einmal?«

»Echt alle auf einmal. Haben wir noch nie gehabt. Jetzt könnten die aber langsam mal anrücken.« Der Alte stellte die Eimer ab und kramte eine Zigarettenpackung aus seiner Brusttasche. Reval. »Sie auch?«

Andy winkte ab. »Ich hab's eilig ...«

»Wollen Sie ein Zimmer? Das wird nix.« Der Alte kicherte.

Andy schüttelte den Kopf und bewegte sich durch die Seitentür. »Nee, ich hab nur eine kurze Frage. Danke. Und schönen Tag noch.« Einsame Klasse, unauffälliger ging's wohl kaum. Vor Wut ballte er die Fäuste. Wenn das hier schief lief, würde sein Gesicht vielleicht doch demnächst überall zu sehen sein. Auf Fahndungsplakaten. *Komischer Volltrottel beim Herumschleichen ertappt* und so weiter.

Vor ihm lag ein Gang mit einer Menge Türen, hinter denen anscheinend einige Menschen mit ihrer Arbeit beschäftigt waren. Keiner schien ihn zu bemerken. Nach der weit offen stehenden Küchentür bog er im Gang nach rechts ab. Hinter einer mattierten Glastür war die Lobby. Sehr gut, ab hier würde er sich besser zurechtfinden, und dass die Frau hinten an der Rezeption gerade mit einem Telefonat beschäftigt war, war auch sein Vorteil.

Weiter links erkannte Andy den Treppenaufgang, ein rustikales Schild mit Großbuchstaben wies in die Richtung, nach der er suchte: *Vulkanstübchen, Eifelbrauhaus, Jägerklause, Weinlaube, Eifelkeller, Die Sause, Pool, Kegelbahnen 1-8.*

Nach einem kurzen Moment hörte die Rezeptionistin auf zu telefonieren und verschwand, über irgendwelche Papiere gebeugt, ins Back Office. Das war seine Chance, er rannte quer durch die Eingangshalle, erreichte die Treppe und beeilte sich, ohne allzu viele Geräusche hinunterzukommen. Das Haus schien menschenleer. Die Situation war irgendwie unwirklich. Er dachte an *Shining*. Das Overlook Hotel mitten in der Eifel. Und Jack Nicholson zog ihm gleich mit der Axt einen Scheitel.

War da ein Geräusch? Nein, seine Nerven lagen blank. Mist, welches war denn jetzt die richtige Kegelbahn?

Hier war alles dunkel, total tot, kein Lichtschalter. Dank der Notbeleuchtung und dem funzeligen Licht seines Handydisplays konnte Andy genug erkennen, um nicht pausenlos irgendwo gegenzurennen.

Wahrscheinlich drehten die hier alle Sicherungen raus, wenn kein Betrieb war. Keine Beleuchtung, kein Discogewummer, keine Polonaise, nur dieser fiese, schale Biermief. Der Gestank hier unten im Keller des *Eifelhimmels* war einfach ekelhaft.

Zwischen zwei mannshohen Plastikbüschen fand er die Tür mit der Aufschrift *Kegelbahn 1*.

Er zögerte für den Bruchteil einer Sekunde, als er nach der Klinke griff. War er *Powerradio* oder *Deutschlandradio*? Mann oder Memme?

Mann. Er drückte die Klinke runter. Abgeschlossen.

Andy atmete langsam durch.

Gleich nebenan befand sich die *Kegelbahn 2*. Auch diese Tür war abgeschlossen, selbst wenn man heftiger ruckelte. Vielleicht vom Biersiff verklebt? Nein, wirklich verschlossen.

Die nächsten beiden ebenfalls. Wie viele gab es noch mal insgesamt?

Er schickte seinen Blick durch das Dunkel. Mittlerweile konnte er etwas mehr erkennen. Ein Zigarettenautomat, danach Kondome und albernes Sexspielzeug – *Für nur fünf*

Euro Lustgewinn pur! –, dann wieder Hinweisschilder zu den Kneipen, die schwach beleuchteten Piktogramme der WCs.

Genau auf der gegenüberliegenden Seite des breiten Flurs erkannte er, spiegelgleich angeordnet, vier weitere Türen. Auch da stand kitschiges Gestrüpp aus Kunststoff, zum Glück war das nicht echt, die Büsche hätte er sonst aus Mitleid mitgenommen.

Kegelbahn 5, klar, abgeschlossen.

Kegelbahn 6 auch, ebenso die *7*.

Die *8* okay, natürlich auch abgeschl... nein.

Es gab ein saugendes Geräusch, als die Tür sich von der Gummidichtung löste.

Dahinter war es kalt. Und natürlich dunkel, logisch.

Überraschung! Konfetti! Die lieben Kollegen! Korkenknallen! Unser Einschaltquotenkönig Andy! Der King, der Beste, die coolste Sau im Äther! Die Schmölln in Strapsen ... nein, schnell wieder weg, das Bild ...

Aber es blieb finster. Und der Lichtschalter, den er neben der Tür ertastete, bewirkte auch nichts.

Andy hatte trotzdem eine Ahnung, wie groß der Raum war, wie lang gestreckt, denn jedes Geräusch, das er von sich gab, verursachte ein leises Echo in weiter Ferne. Der Lichtschalter machte klack, das Echo antworte eine Millisekunde später irgendwo ganz weit hinten.

Und er hatte noch eine Ahnung: Da war etwas. Etwas, das er nicht beschreiben konnte, wofür selbst dem unangefochtenen Fontänen-Quatscher Andy mal die Worte fehlten. Da war etwas mit ihm in diesem Raum.

Andy räusperte sich. Irgendwie musste er sich ja bemerkbar machen, zeigen, dass er angekommen war, dass er die vereinbarte Uhrzeit eingehalten hatte. Passierte schließlich nicht so oft.

»Jemand zu Hause?«

Die Stille nach dem Widerhall war staubig und schwarz.

»So, ich wär jetzt hier. Wenn's was zu klären gibt, raus damit.«

Sein Fuß stieß gegen etwas, das mit einem ohrenbetäubenden Klappern umkippte und ein paar Momente auf dem Boden hin und her kullerte. Eine Taschenlampe. Für ihn bereitgelegt? Ein altmodisches Modell aus glänzendem Blech. Fast so wie das, was sie damals zu Hause gehabt hatten. Um den Griff war das Ende eines roten Stoffbands gebunden worden. Mit einer Schleife, sah aus wie ein Geschenk. Er hob die Lampe auf und folgte langsam dem Band, das sich im Schwarz des Raums verlor. Als er das Ding anknipste, warf das Licht einen gelblichen Kreis auf den Boden. Das Band war etwa drei Meter lang und führte zu einer hölzernen Klappe an der Wand. Diese beschissene Schnitzeljagd-Nummer fing an, ihm auf den Geist zu gehen. Wenn da irgendwer war, der ihm was mitzuteilen hatte, dann sollte er es ihm ins Gesicht sagen.

»Jetzt komm endlich raus, du feige Sau!«, fluchte er und fand es im nächsten Moment schon peinlich. »Das ist doch alles Kinderkacke!«

Nichts rührte sich. Es war niemand da, und es gab nichts zu sehen. Er riss wütend die Klappe auf und fand dahinter einen Sicherungskasten. Das Ende des Bands war an einem der Schalter festgeknotet. Andy beherrschte sich nur mühsam. Seine Nerven gingen ihm durch. Jetzt war Sense, Schluss, Ende im Gelände! Er legte mit einem energischen Griff den Schalter um, und das Licht flammte auf. Überall in dem langen Raum. Die Neonröhren an den Decken, die Pendelleuchten über den Tischen in den beiden Sitznischen, die Wandlampen, die Lichtleiste knapp über dem Fußboden entlang der Kegelbahn. Die Lüftungsanlage rauschte, die Anzeige über der Kegelbahn blinkte, und ein mechanisches, laut polterndes Geräusch am anderen Ende des Raums verlangte nach seiner Aufmerksamkeit.

Normalerweise war Andy der Typ, der losrannte, wenn es etwas Spannendes zu sehen gab, aber hier und heute war das anders. Jetzt bewegte er sich zögernd auf die Öffnung zu, in der die Kegel präsentiert wurden. Andys Schritte fanden wie von selbst den Weg über das glänzend lackierte Holz, das man normalerweise auf keinen Fall betreten durfte. Was war das? Da hinten, bei den Kegeln? Das Bild drang nur ganz langsam zu ihm durch, nach und nach, in all seinen grausamen Einzelheiten.

Die unsichtbare Maschine weiter oberhalb versuchte immer wieder durch ruckelnde Auf- und Abbewegungen, die Kegel in ihre richtige Position zu bewegen, aber es gelang nicht. Etwas störte. Ein Körper, der in der Mitte der Fläche lag. Ein fetter Mann, völlig nackt, bleich und teigig. Ein riesiger, roter Fleck leuchtete auf seinem prallen Bauch.

Das Detail, das Andy den Rest gab, war nicht die Tatsache, dass die Arme und Beine des Mannes offenbar so mit Schnüren an den baumelnden Kegeln festgebunden waren, dass sie bei jeder mechanischen Bewegung auf und ab zappelten wie bei einer monströsen Marionette. Es war vielmehr die Erkenntnis, dass, wer immer das auch inszeniert hatte, den Schwanz des Mannes ebenfalls umschnürt hatte. Die Maschine zerrte daran und ließ wieder locker, sie zerrte und ließ locker ...

Das war abartig! Totaler Horror!

Andy löste sich aus seiner Erstarrung und stürzte nach vorn. Er streckte die Hand aus, überlegte, wo er am besten nach dem Puls fühlen konnte, wollte sich wieder umdrehen, die Maschine anhalten, wollte um Hilfe schreien, wollte alles gleichzeitig, als ihn der starre Blick des Mannes traf. Über seinem Mund klebte silbergraues Panzertape, das Blut war aus einer Wunde in der Gegend des Herzens aus dem Körper ausgetreten und nach allen Seiten heruntergeflossen wie Himbeersoße über einen Pudding.

Sein Fuß stieß gegen etwas. Ein Kegel. Alle Neune. In dem chaotischen Ballett, das da vor seinen Augen aufgeführt wurde, tanzten nur noch acht von ihnen.

* * *

Um ihn herum wuselten jede Menge gut gelaunter Menschen, die über den zurückliegenden Tag plauderten, Pläne machten, sich gegenseitig Witzchen erzählten. Normalerweise war so ein Bistro für Andy immer eine erstklassige Quelle der Inspiration. Hier hörte er Storys ohne Ende, die meisten langweilig und alltäglich, aber mit so manchem Feierabendgequassel hatte er auch schon astreine Vorlagen für seine Sendung auf dem Tablett serviert bekommen. Der Kölner an sich war mitteilsam und offenherzig. Der ließ sich nicht nur aufs Maul schauen, sondern gerne auch tief in die Birne rein. Und wenn die Leute Andy erkannten, dann legten sie oft richtig los. Er mochte das.

Normalerweise.

Aber heute hatte Andy den Kopf zwischen die Schultern gezogen und saß im hintersten Winkel des *Balthasar* in Sülz. Er wollte nicht erkannt werden. Ab und zu guckten ein paar Mädels zu ihm herüber.

Ja, er war's. Nein, kein Foto. Nein, er wollte nicht quatschen. Nein, auch sonst nix.

Henk hatte vorgeschlagen, dass sie sich hier trafen, als Andy ihn angerufen hatte. Das *Balthasar* war nicht weit weg vom Sülzgürtel, wo Henk van de Bruyn mit seinem Freund Philipp wohnte. Die Liebe hatte ihn vor etlichen Jahren aus Utrecht in die Domstadt verschlagen. Philipp arbeitete im Kaufhof und war dort der Vorzeigeschwule mit dem näselnden Singsang. Er pflegte dieses Image mit flatterndem Wimpernschlag und ironischem Augenzwinkern.

Andy hatte Henk vor Jahren bei einer Reportage über eine Einbruchsserie kennen gelernt, und im Laufe der Jahre hatte sich der Holländer zu einem hilfsbereiten Informanten und guten Freund entwickelt. Es kam auch ab und zu vor, dass Henk ihm ein paar Informationen rüberschickte, bevor sie andere erreichten. Er hatte einen Schreibtischjob in der Presseabteilung der Polizei. Vor die Mikrofone ließen sie so einen Holländer mit Akzent nicht.

Im *Balthasar* hatten sie sich schon mehrmals verabredet, das war okay.

Zu Hause bei den Jungs ging es heute nicht, weil Philipp mit ein paar Freunden einen Filmabend machte, und auf die eigenen vier Wände hatte Andy keinen Bock.

Carina hatte mehrmals erfolglos versucht, ihn anzurufen, während er in der Eifel war. Funkloch wahrscheinlich. Er hatte sich nicht dazu durchringen können sie zurückzurufen. Was sollte er ihr erzählen? Sie würde ihm die Hölle heiß machen. Es war ja auch zu dämlich von ihm gewesen, tatsächlich in die Eifel zu fahren.

Er konnte einfach dieses obszöne Bild nicht abschalten, das sich ihm auf der Kegelbahn geboten hatte. Diese mechanisch zappelnden ... Körperteile.

Bis er einen neuen Gedanken fand, der ihn ablenkte – aber ebenfalls seltsam beunruhigend war. Konnte es sein, dass die Zahl Acht ihm momentan einfach zu oft begegnete, als dass es ein bloßer Zufall war. Acht Kegel auf der Kegelbahn Nummer acht. Der Dominostein in der Hand der Toten mit den zwei mal vier Punkten. Das musste doch was zu bedeuten haben.

Gerade als Andy mit dem Gedanken spielte, bei Henk anzurufen, um zu fragen, wo er blieb, erschien die Gestalt des jovialen Bullen mit dem runden Mondgesicht im Türrahmen. Andy wollte nicht winken. Er fühlte sich seit seinem jüngsten Erlebnis ständig beobachtet. Henk ließ den Blick schweifen und fand ihn gleich.

»'t schuldigung, hat länger gedauert. Probleme mit die blöde DVD-Player. Die Jungens haben kein Händchen dafür.«

»Jaja.« Andy reichte ihm nicht die Hand, dazu waren die Arme zu fest ineinander verschränkt. Er hatte sich zugeklappt wie eine Auster. Das kannte er nicht von sich selbst. Ein komischer Zustand.

Henk guckte auf Andys Cocktail. »Scho wieder eine Obstsalat?« Sein holländischer Akzent klang sympathisch vernuschelt. Manchmal vermutete Andy, dass er das extra machte. »Da krieg ich Kopfschmerze von das Zeug. Ich nehm ein Bier.« Er bestellte.

Andys Cocktail hatte es in sich. Genau so was wollte er jetzt. Ein paar Mojitos, und es würde ihm besser gehen.

»So, jetzt sag mal, Junge, was für eine Scheiße hast du da gemacht, he?«

»Ich hab es dir doch vorhin schon am Telefon erzählt.«

Natürlich hatte er ihm nicht alles erzählt. Die Sache mit der Acht zum Beispiel nicht. Klang ja auch total neurotisch.

»Nee, nee, ich will das Ding genau wisse.«

Andy blies genervt die Luft aus den Backen. »Okay. Also: Da war diese Kindergärtnerin, die mit dem Handy.«

Er blickte fragend Henk an, der gerade sein Bier entgegengenommen und sich einen tiefen Schluck genehmigt hatte.

Henk strich sich den Schaum aus dem rotblonden Schnurrbart und zeigte keine Gemütsregung.

»Wo is die Handy hin?«

»Weg ... keine Ahnung. Muss irgendwo bei mir rumliegen.« Natürlich wusste er genau, wo er es aufbewahrte, aber er hatte keine Lust, es abgeben zu müssen – jetzt noch nicht. Er konnte es sich selbst nicht erklären, aber irgendwie vermittelte ihm der Besitz des Telefons das Gefühl, noch mitten in seiner unglaublichen Story drin zu sein. Wenn er es weggab, würde er unwillkürlich draußen sein.

Und Henk wusste offenbar, dass er es wusste. »So, weiß du also nicht. Aha.«

»Also wegen des Handys bin ich zu ihr hin. Nach Hürth.«

Henk nickte. »Hab mir vorhin mal die Akte angeguckt. Die Radekow is da dran.«

Andy wollte gar nicht an diese Schnepfe erinnert werden. Er fuhr fort. »Also, die liegt da. Tot. Gestürzt. Verunglückt. In ihren Ferien. Echt Pech.«

Henk nickte nur langsam. Wenn er mehr über den Todesfall wusste, ließ er es sich jedenfalls nicht anmerken.

»Und da hab ich dann ein bisschen recherchiert. Hat mich einfach gepackt, diese Sache. Ich mache ja jetzt auch diese Serie mit den Powerhelden und so. So was berührt die Zuhörer, da kann ich mit punkten in den nächsten Wochen, ganz klare Sache!«

»Weiter.«

»So, und diese Frau, die hatte auch Stress mit dem Ehemann, und da gab es dieses Ausflugshotel in der Eifel, und irgendwer hat mir erzählt, sie wäre da schon mal hin und ...«

»Wer?«

»Egal.«

»Nicht egal. Wer?«

»Mann, Henk, ich weiß es nicht mehr auswendig. Da muss ich in meine Notizen gucken.« Es war klar, dass Henk wusste, dass Andy sich noch nie im Leben irgendwelche Notizen gemacht hatte. Andy log wie ein Anfänger. Ein Zeichen dafür, wie sehr ihn diese Sache stresste. »Also ich bin jedenfalls dahin.«

»In die Eifel? Zu die Hotel?«

»Ja, zu *die* Hotel.«

»Warum?«

»Um zu recherchieren!«

Henk grunzte, sagte aber nichts.

»Und da habe ich mich in der Tür vertan. Ich bin durch den Seiteneingang rein. Das ist mitten in der Pampa, das Ding. Ein Riesenklotz, total unübersichtlich. Und, zack, bin ich durch diesen Eingang rein, der nicht der Haupteingang war, sondern so an der Seite ... also nicht von vorne, sondern eher so seitlich.«

Jetzt grunzte Henk nicht mal mehr.

»Da hat mich dieser Mann gesehen. Mit dem hab ich auch nett gequatscht. Alles ganz easy. Hab ich dir ja schon erzählt.«

»Hat die Mann auch erzählt.«

Andy stutzte. Henk hatte sich also schon umgehört. Jetzt wurde es interessant. Er überlegte, wie er weitermachen sollte. Auf der Bahnfahrt nach seiner überstürzten Flucht aus dem *Eifelhimmel* hatte Andy sich einen Bericht nach dem anderen zurechtgedengelt. Ihn selbst hätte kein einziger davon überzeugt.

»Ja, und da war ich plötzlich an der Rezeption. Aber die Tante war beschäftigt. Die hat mich gar nicht gesehen.« Überhaupt nicht gelogen.

»Hat die Tante auch erzählt.«

»Sag mal, Henk, was soll das. Meinst du, ich erzähle dir hier irgendeine Scheiße? Wenn du sowieso schon alles von deinen Kripokumpels weißt, brauch ich dir doch hier nicht noch mal alles runterzuleiern!«

In diesem Moment traute sich eins der Mädels vom übernächsten Tisch endlich und kam herüber. »Hallo Andy«, sagte sie und grinste ein bisschen nervös. »Könnte ich ein Autogramm haben?«

Er zwang sich zu einem Lächeln, griff in die Innentasche seiner Jacke, die er über den Stuhl gehängt hatte und holte einen Kugelschreiber und ein postkartengroßes Bild mit Kaffeetasse, Rettungsring und Andy raus. »Für wen?«

»Brittanie. Mit ie am Ende.«

Die Welt wurde immer bekloppter. Er reichte ihr das Autogramm, und sie zog mit roten Bäckchen ab.

»Super Idee, uns hier zu treffen«, sagte Andy verächtlich.

»Lass dir doch die Gesicht operieren. Los, erzähl weiter.«

Andy winkte der Kellnerin, zeigte auf sein leeres Mojitoglas und fuhr fort. »Und dann musste ich dringend pinkeln, bin runter zu den Toiletten, da war alles scheiße dunkel, ich hab eine verkehrte Tür aufgemacht, und ... das beschreibe ich dir nicht noch mal, was ich da gesehen habe. Das war ein Schocker, Henk!«

»Und dann bist du abgehauen?«

»Der Mann war tot!« Andy merkte, dass er zu laut wurde. »Henk, was hätte ich denn tun sollen?«

Ganz ruhig sagte sein Gegenüber: »Die Polizei rufen. Die haben eigentlich immer Interesse an so Dinge. Oder die Frau von die Rezeption Bescheid gebe.«

Andy nickte bitter. Totschlagargument. »Stimmt, stimmt, stimmt. Mir sind die Nerven durchgegangen. Das ist alles zu viel. Die neue Chefin ist die Pest in Prada ... Carina stresst im Moment ... die tote Kitatante ... Anderen wäre das auch passiert, kannste mir aber glauben.«

»Und? Hast du hinterher dann endlich gepinkelt?«

Henk glaubte ihm kein Wort.

Der nächste Mojito wurde gebracht, und er zog so lange am Strohhalm, bis Henk das Schweigen brach.

Der Holländer beugte sich nach vorne und faltete seine schlanken Hände, die ebenso wie sein restlicher Körper im krassen Gegensatz zu seinem Pfannkuchengesicht standen. »So Junge, nu pass mal auf. Du bis gesehe worde. Die alte Mann, und hinterher, als du raus bis, die Frau von die Rezeption.«

Das hatte er gar nicht bemerkt.

»Viel weiß ich nicht, weil das is die Polizei von Rheinland-Pfalz, aber ich kenn da natürlich auch genug Leute.« Henk zog die Augenbrauen zusammen und fixierte ihn. Andy kannte den Blick. Jetzt kamen die Interna. »Die ganze Hotel ist gebucht worden von ein Firma *Hermopolis Technologies*. Im Voraus bezahlt. Un keine is gekommen. Nur eine von die Zimmer war belegt, die Nummer 88. Obwohl keine die Frau gesehen hat, die da drin gewohnt habe soll.«

Achtundachtzig! Schon wieder die Ziffer Acht. Achtundachtzig, war das nicht so ein Scheiß-Hitlersymbol? Er musste unbedingt mal googeln, was es mit dieser Zahlensymbolik auf sich hatte.

»Hast du einen Namen?«, fragte er.

Henk schüttelte den Kopf. »Aber die Frau mit die Name un die Adresse saß in Heilbronn un hat von nix gewusst. Un die arbeitet auch nicht bei die Firma. Un die Firma gibts gar nicht. Komisch, oder?«

»Komisch.« Andys Gedanken verknoteten sich. Was war das für ein Scheißspiel? Und warum war ausgerechnet *er* zum Mitspielen eingeladen? War es ein durchgeknallter Radiohörer? Irgendein verstrahlter Anrufer, dem er mal eine zu flapsige Antwort verpasst hatte? Was wollte man von ihm?

»Weißt du, wer der Tote ist?«, fragte er lauernd.

»Klar.« Henk spielte mit seinem leeren Bierglas.

»Mann! Muss ich dich erst schmieren? Foltern? Willst du Sex?«

Ein Grinsen stahl sich in Henks Mundwinkel. »Nee, Junge, halt dich da mal lieber an die Mäusche da drübe. Der Tote hieß Heuser. Obst- un Gemüsegroßhandel in Meckenheim. Wohnt in die Bonner Kante. Er is nach die Hotel gefahre, um die Frau in ihre Zimmer zu treffe, habe die Kollege aus Bonn gesagt. Seine Frau dachte, er wäre geschäftlich an die Niederrhein gefahre. Is wohl so eine Vögelkäfig, die Ding da in die Eifel.«

»Echt? Ist mir gar nicht aufgefallen.«

Henk betrachtete ihn nachdenklich und sagte dann fast ein bisschen väterlich: »Pass auf. Ich werd morge früh melde, dass du mich angerufe un alles erzählt hast ...«

Andy wollte empört aufspringen, aber Henk legte ihm die Hand auf den Arm. »Ruhig, Brauner. Das muss sein! Du muss dich als Augezeuge zur Verfügung stelle! Oder wills du, dass die sich erst mit viel Mühe ein Fahndungsfoto von dir basteln? Dann sin die wirklich sauer. Dann kriegs du echt Ärge!«

Henk hatte natürlich recht. Diese Nummer mit dem ausgebuchten Hotel, mit der geheimnisvollen Frau, die niemand zu Gesicht bekommen hat, die konnte man unmöglich ihm in die Schuhe schieben.

Henk versuchte, ihn weiter zu beruhigen. »Das tut nich weh. Die komme zu dir un stelle ein paar Frage, un du muss dasselbe erzähle, was du mir erzählt has. Un dann is alles wieder vorbei.«

Er bestellte noch einen Mojito und ein Bier für Henk. Der nickte und sagte dann: »Ich bleib noch ein bisschen. Philipp guckt so eine Scheißballerfilm mit die andere Jungens. Kann ich nich gut sehe so was.«

Andy grinste. »Zartes Seelchen.«

»Ja, genau. Un die zarte Seelchen freut sich auch, wenn du ihm ihm irgendwann mal die ganze Wahrheit erzähls.«

Es wurden zahlreiche Mojitos. Irgendwann verabschiedeten sie sich vor dem *Balthasar* voneinander, aber das bekam Andy nur noch verschwommen mit.

Normalerweise brauchte er von hier bis nach Hause etwa eine Viertelstunde, aber heute Abend schlingerte er so über die Bürgersteige und Straßen, dass er den Weg eigentlich dreimal zurücklegte.

Das Gespräch mit Henk hatte ihm gutgetan. Er hatte irgendwann mit weit ausholenden Gesten geschworen, dass diese Sache für ihn beendet sei, dass er sich zukünftig weder um tote, angezogene Kindergärtnerinnen noch um tote, nackte Gemüsehändler kümmern werde. Und er hatte es ernst gemeint. Das war ein Schlussstrich. Er war raus aus der Nummer. Er musste sich auf das konzentrieren, was er konnte: *Morgens um Andy*!

Um die Stufen zu seiner Wohnung hinaufzukommen, schob er sich an der Wand des Treppenhauses entlang. Das Schloss der Wohnungstür war eine Prüfung. Er hörte seinen Kater Lamprecht dahinter laut miauen.

Als er es dann doch noch irgendwann schaffte aufzuschließen, sprang sein Mitbewohner fröhlich mauzend an seinen Beinen hoch. War es nicht schön, nach Hause zu kommen? In die eigenen vier Wände? Um dort von einem liebenden

Wesen empfangen zu werden, das sich noch richtig freut, wenn man heimkehrt?

Im Wohnzimmer brannte Licht, und es sah irgendwie anders aus als sonst.

Der Tisch war gedeckt. Mit einer Tischdecke! Wo kam die denn her? Er sah Kerzen. Heruntergebrannte Kerzen.

Carina! Oh, Scheiße, Scheiße, Scheiße!

Er torkelte durch die Räume. Das Schlafzimmer war leer. In der Küche hatte Lamprecht offenbar den Mülleimer umgekippt und sich an dessen Inhalt gütlich getan. Ein fetter, zerrupfter Brocken kalter Lasagne lag anklagend mitten auf dem Linoleum. Lamprecht hatte eine elende Sauerei veranstaltet.

Dann spürte Andy, dass er gleich kotzen musste, und stürzte ins Badezimmer.

Achtung Umnachtung

Im idealen Leben würde ihn die Sonne wach kitzeln, der Duft nach frisch gebrühtem Kaffee würde in seine Nüstern steigen, eine schöne Frau würde seine Bartstoppeln kraulen und sich bis zum Ohrläppchen vorknabbern und ihm zärtlich ins Ohr flüstern, wie toll er sei, bevor sie dann die Bettdecke hob und tiefer rutschte. Und es wäre auch nicht morgens um fünf Uhr.

Das Ideal und das Leben hatten aber nicht so oft miteinander zu tun. Eigentlich eher selten. Oder nie.

Sein Kaffeeautomat funktionierte schon seit Wochen nicht mehr, die raue Zunge, die ihm über die Fußsohle schleckte, gehörte seinem Kater Lamprecht, und das Geräusch, das an sein Trommelfell gelangte, war kein zärtliches Flüstern, sondern das penetrante Klopfen von Frau Kaminke im Stock über ihm auf ihren Bettvorleger. Sie klopfte zweifelsfrei *Ruhe da unten* im Morse-Code – wahrscheinlich, weil aus seinem Radiowecker in dreistelliger Dezibelzahl *Louie Louie* von Motörhead plärrte. Er hatte der Kaminke schon Hunderte Male erklärt, dass er Moderator einer Morgensendung im Radio sei und sich deshalb früh und laut wecken lassen müsste. Das Problem war, dass die Kaminke bereits beim ersten Ton aus ihrem Bett fiel, während er immer erst mittig im Song so langsam wach wurde.

Und noch etwas trennte Andy vom idealen Leben: Ihm war speiübel. Ihn plagte ein Kater von so gewaltigen Ausmaßen, dass Lamprecht dagegen zwergenhaft wirkte, obwohl ihn die alte Kaminke in letzter Zeit in seiner Abwesenheit maßlos überfütterte und er Andys Brust mit gefühlten zwei Tonnen platt drückte.

Andy ging erst mal ins Bad und kotzte sich die Seele und etwas Galle aus dem Leib. Dann fütterte er den Kater, suchte vergeblich nach Alka Seltzer, stöhnte, trank Leitungswasser aus dem Hahn, zog sich an, gab fünf Löffel Instant-Kaffee in seinen Thermosbecher, goss kochendes Wasser darüber, trank die Brühe dann doch nicht, sondern machte sich auf den Weg zum Sender, wo er, wie immer, kurz vor knapp und völlig unvorbereitet einlief.

Sonst war das kein Thema, wenn er etwas konnte, dann improvisieren. Auch mit Kater. Gerade mit Kater.

Aber die beiden Leichen lagen ihm wohl im Magen. Und das ungute Gefühl, dass es da jemand auf ihn abgesehen hatte. Nicht das Schicksal, das war er gewöhnt. Nein, jemand auf zwei Beinen.

Hatte er gestern seinem Freund geschworen, die Finger von der Sache zu lassen? Sicher, nach dem gestrigen Tag und nach den zahlreichen Drinks, die er in sich gehabt hatte, war ihm dieser Vorsatz wie die einzig echte, goldrichtige Wahrheit vorgekommen, aber heute … Seine Gedanken kreisten schon wieder um nichts anderes. Was sollte er tun?

Erst mal mit Arbeit ablenken.

Als er sich auf seinen Drehstuhl setzte, sah er den Zettel. *Thema der Sendung heute: Numerologie. Interview mit Zahlenexpertin Elvira Silbermann um 8:10.*

Andy starrte auf den Zettel, der Zettel starrte zurück. Draußen vor dem gläsernen Studio tigerte die Schmölln auf der Suche nach einem Opfer vorbei. Andy ignorierte sie und versuchte mit aller Kraft, sich zu konzentrieren.

Zahlen, so'n Scheiß. Wie sollte er denn daraus eine Sendung machen?

Das rote Lämpchen leuchtete auf.

»Guten Morgen im *Powerradio-KKN*-Land! Raus aus den Federn und dem Tag in die Fresse geschaut! Hier ist *Morgens um Andy*, und ich bin euer Kult-Andy! Schmecken eure Brötchen wie Gummi, ist euer Kaffee alle, steht ihr im Stau? Ich helfe allen, die am frühen Morgen schon in ein Motivationsloch fallen. Ich bringe eure Welt wieder in Ordnung! Zusammen mit meinen Schwedenmädels, dem Bartträger und dem Wuschelkopf. Hier sind sie mit dem Honig zu eurem Frühstücks-Croissant, aber auf die Ohren: *Honey, Honey* und ABBA!«

Das war in seiner fast zwanzigjährigen Karriere wohl die ödeste aller Anmoderationen, der Tiefpunkt, absolut unterirdisch. Aber Radio war bekanntlich wie Sex – manchmal gab es gewaltige Höhepunkte, aber meistens war es Routine, und man musste schon froh sein, wenn man mittendrin nicht einschlief.

Es war fünf nach sechs. Hörer, vor allem Hörerinnen wollten immer wissen, was die Radiomoderatoren anhatten, wie sie aussahen, welche Grimassen sie während der Moderation schnitten, deswegen griff gerade der Trend um sich, Webcams im Studio zu installieren. Bei *Powerradio KKN* würde es die Schmölln bestimmt in absehbarer Zeit einführen, aber im Moment gab es das noch nicht, was gut war. Andy sah heute nämlich kacke aus, tierisch übernächtigt, er glich einem Streifenhörnchen, das gestreifte Hemd hatte er zwischen Kotzen und Katzefüttern aus dem Wäschekorb gefischt.

Das Display auf seinem Handy leuchtete auf. Sechs nach sechs. Klar, seine Mutter, schlaflos im Seniorenheim, die ihn an den anstehenden Besuch erinnern wollte. Vatis Sterbetag der tausendste Reminder. Er drückte sie weg.

Den ABBA-Song ließ er nahtlos in *Unsterblich* von den Toten Hosen übergehen. Unsterblich – schön wär's. Andy musste an den Toten gestern auf der Kegelbahn denken. Die Kindergärtnerin hatte er noch einigermaßen weggesteckt, die hatte quasi friedlich zwischen den Kuscheltieren gelegen. Aber die toten Augen des nackten Kegelbruders waren der Hammer, besser: die Kettensäge. Seit Ewigkeiten war Andy Fan von blutigen Splatter- und Horrorfilmen, er hatte die Metzelorgien von Hannibal Lecter und Freddy Krueger ohne mit der Wimper zu zucken durchgestanden und dabei lässig Popcorn eingeworfen, aber dieser echte Tote machte ihn fertig. Vielleicht waren es auch Entmannungsängste wegen der Schniedelaufhängung, egal, er wollte da gar nicht so genau drüber nachdenken. Eins aber war klar: diese Schnitzeljagdnummer galt ihm! Der Mörder hatte ihn auf dem Kieker. Wollte ihn reinreiten. Oder schlimmer noch?

Das Song-Ende kam näher. Ihm war jetzt nicht nach Reden. Rasch scrollte er sich auf der Titelliste nach unten und drückte einfach irgendwo drauf. Völlig egal. Und wenn's die *Wildecker Herzbuben* waren. Sollte sich die Schmölln doch wie Rumpelstilzchen in den Teppichboden ihres Büros bohren, wenn's ihr nicht gefiel. Andy hörte auch gar nicht hin, was kam. Hier ging es um Größeres, womöglich um sein Leben. Ja, ja, er wollte heiße Eisen anpacken, wollte seriös und investigativ arbeiten, aber doch verdammt noch mal nicht als Zielscheibe! Er selbst musste außen vor bleiben! Er brauchte dringend etwas, um das dem Mörder gegebenenfalls nachdrücklich zu verklickern.

»Hier, dein Kaffee«, begrüßte ihn Wolle und hielt ihm schon den To-go-Becher entgegen. »Und dein Schlumpf.«

Morgens um sieben herrschte Hochbetrieb am Büdchen. Aber es nützte ja nichts. Er brauchte etwas, und er wusste, dass Wolle es ihm besorgen konnte.

»Wolle, auf ein Wort«, sagte er, packte Wolle am Ellbogen und zog ihn in die Ecke mit der Kühltruhe, direkt unter Andys Konterfei auf dem *Täglich-frische-Witze*-Plakat.

»He, was ist denn jetzt?«, beschwerte sich ein Schlipsträger mit hellblauem Hemd, bestimmt ein Banker. Und dann, drängend: »Zu meinem Cappuccino nehme ich dann noch zwei Päckchen Marlboro Menthol.«

»Geht gleich weiter«, rief Andy über seine Schulter und raunte Wolle zu: »Sag mal, Alter, kannst du mir 'ne Knarre besorgen?«

»Hä?«, fragte Wolle, und es war nicht ganz klar, ob er Andy nur nicht verstanden hatte, weil der Kaffeeautomat gerade geräuschvoll den Cappuccino in den Pappbecher strullerte, oder weil ihm Andys Anliegen unverständlich war.

Andy kannte Wolle nicht erst seit gestern. Er war schon immer der Typ gewesen, der einem alles verschaffen konnte. Jederzeit. Wolle hatte es drauf, hatte Kontakte und seine Quellen. Andy hatte diesen Service nur ein-, zweimal genutzt, ein bisschen Gras war das Äußerste gewesen, was Wolle je für ihn organisieren sollte.

Jetzt lagen die Dinge natürlich anders. Alles war so verdammt ernst geworden.

Ein Müllmann kam herein, griff sich eine *Express*, legte das abgezählte Geld neben die Kasse und ging wieder. Eine verhuschte Büromaus trat ins Büdchen, nahm sich die neue *Brigitte*, stellte sich hinter den Banker und guckte spitz. Von draußen drängten zwei weitere Leute herein. Der Banker rief ungeduldig: »Geht's jetzt endlich weiter oder wie?«

Nichts war schlimmer, als wenn das Morgenritual ins Stocken geriet. Morgens um sieben war die Welt nämlich nicht in Ordnung, morgens um sieben liefen Zombies durch die

Stadt, deren Gehirn erst hochfuhr, wenn sie den dritten Kaffee getrunken hatten und gemütlich im Büro saßen.

Andy beugte sich noch näher an Wolles Ohr. »Knarre. Peng. Bumm. Eine Handfeuerwaffe. Du sammelst doch die Dinger seit deiner Bundeswehrzeit. Ich brauch so ein Teil.«

Wolle schürzte die Lippen.

»Nur leihweise, für ein paar Tage«, fügte Andy noch hinzu und ging wieder auf Distanz. Er pustete in die winzige Trinköffnung seines Bechers, auch wenn das nicht wirklich was brachte. Er wusste, dass Wolle immer in der *Waffen Welt*, im *Visier* oder *Caliber* blätterte, wenn im Büdchen gerade mal wenig los war. Wolle war Waffennarr. Warum stellte er sich jetzt so mädchenhaft an?

Ein Vollbartträger mit Jesuslatschen betrat das Büdchen und rief vom Ende der Schlange: »Verkaufen Sie auch *Fair-Trade*-Kaffee mit Sojamilch?«

»Es wäre dringend«, erklärte Andy leise. »So was Handliches. Und sofort einsatzfähig. Womit ich problemlos umgehen kann.«

Wolle kratzte sich auf der nackten, rasierten Brust, die aus dem Hemd blitzte. »Wozu brauchst du denn eine Waffe?«

»Komplizierte Geschichte, bin da an einer Story dran. Das Teil brauch ich mehr so zur Beruhigung. Für Carina, die macht sich Sorgen«, erklärte Andy. »Also, was ist?«

»Hallo?« Der Banker wurde lauter.

Wolle raunte: »Da hätte ich einiges im Angebot. Wenn es unter uns bleibt.«

Andy nickte heftig. »Klar!«

»Na dann, okay. Ab morgen kannste sie bei mir abholen.«

»Super.« Andy wandte sich zum Gehen. Aus Wolles altem Radiogerät neben der Kasse hörte man schon, dass sich die Nachrichten auf *Powerradio KKN* mit dem Sport befassten und ganz bald zum Wetter übergeleitet wurde. Er wollte halbwegs pünktlich wieder im Studio sein, auch wenn Kathleen, die heute mit dem Verkehr dran war, kollegialerweise schon mal einen Stau erfand, wenn Andy nicht rechtzeitig zurückkam.

»Unglaublich!«, nölte der Banker und verließ das Büdchen ohne Mentholzigaretten.

Wolle schien es nicht weiter zu kratzen, dass er hier einen Kunden womöglich für immer verloren hatte. »He«, rief er Andy hinterher. »Haste nicht was vergessen?«

Andy zog die Augenbrauen hoch.

»Mann, den Witz des Tages! Glaubst du vielleicht, das fällt mir leicht? Das ist harte Arbeit, jeden Tag mit einem Witz aufzuwarten. Soll ich mir umsonst die Birne zermartert haben?«

»Nee, Wolle, klar nicht. So viel Zeit muss sein. Schieß los.«

»Schieß los ist gut. Das ist gut!«, freute sich Wolle. »Schieß los.«

Andy wurde hibbelig. »Na, dann schieß auch!«

Wolle grinste. »Fragt ein Mafiaboss seine Mitarbeiter: ›Was ist zwei mal vier?‹ Sagt der Erste zehn und der Zweite sechs und der Letzte acht. Da erschießt der Mafiaboss den Letzten. Fragen die anderen: ›Warum hast du ihn erschossen?‹ Sagt der Mafiaboss: ›Er hat zu viel gewusst.‹« Wolle kicherte. »Verstehste? Passt doch super, gerade heute! Wenn du mich ab morgen fragst, was zwei mal vier ist, werde ich mal ganz schön die Klappe halten!«

Eine Viertelstunde später war Andy wieder besser drauf. Für seine Sicherheit würde ab morgen gesorgt sein, in seinen Adern floss jetzt koffeingetränktes Blut und vom schönen Thorsten hatte er Alka Seltzer bekommen. Seine Laune besserte sich, die Gehirnzellen nahmen ihre Arbeit auf.

Außerdem hatte er begriffen, dass das Thema der heutigen Sendung – Numerologie – ein totaler Glücksfall war. Ein Wink des Schicksals. Begegneten ihm seit der ersten Toten nicht ständig irgendwelche Achten?

Was hatte es mit der Zahl auf sich? Dank des von oberster Stelle vorgegebenen Themas musste er sich den Kopf nicht mehr allein zerbrechen. Da hatte die Schmölln bestimmt vorgehabt, ihn eiskalt zu erwischen – ha ha, kompliziertes Thema, ganz abstrakt, und dann völlig unvorbereitet mit verkatertem Schädel, da konnte Andy Otto ja nur scheitern, und dann würde sie ihm den Kopf abreißen. Stattdessen hatte sie ihm einen Gefallen getan. Ganz offiziell hatte er den Auftrag, sich mit Zahlen zu beschäftigen, und genau das würde er tun. Er war nicht irgendwer, er war Kult-Andy von *Morgens um Andy*. Tausende, ach was, Zigtausende hörten ihm zu. Die würden das Geheimnis der Acht für ihn klären.

Die erste Stunde hatte er mit dem Abnudeln irgendwelcher Songs vertan, aber jetzt ging es zur Sache.

»Hört mal, Leute«, rief er nach einer Beyoncé-Nummer ins Mikro, »wir sind heute nicht einfach nur nett beisammen, Laberrhabarber gibt es heute nicht, denn wir haben ein Thema. Numerologie. Ja, ihr habt richtig gehört, heute dreht sich hier alles um Zahlen. Moment, ich kann sie sogar auswendig, in der richtigen Reihenfolge, eins, zwei, drei, vier, fünf, sechs, sieben, acht … Bravo, Applaus für euren Andy! Danke, danke! Doch in einer Stunde begrüßen wir dazu eine Fachfrau, die kann noch viel mehr als das, aber vorerst plaudern wir mal interaktiv. Und weil es so viele Zahlen gibt und wir so wenig Zeit haben, entscheide ich jetzt mal spontan, dass wir nur über die Acht sprechen. Okay, Leute, was steckt hinter der Zahl acht? Ich meine nicht so Kleinkram wie am 8.8. zu heiraten oder sich zum *Tatort* immer nur acht Kartoffelchips zu gönnen, von wegen Diät. Nein, Leute, ich meine die Acht als Indiz, als Hinweis auf etwas Großes. Wer kennt sich aus? Wer weiß mehr? Ruft mich an. Erzählt mir von der Acht!« Er verkündete wie immer seine Durchwahlnummer ins Studio, die Hörer sollten ihn direkt und ungefiltert erreichen können, da kamen immer die spannendsten Sachen heraus. Die Schmölln mochte das zwar nicht, zu wenig vorhersehbar, zu viel Risiko, dass Verrückte anriefen. Aber ehrlich, was mochte diese Frau überhaupt?

Andy redete sich so richtig schön in Fahrt. Draußen vor der Scheibe seines Studios tauchte die Schmölln auf, mit verschränkten Armen und zusammengepressten Lippen. Er zog den Mikro-Arm zur Seite und wandte ihr den Rücken zu.

»Ihr habt schon verstanden, da draußen. Es geht um Dinge, hinter denen mehr steckt als man auf den ersten Blick sieht. Ruft. Mich. An. Hier die Durchwahl.« Er wiederholte die Nummer.

Wie nicht anders zu erwarten, klingelte es bereits, da hatte er die letzte Ziffer noch gar nicht ganz ausgesprochen. Es gab ja immer so Typen, die kein eigenes Leben hatten und mit dem Handy in der Hand im Sessel saßen und auf genau solche Gelegenheiten warteten.

»Hier *Morgens um Andy*, Andy am Apparat. Wer nölt dort in die Muschel?«, rief Andy. Er hatte ein gutes Gefühl bei dem Ganzen hier, weil er die Initiative übernommen hatte, weil er sein Leben wieder im Griff hatte, weil er jetzt wieder am Kontrollhebel seiner Existenz saß. »Raus damit, was will mir die Acht sagen?« Er schaltete den Anrufer sofort auf Sendung.

»Mein Name tut nichts zur Sache«, krächzte eine geschlechtslose Stimme. Es klang gedämpft, als hätte der oder die Anruferin ein Taschentuch um die Sprechmuschel geschlungen. »Ich will nicht auf der schwarzen Liste von NSA oder MI6 landen.«

Klar, NSA und MI6 hörten ebenso *Morgens um Andy* wie der KGB und die Nord-Koreaner.

»Bravo!«, höhnte Andy. »Schlagen wir den Geheimdiensten dieser Welt ein Schnippchen. Wenn wir unsere Namen nicht nennen, kommen sie uns niemals auf die Schliche! Anrufe lassen sich ja nicht zurückverfolgen ...«

»Die hören mit?«, krächzte die Stimme entgeistert. Im Hintergrund kläffte ein Hund. Es war bestimmt ein Dackel.

Andy drückte den Anrufer weg. »He, ihr da draußen im *Powerradio-KKN*-Land, ich habe keine Zeit für Spinner. Oder gelangweilte Hausfrauen! Wer kann mir konkret Hintergründe zur Acht nennen? Mir die Augen öffnen? Jetzt oder nie!«

Das Lämpchen am Telefon blinkte erneut.

»*Morgens um Andy*, Sie haben nur eine Chance, sprechen Sie jetzt!«

Eine Frauenstimme, definitiv eine Frauenstimme. Mit Rückkopplung. »Mein Mann und ich haben am 8.8. geheiratet. Ich wünsche mir für mein Bärchen von Michael Bublé ...«

»Großer Gott«, unterbrach Andy genervt. »Hört mir denn keiner zu? Was habe ich eben gesagt? Keine Hausfrauen. Und definitiv keine Schnulzensänger. Und wenn ihr anruft, dann schaltet gefälligst euer Radio aus! Okay, wen hab ich jetzt am Ohr? Hier *Morgens um Andy*.«

»Andreas, hier spricht deine Mutter! Du hast ...«

»... jetzt keine Zeit«, rief Andy und warf sie aus der Leitung.

Es hatte schon seinen Grund, warum Anrufe normalerweise in der Redaktion gefiltert wurden. Scheiße.

Gut, dass es einen Interviewtermin mit einer Fachfrau gab. Andys Hörerschaft erwies sich als nicht nummerntauglich.

Eine Stunde später hatte er diese Elvira Silbermann am Apparat. Was für ein Name! Und dann auch noch Numerologin! Da dachte er spontan an eine Matrone im Blümchenmuster-Kaftan, die nach Räucherstäbchen roch, zu viele Ringe an ihren Wurstfingern trug und mit säuselnder Stimme ständig irgendwelche abstrusen Eso-Theorien absonderte, wie zum Beispiel »Liebe ist die Antwort auf alles.« Alles, nur das nicht.

Aber die Stimme von Frau Silbermann klang sachlich, kompetent, und wenn man ihr zuhörte, hatte man nicht das Gefühl, in einer süßlichen Patschuli-Wolke zu stecken.

»Frau Silbermann, wie um alles in der Welt wird man denn Numerologin? Wollten Sie das schon als Kind? Liebten Sie Zahlen, aber für ein Mathematikstudium hat es nicht gereicht? Kann man Numerologie überhaupt studieren?« Andy grinste.

Sie ließ sich von seinen Sprüchen nicht beirren. »Ich habe ursprünglich Psychologie studiert, aber das war mir zu klinisch. Zahlen erfassen die menschliche Psyche und das Leben im Allgemeinen viel holistischer. Darum studierte ich am Institut für praktische Kosmobiologie und hatte auch Privatunterricht bei großen Numerologen in Amerika und Nepal.«

»Aha, Sie sind also eine Frau, die weiß, wovon sie spricht. Dann doch gleich mal die Nagelprobe: Was können Sie mir zu der Zahl acht sagen?«

Im Grunde rechnete er damit, dass sie jetzt irgendeinen Quatsch herunterleiern würde, dass die Rundungen der Zahl acht auf das Prinzip der Weiblichkeit hindeuteten. Oder vielleicht würde sie auch endlos irgendwelche symbolträchtigen Achter-Kombinationen aufzählen. Andy hatte keine Ahnung, was genau, vielleicht dass der hinduistische Gott von Heim und Herd acht Arme hatte oder dass alle Schmetterlinge dieser Welt auf der Unterseite ihrer Flügel acht schwarze Pünktchen hätten. Das zumindest hatte Andy eben auf die Schnelle nebenbei gegoogelt.

Aber Elvira Silbermann brachte es tatsächlich fertig, ihn zu überraschen.

»Die Zahl acht steht für die Gerechtigkeit, genauer gesagt für die ausgleichende Gerechtigkeit«, fing sie an. »Menschen mit der Lebenszahl acht sind besonders daran interessiert, endlich der Ernte zuzuführen, was in den vorangegangenen Jahren von ihnen oder von anderen gesät wurde. Verstehen Sie, was ich meine?«

Andy schlug sich mental mit der flachen Hand auf den Oberschenkel. Jackpot! Das hatte endlich einen Sinn. Da war einer auf Rache aus!

Die Silbermann fuhr fort, ohne auf seine Antwort zu warten. »Die Acht ist die Zahl der Regeneration. Das Alte abschütteln, sich dem Neuen zuwenden ... Menschen, die sich der Achter-Symbolik verschrieben haben, teilen im Allgemeinen ganz bestimmte Charaktereigenschaften, die ganz offensichtlich sind. Ähnlich wie bei den Sternzeichen. Wenn man weiß, wonach man Ausschau hält, sind Achter-Menschen leicht zu erkennen.«

»Ach?«, sagte Andy, und es klang nicht so skeptisch, wie er es eigentlich beabsichtigt hatte. Obwohl im Sender die Regel galt, dass ein Interview umso besser war, je kürzer es gestaltet wurde, unterbrach er die Silbermann nicht, die sich von seinem »Ach« anscheinend ermutigt fühlte. »Jedem Buchstaben im Alphabet kann eine Zahl zugeordnet werden. Oder addieren Sie die Quersumme Ihres Geburtstages, die Zahl, die Sie dann erhalten, ist Ihre Lebenszahl. Zahlen umgeben uns überall, bestimmen unser Leben.«

Andy wischte sich mit dem Handrücken über den Mund. Ob da was dran war? Keine Sekunde lang glaubte er, dass man dem Mörder die Acht in irgendeiner Weise ansehen konnte, außer er hätte sie sich in Großformat auf die Stirn tätowiert, aber vielleicht – nein, sogar bestimmt – war er ein Zahlenfanatiker und die Silbermann konnte Hinweise auf Gestörte in den Reihen der Numerologen geben.

Aus den Augenwinkeln nahm er die Schmölln wahr, die ein Blatt Papier an die Scheibe hielt. *WIR SIND KEIN TALK-RADIO!!!* stand in fetten Lettern darauf geschrieben. Mit drei Ausrufungszeichen. Ihre Augenbrauen berührten sich Frida-Kahlo-gleich über ihrer Nase, so sehr hatte sie ihr Gesicht im Zorn zusammengezogen. Er nickte und drehte ihr noch mehr den Rücken zu. War ihm doch egal, ob da draußen im *Power-radio-KKN*-Land reihenweise Leute gelangweilt die Frequenz wechselten.

»Ein Achter-Mensch«, elaborierte die Silbermann währenddessen, »wird sich beispielsweise – wenn er die Wahl hat – intuitiv eine Tätigkeit suchen, die seinem Drang nach Gerechtigkeit entspricht.«

Er wird Rachemorde verüben, dachte Andy.

»Er könnte Richter werden oder Polizeibeamter«, fuhr die Silbermann fort.

»Und wenn er das Gegenteil wird, ein Gesetzloser?«, wollte Andy von der Silbermann wissen. »Stellen wir uns einen Verbrecher vor, und überall an seinen Tatorten hinterlässt er Achten?« Die würde ihn gleich auslachen, befürchtete Andy. Was war das für eine bescheuerte Frage!

Doch das Gegenteil war der Fall: »Oh, interessanter Gedanke ...«, fing sie an, »das kann ich Ihnen sagen. Aber das wird dauern.«

Andy wollte gerade mit seiner Louis-Armstrong-Stimme sagen: »We have all the time in the world«, aber da schoss ihm der Gedanke durch den Kopf, dass der Typ, der ihn da in die Scheiße reiten wollte, womöglich mithörte. Man musste dem Feind ja keinen Vorteil verschaffen, wenn es nicht unbedingt nötig war. Wenn sie jetzt sagte, Achter-Persönlichkeiten pflegten im Allgemeinen Pfeife zu rauchen, wurde der womöglich spontan zum Nichtraucher. Nee, so nicht.

»Wir hören jetzt erst mal wieder Musik.« Andy scrollte erneut wahllos über die Titelliste und gleich darauf beklagte sich Max Raabe darüber, dass man nicht alleine küssen konnte.

»Ich würde mich sehr gern mit dir unterhalten, Elvira«, sagte Andy in den Telefonhörer, als das Mikro gekappt war. »Können wir uns treffen? Möglichst bald?«

»Aber natürlich, sehr gern.« Ihre Stimme schien zu lächeln. Andy wusste, er konnte dank seiner Stimme auf Knopfdruck Charme verströmen, und zwar mit jeder Pore seines Körpers, er konnte die Frauen duzen, ohne dass sie es ihm krummnahmen. Einwickeln konnte er sie mit ein paar kurzen Sätzen. Das wirkte immer. Naja, fast immer, Mutter mal ausgenommen. Und Carina ... die Schmölln ... diese Kripofrau, wie hieß sie noch, die mit der Eulenbrille? Okay, bei manchen Frauen funktionierte es aber. Zum Beispiel bei Elvira Silbermann. »Gleich nachher zum Mittagessen? Ich lade dich ein«, schlug Andy vor.

»Oh, das geht leider nicht.« Wahres Bedauern. »Ich muss mich gleich schon auf den Weg nach Münster machen. Heute Abend habe ich dort eine Lesung, die mein Verlag für mich organisiert hat. Aber ... warum kommen Sie nicht einfach vorbei? Ich könnte speziell die Passagen aus meinem Buch vorlesen, bei denen es um die Acht geht.«

Andy überlegte. Warum eigentlich nicht?

Und gleich darauf war es beschlossene Sache. Ganz kurz vor Ende des Songs und noch kürzer vor dem Moment, als Julia die Studio-Tür öffnete und Andy zurief: »Andy, du, die Kripo hat angerufen. Du sollst bei denen vorbeikommen.«

* * *

Die wollten ihn weich kochen. Kein Zweifel. Und sie hatten es beinahe schon geschafft ... Wie lange saß er jetzt bereits in diesem hässlichen Besprechungszimmer auf dem enorm unbequemen Plastikstuhl, schaute aus dem Fenster ohne Aussicht oder auf die Sperrholztischplatte? Laut seinem Handy-Display über eine Stunde! Schweinerei!

Immerhin hatte ihm eine plattnasige Brünette schon zwei Mal Kaffee gebracht. Wenn man es denn Kaffee nennen wollte. Sah aus wie Schmieröl, roch wie Schmieröl, war bestimmt auch Schmieröl. Aber immerhin heiß.

Und gerade als er aufstehen und gehen wollte – die konnten ihn mal ! – kam die Brünette erneut und bat um Entschuldigung, Frau Radekow komme gleich, blabla, und stellte ihm einen Teller mit Plätzchen hin, die tatsächlich richtig lecker schmeckten. Oder der Hunger trieb sie rein, weil Andy ja an diesem Morgen außer seinem süßen Gummizeugs von *Wolle's Büdchen* noch nichts hinter die Kiemen bekommen hatte.

Eine halbe Stunde später gab es noch einen Schmierölbecher.

Dann kam sie endlich.

Bianca Radekow trug wieder Hosenanzug, der sich über ihren runden Hüften spannte, ihre Augen hinter der roten Brille blickten kalt, ihre Stimme klirrte. Nur ihr braunes Haar war dieses Mal nach hinten gegelt, und die Fingernägel waren in Zartrosa lackiert. Sie setzte sich ihm gegenüber und vergeudete keine Zeit mit Small Talk.

»Na dann, schießen Sie mal los, Herr Otto.«

Andy erzählte ihr buchstabengetreu die am Vorabend erfundene Geschichte von seiner Eifelfahrt, wie er es mit Henk ausgemacht hatte. Wirklich wortwörtlich. Also, soweit er sich noch daran erinnern konnte. Blöderweise war einiges an Erinnerung in den diversen Mojitos ersoffen.

Im Anschluss stellte die Radekow genau die Detailfragen, auf die ihn Henk schon vorbereitet hatte. Sowie ein paar Fragen, auf die er ihn nicht vorbereitet hatte, beispielsweise: »Waren Sie jemals in Heilbronn?«

Tja, war er jemals in Heilbronn gewesen? Nicht, dass er wüsste. Er hatte noch nie in seinem Leben über Heilbronn auch nur eine Sekunde nachgedacht, wo war das überhaupt?

»Waren Sie oder nicht?« Die Brille schien fast zu beschlagen, so energisch starrte sie ihn an. Wie gut, dass diese Augen hinter Glas gesichert waren.

»Nein, nie.« Nachdem er ihr seine Lügenstory aufgetischt hatte, behielt sie ihn lange im Blick. Sie lieferten sich quasi einen Anstarrwettbewerb. Den die Radekow leider gewann. Andy räusperte sich und sah auf den Linoleumboden.

Gut, dass Henk mit ihr geredet hatte. Sie gab sich offensichtlich nicht besonders viel Mühe, ihn zu grillen und einem hochnotpeinlichen Inquisitionsverhör zu unterziehen. Das hätte auch ganz anders laufen können.

Die Radekow schien seine Gedanken zu lesen. »Wie praktisch für Sie, dass Sie einen Fürsprecher in unseren Reihen haben. Das ist Ihnen doch klar, Herr Otto, oder? Und wenn Sie sich nicht von sich aus als Zeuge zur Verfügung gestellt hätten, dann würde ich Sie jetzt in die Mangel nehmen.«

»Natürlich.« Andy nickte zustimmend. »Würde ich an Ihrer Stelle auch.«

»Wenn Sie sich weiter als Hobby-Ermittler betätigen, wird Ihr Verhalten nicht ohne Folgen bleiben«, drohte sie, stand auf und wandte sich zum Gehen.

»Huh ... Sie machen mir Angst, aber nicht auf die schöne Art«, scherzte Andy, der sich von ihr partout nicht einschüchtern lassen wollte. Er war unschuldig, und er war ein Promi. Und irgendwie reizte die Kommissarin seinen Widerspruchsgeist. Vielleicht, weil sie ihn in ihrer Art an die Schmölln erinnerte. »Wollen Sie mich jetzt auffordern, die Stadt nicht zu verlassen?«

Die Radekow drehte sich wieder um und verzog keine Miene. Sie schien aber nicht völlig humorfrei, denn nach einem kurzen Moment, in dem sie ihn mit ihren gletscherblauen Augen durchdringend musterte, sagte sie: »Das nun nicht gerade, aber ich würde Ihnen doch empfehlen, sich von Kegelbahnen fernzuhalten. Schon im Interesse Ihres Zipfels.«

***

Andy war nur noch Millimeter davon entfernt, zum Frauenfeind zu werden. Erst die Radekow, dann die Schmölln. Frigide Schnepfen. Und die nächste Begegnung mit Carina würde auch nicht gerade harmonisch verlaufen. Aber die würden schon noch angekrochen kommen. Alle drei. Carina sowieso. Die Radekow, wenn er ihr den entscheidenden Hinweis auf den Mörder präsentierte, die Schmölln, wenn seine Fans in geschlossener Front *1Live* hörten statt *Powerradio KKN*.

Er wollte nur noch schnell zum Sender, um den Schlüssel für das Dienst-Auto zu holen, schnell bei Wolle was essen und dann ab nach Münster.

Die beiden Schlüssel für das Auto lagen in der oberen Schreibtischschublade von Julia, die noch in der Mittagspause war. Er steckte einen der Schlüssel ein und trat auf den Flur.

»Herr Otto«, rief da plötzlich von hinten eine Gewehrkugelstimme. Im Wilden Westen wäre er jetzt tot. Hinterrücks erschossen. Aber es war nur die Schmölln. Großer Gott, was war jetzt wieder?

»Kann ich Sie kurz sprechen?« Sie verschwand in ihr Büro.

Andy folgte ihr.

Sie hatte das Chefredakteur-Eckbüro mit dem coolen Blick auf den Kölner Dom zu einem sterilen Operationssaal umgewandelt, in dem ohne Narkose Gliedmaßen amputiert wurden. Nur der Charme und das Aussehen des schönen Thorsten konnten sie milde stimmen, angeblich, aber das war vielleicht auch nur Sendertratsch. Das war keine Frau – das war ein Cyborg mit Modelmaßen auf High Heels.

»Herr Otto, wir sind kein Talkradio!«, fing sie an. Sie forderte ihn nicht auf, sich zu setzen, nahm aber selbst hinter ihrem leeren Schreibtisch Platz. Ein vollkommen leerer Schreibtisch, kein Bild an den Wänden, nirgends etwas Persönliches. Die war doch anal fixiert, die Alte. Zwanghaft-obsessiv. Gestört bis in den kleinen Zeh. An der hätte Freud seine Freude gehabt. Deren Lebenszahl – um in Elvira Silbermanns Denkmuster zu fallen – musste definitiv eine Eins sein – eins wie in *Der Staat bin ich*. Man konnte sich Saskia Schmölln auch gut als Diktator vorstellen. »Wir sind kein Talkradio«, wiederholte sie.

»Das weiß ich.« Er gab sich nicht lässig, er *war* lässig. Die tägliche Standpauke gehörte für sie offenbar dazu. Zweifellos gab ihr das einen Kick, an welcher Stelle ihres Körpers, darüber wollte er nicht spekulieren. Ihm sollte es recht sein. »Aber Sie haben mir doch die Numerologin aufs Auge gedrückt.«

»Herr Otto, Sie sind nicht erst seit gestern beim Privatradio. Sie wissen, dass man Wünschen von Werbekunden entgegenkommen muss. Zudem lockern Telefoninterviews das Programm auf. Aber können Sie mir verraten, warum Sie es zulassen, dass aus einem harmlosen Gespräch über Zahlen ein stundenlanger Monolog wird? Ich konnte förmlich das Schnarchen unserer Stammhörer hören! Und warum haben Sie sich nicht an die Playlist gehalten? Was hat Sie geritten, wahllos irgendwelche Songs zu spielen?« Das war eine rhetorische Frage, eindeutig. »Und dann, als Krönung, Herr Otto, bestellt die Kripo Sie zu sich und verhört Sie.«

»*Befragt* mich«, stellte er richtig. »Da gibt es einen Unterschied.«

Die Schmölln klopfte mit den Finger auf ihre Schreibtischplatte. »Ich hatte doch ausdrücklich gesagt, dass ich mir mehr Seriosität in Ihrer Sendung wünsche. Und in Ihrer Moderation.«

»Da bin ich ja dran, ich ...«

»Herr Otto, *Powerradio KKN* ist eine große Familie, keine Ein-Mann-Show. Sie sind nicht die Sonne, um die das Universum kreiselt. Betrachten Sie mich als Galileo, der das heliozentrische Weltbild stürzt. Sie stehen so kurz davor, ein Teil der Sender-Vergangenheit zu werden.« Sie hob die Hand und hielt Daumen und Zeigefinger ungefähr fünf Millimeter auseinander.

Andy öffnete den Mund, um etwas zu sagen, aber sie ließ ihn wieder nicht zu Wort kommen.

»Herr Otto, *Powerradio KKN* braucht eine Pause von Ihnen. Ich hoffe, Sie nutzen die Zeit, um in sich zu gehen und sich Ihr Verhalten im Sender vor Augen zu führen. Währenddessen überlege ich mir, ob wir Sie eventuell an einen neuen Sendeplatz verlegen.« Es klang genüsslich, wie sie das sagte.

»Was ...?«, fing Andy an. »Wollen Sie damit sagen, dass ich ...«
»Genau. Sie sind fürs Erste *suspendiert*. Noch einen schönen Tag, Herr Otto.«

Ausgelacht

Didi Korbach betrachtete die Manuskriptstapel, die sich auf dem Tapeziertisch an der Wand türmten. Ja, das sah gut aus. Als würde sein kleiner Verlag mit Anfragen nur so überschüttet. Als würden sich die Autoren darum reißen, ihre Bücher in der *Edition Aasee* zu veröffentlichen. *Der Verlag für das Schöne in der Literatur. Nur Qualitätswerke.* So stand es in der Verlagswerbung.

Dummerweise waren etliche der mit entsetzlich faden Texten gefüllten Papierhaufen schon vor Jahren eingereicht worden. Es gab sie auch längst als gedruckte Bücher, ordentlich aneinandergereiht in den Regalen auf der anderen Seite von Korbachs Chefbüro. Alle Cover in demselben beigefarbenen Grundton, die Frontseiten versehen mit farbigen Zeichnungen, die Ellen, Korbachs Freundin, gestaltete. Die Motive für die Bilder fischten sie aus den Exposés, die die angehenden Autoren mitgeliefert hatten: Mal eine Taube mit einer Rose im Schnabel, mal ein Leuchtturm hinter einer Düne oder auch ein Totenschädel, wenn es in einem Krimi um einen Giftmord ging. Beschwerte sich einer der Autoren über die Gestaltung, verwies Korbach darauf, wie wichtig ein einheitliches Design sei. »Eines der Erfolgsrezepte der *Edition Aasee*«, sagte er dann im Tonfall des erfahrenen Verlegers.

Überhaupt war Erfolg ein Wort, das Korbach gerne verwendete. Es fraß sich wie ein Schuss Kokain in die Gehirnrinde seiner Kunden. Sie gierten nach Anerkennung und öffentlicher Beachtung. Für all die verhuschten Frauen jenseits der Fünfzig, die pensionierten Lehrer und die mit einer schlimmen Krankheit oder einer langen Familiengeschichte

Geschlagenen wäre es das Größte, wenn ihr Titel auf dem Tisch der Buchhandlung in der Ludgeristraße liegen würde. Wenn die Lokalzeitung nicht umhin käme, einen Reporter zu ihnen nach Hause zu schicken und die Nachbarinnen im Supermarkt diesen neidischen Gesichtsausdruck im Gesicht hätten. Berühmtheit, und sei es auch nur ein Hauch davon, war der Duft, an dem alle, vom Anstreicher bis zum Steuerberater, liebend gern schnuppern würden.

Nur leider, leider war es noch keinem Buch der *Edition Aasee* gelungen, diesen durchschlagenden Erfolg zu erzielen. Hatten die endlich veröffentlichten Autoren erst einmal ihre Verwandten versorgt und ihren Freunden und nächsten Nachbarn verbilligte Exemplare – der Verlag gewährte großzügig Rabatt – aufgeschwatzt, stockte der Absatz genauso abrupt wie vorhersehbar.

Und Didi Korbach, der in seine zweite Rolle schlüpfte, die des Trösters, setzte, falls ihn die Frustrierten und Geknickten unbedingt persönlich aufsuchen wollten, eine zerknirschte Miene auf: Man habe alles getan, um dem Buch den Weg zu ebnen, Werbung in den einschlägigen Medien, die Vertreter hätten sich ins Zeug gelegt und ohnehin sei der Band in jeder Buchhandlung Deutschlands und im Internet zu bestellen. Er, Korbach, könne es nicht begreifen, dass ein so guter Text keine Leser finde. Jammerschade sei das, in seiner ganzen Laufbahn als Verleger habe er noch keinen schlimmeren Untergang eines so wertvollen Werkes erlebt.

Den Meisten reichte das völlig als Erklärung. Manche versuchten sich sogar an einer Fortsetzung, die merkwürdigerweise ebenso erfolglos blieb. Und gegenüber denjenigen, die ihn mit Telefonanrufen und Briefen nervten, in denen sie exakte Zahlen und Arbeitsnachweise verlangten, konnte Korbach auch patzig werden. Sie sollten mal den Vertrag genau lesen, empfahl er ihnen dann, besonders das Kleingedruckte, er, Korbach, habe jeden Paragraphen penibel erfüllt. Und womöglich liege es ja – wie er nach dem zweiten Lesen nun doch befürchte – an dem schwachen Text, dass das Buch keine Käufer finde.

Korbach setzte sich hinter seinen riesigen Eichenschreibtisch, auf dessen Oberfläche weitere Manuskriptstapel kunstvoll drapiert waren, und seufzte. Vor ein paar Jahren hatte er noch keine Show abziehen müssen, da waren die zwischen Pappdeckel geklebten oder von Gummibändern zusammengehaltenen DIN-A4-Blätter in seinem Büro tatsächlich frisch und keine Deko gewesen. In den goldenen Jahren seines Verlages, als er die Geschäftsräume in einer Seitenstraße des Prinzipalmarktes – in Münster eine 1a-Lage – angemietet hatte, reichten die Überschüsse für eine vollzeitbeschäftigte Sekretärin und die Anzahlung eines Einfamilienhauses in Münster-Nienberge.

Von den damaligen Einnahmen träumte Korbach heute nur noch. Inzwischen nahm er seinen Kunden gerade mal genug ab, um die Büromiete und eine studentische Aushilfskraft bezahlen zu können – mit den Kreditraten für das Haus war er längst im Rückstand. Der Verleger seufzte erneut. Schuld an seiner finanziellen Misere trug nichts anderes als der technische Fortschritt. Jeder, der in der Lage war, einen Computer zu bedienen, hatte mittlerweile die Möglichkeit, seine pseudoliterarischen Ergüsse als E-Book zu veröffentlichen. Oder, falls er selbst dazu zu blöd war, in einem Book-on-Demand-Verlag zu einem lächerlich geringen Preis. Das Rundum-sorglos-Paket, das Korbach seinen Autoren bot und für das sie, zugegebenermaßen, eine nicht ganz billige Kostenbeteiligung hinblättern mussten, wollte kaum noch jemand in Anspruch nehmen. Hinzu kam, dass in den Feuilletons der großen Zeitungen Unternehmungen wie die seine als *Druckkostenzuschuss-* oder *Vanity-Verlage* beschimpft wurden. Als sei es verwerflich, die Eitelkeit der Menschen zu befriedigen. Machten die Hersteller von sündhaft teuren Handtaschen nicht genau das Gleiche? Ein paar Lederlappen zusammenzunähen und ein Luxuslogo draufzubappen, rechtfertigte doch nicht, den Materialwert um das Zehntausendfache zu erhöhen? Trotzdem zögerte keine Frau, die sich so ein Teil leisten konnte, auch nur eine Sekunde mit dem Kauf. Dagegen war er, Didi Korbach, geradezu harmlos. Und trotzdem machten ihm die Scheiß-Intellektuellen mit ihrer Kritik das Geschäft kaputt.

Zum Glück gab es immer noch ein paar harmlose Seelen, die sich ein eigenes, von einem mehr oder weniger echten Verlag gedrucktes Buch gönnten. Die Anzeigenaktion in der vergangenen Woche hatte eine bescheidene Resonanz erbracht, tröpfelnd kamen Anfragen herein, für den heutigen Tag konnte Korbach gleich zwei Termine vereinbaren.

Das Telefon klingelte. Interne Leitung. Lara – oder hieß sie Mara? –, die frisch eingewiesene Studentin. »Hier ist eine Frau Lütke-Uphues, die Sie sprechen möchte«, fiepte sie.

»Sagen Sie ihr, ich bin sofort für sie da, ich hätte nur gerade noch ein wichtiges Telefonat zu führen.«

Nur nicht den Eindruck erwecken, als würde man auf Opfer warten, schließlich sollten sich die Möchtegern-Schriftsteller als Bittsteller fühlen.

Korbach stand auf und kontrollierte sein Aussehen im Wandspiegel. Er trug ein pastellfarbenes Samthemd mit schmalem Kragen, darüber eine chinesisch geschnittene, blaue Jacke. Für Seriosität sorgten seine grau melierten Haare und der akkurat geschnittene Vollbart. So stellten sich reiche Damen einen Verleger vor. Den Rest erledigte er mit seinem Charme.

Und für Marianne Lütke-Uphues lohnte sich der Aufwand. Korbach hatte, gleich nachdem er das Manuskript und die beigefügte Vita erhalten hatte, den Namen gegoogelt. Und sich selbst beglückwünscht. Marianne war die Gattin von Clemens Lütke-Uphues, einem der angesagtesten Architekten im ganzen Münsterland, mehrere Firmen-Verwaltungssitze und ein Bahnhof gingen auf sein Konto. Das stank nach Geld. Mit Zuversicht und eimerweise Schleim würde er Marianne ausnehmen wie eine Weihnachtsgans.

Korbach warf einen Blick zurück zum Schreibtisch. Einige Manuskripte waren aufgeschlagen, Textstellen angestrichen und mit Kommentaren versehen. Dazwischen lagen gedruckte Bücher und handschriftliche Notizen, so, als hätte er gerade intensiv gearbeitet. Der Verleger knipste sein strahlendstes Lächeln an, ging zur Tür, die sein Büro vom Vorzimmer trennte, und öffnete sie mit einem energischen Schwung. Auf dem Besucherstuhl saß eine übergewichtige Frau mit schwarz gefärbten Haaren, Hornbrille und Wallewalle-Kleid.

»Ah, Frau Lütke-Uphues. Ich grüße Sie.« Korbach sagte das mit seiner tiefen Stimme, an deren Erotik er lange gefeilt hatte.

Die Frau erhob sich, wackelte auf ihn zu und reichte ihm eine feuchte Hand. »Hallo!«

»In der nächsten halben Stunde keine Gespräche!«, befahl Korbach Lara oder Mara.

Die Studentin nickte gelangweilt. Bei Gelegenheit würde er mit ihr mal ein paar Verhaltensregeln üben müssen.

Der Verleger führte die Architektengattin zur Besprechungsecke, die aus einem Bistrotisch und zwei bequemen Sesseln bestand. »Möchten Sie etwas trinken?«

»Nein. Danke«, hauchte die Autorin. Ihr Kopf hatte sich in den letzten dreißig Sekunden rosarot verfärbt, ein erstes Ergebnis seiner einfühlsamen Ansprache.

Korbach ging zum Schreibtisch, tat so, als würde er Lütke-Uphues' Romantext in der herumliegenden Papierschwemme suchen, und nahm dabei den Hörer ab: »Lara, könnten Sie mir bitte einen Kaffee und Frau Lütke-Uphues ein Glas Wasser bringen?«

»Ich heiße Mara.«

»Wie auch immer. Bringen Sie es einfach!«

Der einzige Zweck, für den er die Aushilfsstudentinnen beschäftigte, bestand darin, während des Verkaufsgesprächs etwas zu servieren. Das entspannte die Blödheimer, die glaubten, schreiben zu können, und schuf eine vertrauensvolle Atmosphäre.

Mit dem Manuskript, von dem er natürlich immer gewusst hatte, wo es lag, kehrte er zur Besprechungsecke zurück. »Oh, ich habe ganz vergessen zu fragen, ob Sie Ihr Wasser mit oder ohne Kohlensäure möchten.«

»Egal«, hauchte Lütke-Uphues.

»Nun.« Korbach setzte sich. »Da haben Sie ja einen sehr feinen Liebesroman geschrieben.«

»Ehrlich?«

Er nickte. »Ein wunderbares Stück Literatur. In unserer Lektorenkonferenz waren wir einstimmig der Auffassung, dass dieses Buch unbedingt veröffentlicht werden muss.«

»Eigentlich ist es kein Liebesroman, sondern ein autobiografisch angehauchter Reiseroman.«

Das war die Crux, wenn die Leute nicht mal ein anständiges Exposé verfassen konnten. Noch nie hatte er mehr als drei Seiten eines zugeschicktes Textes gelesen. »Sage ich doch. Wahre Literatur lässt sich nicht in Genregrenzen pressen. Ihr

Roman mäandert wundervoll zwischen allen Konventionen.«

»Sie wollen ihn also veröffentlichen?«

»Was für eine Frage.« Er lachte kokett. »Ich bin stolz, dass Sie zu mir gekommen sind. Natürlich muss man auch an so einem Ausnahmewerk noch arbeiten. Feintuning am Text, verstehen Sie? Ein gutes Lektorat ist die Grundlage jedes Bucherfolgs. Dazu kommen ein ansprechendes Cover und Marketingmaßnahmen. Ich denke da an Anzeigen in Branchenblättern, Vorabexemplare für Kritiker. Ein Werk, das sich nicht eindeutig in eine Schublade stecken lässt, hat es heutzutage schwer auf dem Buchmarkt. Man könnte auch ein Video auf Youtube und eine Lesung auf der Leipziger Buchmesse in Betracht ziehen. Für unsere Premium-Autoren arrangieren wir das gerne.« Korbach machte eine Pause und schaute bekümmert auf den Schweißfilm unter Lütke-Uphues' Nase. »Allerdings ist das mit erheblichen Kosten verbunden. Ein Risiko, das wir, mit unseren bescheidenen Möglichkeiten als Kleinverlag, kaum alleine stemmen können.«

»Wie viel?«, fragte Lütke-Uphues.

»Nun …«

»Sie meinen doch, dass ich mich an Ihren Kosten beteiligen soll?« Korbach fand, dass Lütke-Uphues' Stimme ein wenig zu aufgeregt klang.

»Das wäre in der Tat eine Möglichkeit, die Markteinführung zu erleichtern.«

»Also – wie viel?«

»Ich müsste das kalkulieren.« Korbach stützte sein Kinn auf dem Daumen der rechten Hand ab. »Zwanzigtausend. Vielleicht kämen wir auch mit achtzehntausend hin.«

Mara – diesmal war Korbach sicher, dass sie so hieß – brachte ein Tablett mit Kaffee und Wasser herein und stellte es auf dem Bistrotisch ab.

»Danke, Mara«, sagte der Verleger.

Die Studentin schwirrte wortlos ab. Wieder so ein Fehler.

Lütke-Uphues' Gesichtsfarbe tendierte mittlerweile zu einem ungesunden Dunkelrot. »Achtzehntausend Euro?«

Warum kreischte die dumme Kuh so? Nirgendwo gab es etwas umsonst. »Na ja, wenn wir ganz scharf rechnen …«

»Sie sind ein mieser Betrüger.«

»Was?« Seine Stimmlage schoss um eine ganze Oktave nach oben.

»Meine Freundin hat mich gleich vor Ihnen gewarnt. Nur schwarze Schafe verlangen Geld, hat sie gesagt.«

Die Architekten-Gattin sprang auf und traf mit ihrem Oberschenkel das Tablett, das sich scheppernd in Korbachs Richtung bewegte. Sein Versuch, die Tasse zu erwischen, schlug fehl. Sekundenbruchteile später drang der brühend heiße Kaffee durch die dünne Stoffhose. Korbach heulte auf.

Als der Schmerz nachließ, war Lütke-Uphues verschwunden. Dafür stand Mara in der Tür: »Alles in Ordnung?«

»Nichts ist in Ordnung«, brüllte Korbach zurück.

Was für ein Tag.

Mara stand immer noch in der Tür.

»Was ist denn noch?«, keifte der Verleger.

»Herr Bartoldy hat angerufen.«

Bartoldy, das war Korbachs zweiter Termin an diesem Tag. Der Mann hatte keine Textprobe, geschweige denn ein Manuskript geschickt, sondern nur um ein Gespräch gebeten. Und es sich jetzt vermutlich anders überlegt. Ein Fehlschlag kam selten allein. »Was wollte er?«

»Er hat gesagt, dass er sich verspätet. Um ein bis zwei Stunden.«

Wenigstens keine Absage. Andererseits – Korbach schaute auf seine Armbanduhr – sollte er in genau zwei Stunden ein paar einführende Worte sprechen. Bei der Lesung von Elvira Silbermann, dieser durchgeknallten Numerologin, die in der *Edition Aasee* ein Buch über Zahlenmystik veröffentlicht hatte. Elvira Silbermann war natürlich ein Pseudonym, in Wirklichkeit hieß die Frau Ingrid Meyer. Aber wer wollte sich schon von einer Frau Meyer die Bedeutung von Zahlen im Buddhismus erklären lassen? Korbach überlegte. Zu der Lesung in der Cafeteria der Evangelischen Studentengemeinde würden ohnehin nur drei oder vier Hanseln erscheinen. Das Risiko, einen potentiellen Kunden zu verschrecken, war ungleich bedeutender als der Ärger, den er sich bei Frau Silbermann einhandelte, wenn er nicht in der Cafeteria auftauchte. Nein, Bartoldy ging vor. Definitiv.

Korbach bemerkte, dass sich Mara nicht vom Fleck gerührt hatte und ihn mit kritischem Gesichtsausdruck beobachtete. »Ist noch was?«

»Ich mache dann Schluss.«

»Das geht nicht. Ich brauche Sie für Bartoldy.«

»Ich habe eine Verabredung.«

»Und wenn schon. Der Job ist wichtiger.« Korbach hatte genug von Widerworten und Gezicke. Dieses blonde, hagere Wesen musste endlich kapieren, worauf es im Berufsleben ankam.

»Wissen Sie was?« Mara verzog das Gesicht, sodass ihre lange, spitze Nase mit den beiden hervorspringenden Schneidezähnen ein abschreckendes Dreieck bildete. »Ich habe keinen Bock mehr, in Ihrem Abzocker-Verlag die Vorzimmer-Tussi zu spielen. Geben Sie mir einfach die Kohle für die letzten Tage. Und das war's dann.«

»So einfach ist das nicht, junge Frau.«

»Und ob.« Mara machte einen Schritt auf ihn zu. »Ein Freund von mir studiert Jura. Der hilft mir bestimmt.«

»Na schön.« Ärger mit der Justiz war das Letzte, was Korbach gebrauchen konnte. Und für das Vorzimmer gab es bestimmt idealere Besetzungen als Mara. »Sie kriegen Ihr Geld.« Der Verleger zog seine Geldbörse aus der Gesäßtasche, obwohl er schon wusste, dass sie nur gähnende Leere offenbaren würde. Trotzdem schaffte er es, einen überraschten Ausdruck auf sein Gesicht zu zaubern. »Tja, ich fürchte, ich habe nicht genug dabei. Wie wäre es, wenn ich Ihnen den Betrag Anfang des nächsten Monats gebe?«

»Montag«, sagte Mara. »Und ich bringe zwei Kumpel mit.«

Dann knallte sie die Tür zu.

Himmel. Der Tag wurde nicht besser. Korbach hätte jetzt dringend einen Schnaps gebraucht. Aber eine Alkoholfahne machte sich nicht gut beim Akquisegespräch, Bartoldy sollte ja keinen schlechten Eindruck von ihm bekommen. Wenigstens ein paar Schritte gehen. Und eine Zigarette rauchen. Das würde ihn hoffentlich wieder in die Spur bringen.

Fünf Minuten später stand Korbach auf dem Prinzipalmarkt, Münsters Prachtstraße. Heimelige Giebelhäuser und Arkaden, die Lambertikirche mit den Wiedertäufer-Körben. Ja, in Münster ließ es sich aushalten. Korbach stammte aus dem plattesten Emsland, er war zum Studium nach Münster gekommen und hier gestrandet, wie viele andere, mit denen er in Studentenkneipen herumgehockt und Pläne geschmiedet hatte. Lange Zeit war er der Erfolgreichste in ihrer Clique gewesen, die anderen hatten ihn für den Trick, der ihm mit der *Edition Aasee* gelungen war, bewundert. Doch das war seit einigen Jahren vorbei. Einer nach dem anderen hatte sich ins Familienleben und die Welt der Firmenhierarchien und Verwaltungslaufbahnen verabschiedet, Didi Korbach galt nicht mehr als bunter Vogel, sondern war zur zwielichtigen Gestalt mutiert, der man auf Partys lieber aus dem Weg ging.

So schön Münster auch war, langsam wurde es Zeit, das Tätigkeitsfeld zu wechseln. Ellen und er hatten schon darüber gesprochen, in den Osten zu gehen, nach Halle oder Leipzig, wo es noch Menschen gab, die einen Verlag wie den seinen brauchten, mochte er dann auch nicht mehr *Edition Aasee*, sondern *Edition Saale* heißen.

Korbach schaute auf seine Hose hinunter. Sein Versuch, den Kaffee zu entfernen, hatte nur zu einem größeren, dafür unwesentlich helleren Fleck geführt. In besseren Zeiten hätte er sich einfach im nächsten Laden eine neue Hose gekauft. Heute machte er sich auf den Rückweg in seinen Verlag.

Komisch. Korbach war sich sicher, dass er die Bürotür abgeschlossen hatte. Anscheinend ließ sein Gedächtnis nach. Er betrat das Vorzimmer. Im nächsten Raum, vor dem Chefschreibtisch, stand ein Mann, der ihm den Rücken zuwandte. Das musste Bartoldy sein. War wohl doch früher gekommen. Etwas unverschämt, nicht zu warten, bis man ihn hereinbat. Aber Korbachs Kontostand war nicht dazu angetan, jedes Verhalten auf die Goldwaage zu legen.

»Herr Bartoldy?«

Der Mann drehte sich um. Korbach kannte ihn. Das heißt, er erkannte das Gesicht, erinnerte sich jedoch nicht an den Namen. Der Typ hatte unter Pseudonym ein Buch in der *Edition Aasee* veröffentlicht. Ein Roman, in dem es … Ach, war ja auch egal.

Korbach knipste sein Lächeln an. »Lange nicht gesehen. Herr Bartoldy – oder wie immer Sie heißen.«

Bartoldy lächelte nicht.

»Gibt es ein neues Projekt, das Sie zu mir geführt hat?«

Bartoldy kam langsam auf ihn zu. Warum redete der Kerl nicht? Das war ja fast unheimlich.

»Sie sind doch Herr Bartoldy?«

Der hagere Typ stand jetzt direkt vor Korbach. Seine rechte Hand fuhr hoch, darin ein Gerät, das aussah wie eine Kreuzung aus Rasierapparat und Zange, ein …

Korbach wich zurück. Zu spät. Der Elektroschocker berührte ihn am Hals. Er hörte ein Zischen, dann durchzuckte ihn ein Schlag, wie er ihn noch nie gespürt hatte, der Schmerz war überall und gleichzeitig, das Herz setzte aus – und er hörte auf zu atmen.

Korbach lag auf dem Bauch. Vermutlich war er gefallen, er konnte sich nicht erinnern. Sein Körper zuckte unkontrolliert, er versuchte, sich auf die Hände zu konzentrieren, die Scheiß-Hände zu bewegen. Warum taten sie nicht, was er wollte? Und wo war Bartoldy? Weg? Nein, er hörte ein Keuchen, direkt über sich. Der Typ machte sich an ihm zu schaffen. Hatte er vor … O Gott!

Jetzt spürte Korbach einen Druck an den Handgelenken. Bartoldy hatte ihn gefesselt. Deshalb konnte er weder Arme noch Beine bewegen. Eine Hand fasste ihn an der Schulter und drehte ihn auf den Rücken. Es war unbequem, verdammt unbequem.

»Was …«

Weiter kam Korbach nicht. Bartoldys Kopf tauchte in seinem Blickfeld auf, dann ein silberfarbenes Stück Band, das auf seinen Mund geklebt wurde. Korbach konnte nicht mehr reden. Er konnte auch nicht mehr durch den Mund atmen. Seine Nase war chronisch verstopft, von den Allergien, die ihn plagten. Ruhig atmen! Nur nicht in Panik geraten!

»Kannst du dich an meine Lesung auf der Leipziger Buchmesse erinnern?«

Waswaswas? Korbach veranstaltete jedes Jahr Lesungen auf der Leipziger Buchmesse. Für die Möchtegern-Autoren, die sich das leisten konnten. Das gehörte zu seinen sogenannten Marketing-Maßnahmen. Wen interessierte es schon, dass kein Schwein zuhörte? »Shit happens«, sagte er dann, »Hauptsache, Ihr Name taucht im Katalog auf.«

»Die Leute haben mich ausgelacht. Es war so demütigend. Und du, du hast mich ins offene Messer laufen lassen. Wofür habe ich dir die vielen Tausender bezahlt? Nichts, gar nichts hast du für mich getan.«

Korbach erinnerte sich jetzt an die Lesung. Simmer, so nannte sich Bartoldy damals, hatte einen grottenschlechten Text vorgelesen. Ach was, nicht vorgelesen, ins Mikrofon gestammelt hatte er ihn. Und wie der dumme Zufall es wollte, war ausgerechnet in diesem Moment ein komplettes Germanistikseminar vorbeigekommen und stehen geblieben. Shit happens hoch drei. Simmer war geflüchtet, einfach weggerannt. Aber was konnte er, Korbach, dafür, dass seine Autoren nicht in der Lage waren, halbwegs lesbare Bücher zu schreiben? Er war doch nur ein stinknormaler, kleiner Vanity-Verleger, der seinen Kunden den Wunsch nach einem bisschen Berühmtheit erfüllte.

Was machte der Kerl da? Bartoldy-Simmer hatte eine einzelne Buchseite in der Hand und drückte sie an Korbachs Hals. Nein, er ratschte damit hin und her, er ritzte die Haut auf. Der Schmerz kam mit Verzögerung. Schlimmer als der Schmerz war die Hilflosigkeit, dieses absolute Ausgeliefertsein.

Korbach protestierte. Zu hören war lediglich ein Brummen. Der Verleger spürte, wie eine Flüssigkeit den Hals hinunter und unter das Hemd lief. Blut. Er blutete. Himmel. Was für eine gottverdammte Scheiße! Und Bartoldy-Simmer ritzte schon auf der anderen Seite von Korbachs Hals. Noch mehr Blut. O nein, bitte nicht. Wie viel Blut hatte der Mensch? Sieben Liter? Wie lange würde es dauern, bis er das Bewusstsein verlor? Bis es endgültig vorbei war? Das durfte doch alles nicht wahr sein.

Münster bei Nacht

In Münster war Andy ein paar Mal gewesen. Er erinnerte sich an eine Puppenstuben-Innenstadt, Kopfsteinpflaster, kitschige Romantik. Und alles sauber und ordentlich. Falls mal jemand auf die Straße spuckte, kam gleich die Stadtreinigung mit einem Hochdruckstrahler. Und erst die Münsteraner: Steif bis in die Haarwurzeln und immer auf Distanz, dass die Queen dagegen wie ein Clown auf einem Kindergeburtstag wirkte. Lauter Zombies. Nein, Münster gehörte definitiv nicht zu Andys Favorites.

Eine sexuelle Verirrung, mit der er drei Wochen zusammen gewesen war, hatte ihn mal zu ihren Eltern nach Münster gelockt. In einen toten Vorort mit weiß angestrichenen Einfamilienhäusern und auf Zahnstocherlänge getrimmten Rasenflächen. Der reinste Horror. Papa trug trotz Affenhitze Anzug und Krawatte, Mama einen Tortenkragen über der hochgeschlossenen Bluse. Noch nie war sich Andy so schlecht gekleidet vorgekommen. In seinem Schlabber-Look hatte er wie der letzte Penner von der Flaschensammeltruppe gewirkt. Bestimmt hatten Papa und Mama nach seiner Abreise erst einmal die ganze Wohnung desinfiziert.

Am Autobahnkreuz Münster-Süd raus. Andy lenkte den KKN-Smart auf die Abbiegespur. Warum war er überhaupt hier? Anstatt durch halb Deutschland zu fahren, sollte er auf dem Sofa in seiner Wohnung liegen und Lamprecht hinter den Ohren kraulen. Oder ausschlafen. Die Sauftour mit Henk steckte ihm noch in den Knochen. Überhaupt, der heutige Tag war so angenehm gewesen wie ein Sonntagsausflug nach Guantanamo. Andy war wirklich kein Weichei. Doch was das Leben derzeit mit ihm anstellte, kam einer SM-Session ohne Ausstiegsklausel gleich. Brutalität in Reinkultur.

Abwarten war trotzdem keine Option. Da draußen hampelte ein Killer herum, der es vielleicht sogar auf ihn abgesehen hatte. Er musste das beenden. So schnell wie möglich. Bevor noch jemand starb oder die Radekow ihn einlochte. Das war schon lange keine Recherche mehr, das war eine Survival-Prüfung.

Das Navi lotste ihn durch das Stadtgebiet von Münster. Die Lesung der Nummernfee *aka* Miss Silbermann fand in der Evangelischen Studentengemeinde statt. Kein Witz, Andy hatte das überprüft. Die christlichen Religionen waren auch nicht mehr das, was sie früher mal waren. Um den Anschluss an die Gegenwart nicht zu verpassen, stellten sie ihre heiligen Hallen sogar Zahlenbeschwörern zur Verfügung.

Links ragte ein alter Turm auf. Da drüben, in dem Gebäude mit dem Transparent an der Wand, musste es sein. Mit Parkplätzen knauserten die Münsteraner genauso wie die Kölner, allerdings schien hier das Parken in der zweiten Reihe verpönt zu sein. Endlich, zweihundert Meter entfernt, fand Andy eine Lücke für den roten Smart, auf dem dick und fett das Senderlogo prangte.

Er hatte ein Nachtschattengewächs mit schwarz gefärbten Haaren, Umhangkleid und bedeutungsschwangerem Blick erwartet. Die Frau, die aufgeregt vor ihm herumtrippelte, passte überhaupt nicht in sein Vorurteils-Schema: durchtrainierte Pilates-Gestalt, rote Haare, dunkelblaues Business-Kostüm. Im Hintergrund lauerten zwanzig Voyeure auf unbequemen Plastikstühlen.

»Er hat mir versprochen, zu kommen.«

»Wer denn?«, fragte Andy, der sich gegenüber Elvira Silbermann vor einer Minute als der Kult-Andy vom Radio geoutet hatte.

»Mein Verleger. Dietmar Korbach. Er sollte die Einführungsworte sprechen. Wie sieht das denn aus, wenn ich das selbst mache?«

Andy zuckte mit den Schultern. Er hätte seine Probleme gerne mit Elviras getauscht. Sofort! Aber darauf würde sie sich wohl nicht einlassen.

»Sie sind doch Radiomoderator. Können Sie nicht …«

Andy brauchte eine Sekunde, um aus seinen traumabehafteten Überlegungen aufzutauchen. Schlug die Zahlenmystikerin ernsthaft vor, dass er für sie den Ansage-Kasper machte?

»Ich habe doch keine Ahnung von Ihrem … äh … Fachgebiet.«

»Das macht nichts.« Sie legte ihre Hand an seinen Arm und schaute ihm tief in die Augen. Bittend. Mit einem Hauch Anmache. »Sie haben so eine eindrucksvolle Stimme. Sagen Sie irgendetwas. Die Zuhörer werden sich wohlfühlen. Das ist das Wichtigste.«

Auch wenn die Frau mit ihrem Zahlenmantra nicht alle Latten im Zaun hatte, vom Showgeschäft verstand sie etwas. Andys Stimme war eine Waffe, mit der er jeden in den Himmel oder in die Bewusstlosigkeit quatschen konnte. Und sie wusste, dass er etwas von ihr wollte. Sonst hätte er nicht hundertfünfzig Autobahnkilometer abgerissen. Das ganze Leben war ein Geschäft.

»Na gut, ich mach's.«

»Danke.« Die Hand verschwand von seinem Arm, der Blick kühlte auf normale Small Talk-Temperatur herunter.

Andy trat vor das Publikum, das hauptsächlich aus jüngeren Emos und älteren Gruftis bestand. Ein paar Verwandte von Elvira Silbermann hatten sich wohl auch hierher verirrt.

»Hallo Leute. Mein Name ist Andy Otto, und ich begrüße euch zu der kleinen, schnuckeligen Lesung, die hier gleich abgeht.« An den offenen Mündern sah Andy, dass er den richtigen Ton haarscharf verfehlt hatte. Na klar, er war in Münster. Mit einem Lächeln justierte er nach, klang jetzt mehr wie Jan Hofer bei der Verkündung der *Tagesschau*: »Ich freue mich, euch und Ihnen eine der bekanntesten Numerologinnen Deutschlands vorstellen zu dürfen. Zu uns gekommen ist – Elvira Silbermann.« Verhaltener Applaus. Die Zahlentante trat aus der Kulisse und stellte sich neben ihn. »Frau Silbermann wird gleich einige der besten Nummern aus ihrem Buch vorlesen.« Den Witz konnte er sich nicht verkneifen. »Pardon, ich meine natürlich: Kapitel.« Showmastergeste. »Frau Silbermann, die Bühne gehört Ihnen.« Und Abgang.

Andy setzte sich in die letzte Reihe und kämpfte bereits nach fünf Minuten gegen die bleierne Schwere seiner Augenlider. Was Elvira erzählte, hätte jeden Hund eingeschläfert. Sie redete über Hausnummern, Autokennzeichen und Telefonnummern, darüber, wie Zahlen das Leben der Menschen bestimmten, in religiöser, kultureller und noch einigen Hinsichten mehr. Sie faselte von Zusammenhängen jenseits aller wissenschaftlichen Erklärbarkeit, von Schwingungen, die in Zahlen steckten und die menschliche Psyche beeinflussten.

Andy war schon fast weggedämmert, als Elvira plötzlich auf die Acht zu sprechen kam. Die Zahl reichte, um ihn in die schummrig beleuchtete Cafeteria zurückzuholen. Die blöde Acht löste bei ihm tatsächlich Schwingungen aus, ungute Schwingungen. Hellwach hörte er der leicht näselnden Stimme der Numerologin zu: »Die Acht war die heilige Zahl des Christentums, nach dem Vorbild von *San Vitale* in Ravenna wurden viele Kirchen um ein zentrales Oktogon gebaut. Doch schon die alten Ägypter, die Begründer der Numerologie, maßen der Acht große Bedeutung bei. Nach der Lehre von Hermopolis herrschten vor der Entstehung der Welt acht Gottheiten als Verkörperungen der Urkräfte.«

Hermopolis? Etwas klickte in Andys Gehirn. Wo hatte er das Wort schon mal gehört? Richtig, Henk hatte es erwähnt. *Hermopolis Technologies*, so hieß die Firma, die den Bumsschuppen in der Eifel gemietet hatte. Einzig allein zu dem Zweck, diesen Gemüsehändler in aller Ruhe um die Ecke zu bringen. Alles, aber auch wirklich alles hing mit der verdammten Acht zusammen. Die Sendung heute Morgen, schoss es Andy durch den Kopf, war dann auch kein Zufall. Das war ja … verdammt! Andy war davon ausgegangen, dass die Themenvorgabe und der Interviewtermin wie immer von einem besonders zahlungskräftigen Werbekunden gekommen war. Aber es war jemand, der wollte, dass er, Andy, Elvira Silbermann kennen lernte? War das möglich? Vielleicht war es auch gar nicht so spontan und zufällig, dass ihn die Numerologin nach Münster gelockt hatte. Der Gedanke war beängstigend. Das, was Andy bislang für seinen eigenen Entschluss gehalten hatte, nämlich dem Nummerngirl auf den glattpolierten Zahn zu fühlen, war womöglich gar nicht sein eigener Entschluss, sondern Teil eines hinterhältigen Plans. Irgendwer hatte ihn nach Münster bestellt, um … Ja, wozu denn?

Ungeduldig wartete Andy auf das Ende der Lesung. Nach einer Stunde Vortrag und einem halbstündigen Frage- und Antwortspiel, in dem fast jeder der Anwesenden seine Lieblings- und Unglückszahl erwähnte, hatte Andy endlich, was er wollte: eine Privataudienz bei Frau Silbermann.

»Wer hat Ihnen eigentlich vorgeschlagen, in meiner Sendung aufzutreten?«

Silbermann zog ihre schmalen Augenbrauen hoch. »Wieso?«

»Weil …«, Andy überlegte, wie viel er ihr verraten sollte, »… die Acht eine Vorgeschichte hat.«

»Natürlich hat sie das.«

»Ich rede von einem Verbrechen, genauer gesagt, zwei Verbrechen.«

Die Numerologin klimperte mit ihren Augenlidern. »Ich verstehe nicht ganz.«

»Dann beantworten Sie einfach meine Frage: Wer hat Sie aufgefordert, sich von mir interviewen zu lassen?«

»Mein Verleger. Dietmar Korbach.«

»Der, der nicht aufgetaucht ist?«

»Richtig.«

»Er hat persönlich mit Ihnen gesprochen?«

»Nein. Er hat mir eine E-Mail geschickt. Und dann hat jemand von Ihrem Sender angerufen.« Silbermann stutzte. »Tatsächlich habe ich mich ein wenig gewundert. Herr Korbach hat eine andere E-Mail-Adresse als sonst verwendet.«

»Und jetzt ist er verschwunden.«

Die Zahlenexpertin machte große Augen.

»Sie haben doch bestimmt versucht, ihn zu erreichen?«, hakte Andy nach.

»Sicher. Aber er geht nicht ans Handy. Und im Verlagsbüro nimmt auch niemand ab.«

»Wo ist das?«

»Ganz in der Nähe vom Prinzipalmarkt.«

Andy setzte sein Haifischlächeln auf. »Können Sie es mir zeigen?«

»Jetzt? Ich bin mit meinen Leuten verabredet. Wir wollen im *Pulverturm* noch ein Glas trinken.«

»Das können Sie später immer noch.« Andy drängte. »Nur ganz kurz. Der Prinzipalmarkt ist nicht weit von hier entfernt, wenn ich mich recht erinnere.«

»Sie denken, ihm könnte etwas zugestoßen sein?«

»Nein«, beruhigte er sie. »Ich bin nur neugierig. Journalistenkrankheit, verstehen Sie?«

Sie stellten Andys *Smart* im Parkhaus am Alten Steinweg ab und gingen den Rest zu Fuß. Als sie in die dunkle Nebengasse des Prinzipalmarkts eintauchten, fragte sich Andy, ob er gerade dabei war, einen großen Fehler zu begehen. Gehörte das hier auch zum Plan des Strippenziehers im Hintergrund? Oder baumelte er an den Fäden von Elvira Silbermann? Nein, das war albern. Diese zierliche Frau sollte in ihrem dunkelblauen Kostümchen in die Mechanik einer versifften Kegelbahn krabbeln, um diverse Körperteile … nein, das war unvorstellbar, sie konnte unmöglich die große Unbekannte sein.

»Was ist?«, fragte die Numerologin.

Andy merkte erst jetzt, dass er stehen geblieben war. »Nichts. Ich dachte … Ach, egal.«

Silbermann streckte ihren Arm aus. »Da vorne ist es schon.«

Zu schade, dass ihm Wolle noch nicht die Knarre besorgt hatte. Andy hätte jetzt gerne etwas in der Hand gehabt, mit dem man Löcher in fiese Mörder schießen konnte.

»Wollen wir?«, fragte Elvira Silbermann.

»Natürlich.« Er konnte doch nicht den Angsthasen spielen. Nicht der Kult-Moderator Andy Otto. Dann lieber wie der letzte Blödmann in die Falle tappen.

Die Haustür war nicht verschlossen. Sie stiegen die Holztreppe des alten Gebäudes hinauf und standen vor einem goldenen Schild, dessen geschwungene Schrift den Eintritt in die Welt der Literatur verhieß: *Edition Aasee – Das Haus der guten Bücher.*

Andy drückte gegen die Holztür, sie bewegte sich geräuschlos nach innen. Sehr schlechtes Zeichen. Andy drehte sich um: »Nach Ihnen.«

»Nein.« Die Silbermann schüttelte den Kopf. »Sie zuerst.«

Er holte tief Luft. Was hatte er schon zu verlieren – abgesehen von seinem Leben?

Ein metallisch-süßer Geruch schlug ihnen entgegen. Blutgeruch. Noch bevor Andy die Leiche des Verlegers sah, wusste er, dass er mal wieder zu spät gekommen war.

Eine Minute später hing Elvira Silbermann über der Kloschüssel in der Mini-Toilette und machte röhrende Geräusche. Andy fühlte sich seltsam gelassen, fast ein wenig erleichtert. Der Marionettenspieler hatte es offenbar nicht auf ihn abgesehen, Andy war nur der Leichenhund, der dessen Werke finden sollte. Und so pervers es auch war, allmählich gewöhnte er sich daran, Tote zu betrachten.

Dieser hier lag blutüberströmt inmitten von Büchern und herausgerissenen Buchseiten, die der Mörder dekorativ um die Leiche verteilt hatte. Andy trat näher heran. Aus zwei tiefen Schnitten am Hals hatte sich das Blut auf den Parkettboden ergossen. Und es gab noch mehr Verletzungen. Das Hemd des Verlegers war aufgerissen und an der nackten Brust herumgeritzt worden. Andy zählte insgesamt acht Wunden. Logisch. Vor ihm lag Nummer drei. Vermutlich würden fünf weitere Menschen sterben, wenn es nicht gelang, den Psychopathen zu stoppen.

Aber was verband die Opfer? Irgendeinen Zusammenhang musste es doch geben. Und warum hatte der Verrückte ihn, Andy, auserwählt, über die Leichen zu stolpern? Zuerst das Handy neben dem Büdchen, dann das Foto mit dem Hinweis auf den *Eifelhimmel*, jetzt die Numerologin. Genau geplant und getimed. Es musste jemand sein, der ihn kannte. Na gut, davon liefen in Köln und Umgebung ziemlich viele herum. Seine Stimme hörten jeden Morgen Zigtausend Menschen. Vielleicht fand der Mörder es einfach nur schick, den berühmten *Powerradio-KKN*-Andy durch sein *Killing Field* zu führen.

Elvira Silbermann würgte immer noch. Andy beugte sich hinunter. Da war etwas im Mund des Verlegers. Ein Papierschnipsel? Ja, sah nach bedrucktem Papier aus. Herrgott noch mal, sollte das ein weiterer Hinweis sein? Musste er jetzt wirklich im Mund eines Toten herumfummeln? Andy sah sich nach einer Pinzette oder einem anderen Greifwerkzeug um. Nichts. Scheiße. Ihm wurde schlecht. Mit der linken Hand drückte er die Zähne auseinander, das ging verdammt schwer, und Andy erinnerte sich, in einem Krimi gelesen zu haben, dass die Leichenstarre nach ungefähr zwei Stunden einzutreten begann. Der Verleger hatte also vor Kurzem noch gelebt. Doch so, wie die Sauerei hier aussah, hatte sein Sterben auch schrecklich lang gedauert. Ausgeblutet war er. Nachdem Andy den zusammengefalteten Papierschnipsel herausgezogen und entfaltet hatte, erkannte er, dass er eine Buchseite in der Hand hielt. Andy schaute auf die Seitenzahl. Acht. Was sonst? Und eine Stelle war angestrichen.

»Haben Sie schon die Polizei angerufen?«, drang Silbermanns dünne Stimme aus der Toilette.

Scheiße. Auf noch eine Begegnung mit der Polizei hatte Andy überhaupt keinen Bock. Sie würden ihm nichts anhängen können, aber sie würden ihn die ganze Nacht festhalten. Und was machte er mit der Buchseite? Sie war ein Beweismittel, keine Frage, andererseits hatte der Mörder sie speziell für ihn hinterlassen, da war sich Andy sicher.

»Ja, habe ich«, rief er zurück. »Ich gehe runter und zeige den Polizisten den Weg.«

Hinter dem Kamener Kreuz fuhr Andy auf einen Rastplatz.

Er war vorhin zum Parkhaus gerannt und hatte Münster auf dem schnellsten Weg verlassen. Erst jetzt traute er sich, die Buchseite aus dem Briefumschlag zu nehmen, in die er sie hastig gestopft hatte, und die angestrichene Stelle genauer zu untersuchen. Gott, war das ekelhaft. Speichelflüssigkeit hatte die Wörter teilweise unleserlich gemacht. Mühsam entzifferte er: *… mit meiner Strandkorbprinzessin an der Bill. Wir küssten uns über und über, als wäre es für immer … Ich habe falsch gedacht, du wolltest nur den König …*

Strandkorbprinzessin? Wer sollte das sein? Handelte es sich etwa um Opfer Nummer vier? Und was, verdammt noch mal, war eine Bill?

Und plötzlich hatte er eine vage, womöglich unbegründete Ahnung, worum es bei diesem Spielchen eigentlich ging. Er wurde gelenkt, geleitet … geführt wie eine Marionette. Er bekam ominöse Hinweise zugespielt. Wozu? Der Mörder gab den Opfern offenbar eine winzige Chance. Wenn es ihm, Andy Otto, gelang, sie rechtzeitig zu finden, würden sie überleben. Ja, genau, ein Spiel! Ein irres Game, dessen Regeln er nur bruchstückhaft erahnen konnte. Die Polizei hatte hier nichts verloren, das spürte er jetzt deutlich. Das würde sein Gegner nicht wollen. Irgendein Psycho zog die Strippen und gab ihm keine Chance, zu durchschauen, worum es in Wirklichkeit ging. Die Bullen konnten ihm nicht helfen. Nein, Andy musste das ganz alleine durchziehen.

Was für eine hirnverbrannte Kacke.

Die Wacht am Meer

In Carinas bonbonfarbenem Corsa fuhren sie zur Hartz-IV-Butze, in der Andys Bruder Markus seit ein paar Jahren hauste. Er hatte kein Auto, deswegen musste man ihn immer chauffieren, wenn es zu Mutter ging.

Carina saß am Steuer und starrte stur geradeaus, um sie herum waberte wieder eine Wolke Parfüm. Die Stimmung war eisig. Nach dem geplatzten Abendessen war das auch nicht anders zu erwarten gewesen. Wieder einmal wunderte Andy sich darüber, dass sich die Prioritäten ständig verschoben. Eigentlich hätte sie nach seinen bisherigen Katastrophen ein bisschen verständnisvoller sein können. Eigentlich könnte sie sich auch ruhig ein bisschen dafür schämen, dass sie ihm nicht geglaubt hatte. Aber dann war plötzlich wieder ein Candle-Light-Dinner wichtiger als der Weltfrieden, und von jetzt auf gleich war offenbar blanker Trotz das Gebot der Stunde.

Frauen.

Diese Frau jedenfalls.

Carinas Schweigen wäre eigentlich eine gute Basis fürs Nachdenken gewesen. Eigentlich musste er dringend Ordnung in seine wirre Gedankenwelt bringen. Die Fahrt nach Köln gestern Abend war ein Höllenritt gewesen, und selbst als er in seinen eigenen vier Wänden angekommen und von Kater Lamprecht begrüßt worden war, als wäre überhaupt nichts geschehen, und als wäre der leere Fressnapf die einzige echte Katastrophe, selbst da war es ihm nicht gelungen, zur Ruhe zu kommen. Er war froh gewesen, dass wenigstens Carina ihm bis heute Morgen um neun, als sie wie verabredet abfahrbereit vor dem Haus gewartet hatte, nicht auf den Pelz gerückt war.

Doch jetzt war erst einmal etwas anderes akut: die Todestagjubelfeier für Karl-Heinz Otto. Auch bekannt als Vati. Ein Mann, den Andy nur von Fotos kannte. Besonders von *einem* Foto. Dem goldgerahmten, das früher über dem Kamin und jetzt auf Mutters Nachttisch stand. Ein hagerer Vokuhila-Träger mit *Magnum*-Schnauzer und offenem Hawaiihemd – seinem Bruder Markus schon ein bisschen ähnlich, doch mit doppelt so viel Brusthaar und zehnmal so viel Selbstsicherheit gesegnet. So ein typischer Siebzigerjahre-Macho, der eine süße, junge Blondine mit großen Rehaugen und glücklichem Lächeln im Arm hielt, die Andy auch nicht kannte, weil er sie nie so erlebt hatte. Als seine Erinnerung einsetzte, so mit vier, fünf Jahren ungefähr, war sie schon Mutter gewesen, eine streng guckende, nie lächelnde, unablässig maßregelnde, unendlich alt scheinende Frau, der liebevolle Umarmungen ein Gräuel waren.

Als Kind hatte er in ihrer Gegenwart immer Unbehagen verspürt. Ganz sicher hatte er auch deshalb häufig Probleme mit Frauen. Klang nach Küchentischpsychologie, klar, war es vielleicht auch. Egal. Wenn er als Hosenscheißer mal wieder wegen irgendeiner Kleinigkeit von Mutter in das finstere Kabuff unter der Treppe eingesperrt worden war, der pure Horror! Immer zusammen mit Markus, weil Mutter ja deliktunabhängig nur im Doppelpack bestrafte. »So lernt ihr es gleich beide!«

Was die selige Christine Osterling wohl von solchen pädagogischen Methoden gehalten hätte? Ganz, ganz schlimm … Quatsch, halb so wild, hinterher war Andy ja immer nach nebenan zu Nenn-Oma Paschke gelaufen, hatte sich trösten lassen an ihrem üppigen, weichen Vorbau. Dann Vanilleeis mit Schokoladenraspeln, und es war alles wieder gut und das Kabuff vergessen. Andy musste angesichts dieser Erinnerung automatisch lächeln. Vanilleeis mit Schoko-Streuseln war immer noch sein absoluter Favorit. Und große Brüste. Er schaute zu Carina. Hm, na ja.

Sie bogen in die Straße, in der Markus wohnte. Ein verratztes Viertel, harmlos ausgedrückt. Sein Loser von Bruder hatte einfach keinen Drive, von Ehrgeiz ganz zu schweigen. Der würde hier nie rauskommen. Nicht Andys Problem.

Markus stand schon draußen vor der Haustür. Ungepflegt wie immer. In seiner abgewetzten Windjacke. Andy war fast sicher, das Teil trug Markus auch, wenn er ins Bett ging oder duschte. Vermutlich konnte er die gar nicht mehr ausziehen; nach all den Jahren war der speckige Stoff fest mit ihm verwachsen.

Andy stieg aus und brummte zur Begrüßung. In Markus Gegenwart verlor er immer die Lust, große Worte zu spucken – ein absoluter Ausnahmezustand.

Sein Bruder schlüpfte an ihm vorbei auf den Rücksitz des Zweitürers. Roch auch komisch, der Gute, bestimmt die Jacke.

»Hi, Markus«, flötete Carina besonders herzlich. Das machte sie nur, um Andy zu ärgern, je muffiger er sich anderen Leuten gegenüber gab, desto mehr drückte sie auf die Charmetube. Sogar bei Markus, da kannte sie keine Gnade.

»Hi Carina«, antwortete Markus von den billigen Plätzen. »Du siehst toll aus.«

Anfängerkompliment. Andy wollte etwas Flapsiges sagen, aber seine Flapsigkeit schien ihm in den letzten Tagen abhandengekommen zu sein. Also pflanzte er sich wieder auf den Beifahrersitz und schnallte sich an. »Du hast kein Geschenk dabei. War ja klar.«

Markus sagte dazu nichts. Markus sagte nie viel.

»So ein Todestag ist ja auch kein Anlass, ein Präsent mitzubringen.« Carina fand anscheinend, sie müsse irgendwelche Wogen glätten. »Außerdem haben wir ihre Lieblingspralinen. Wir sagen, die sind von uns allen drei.«

Andy brummte. Er hatte, anders als sonst, keine Lust auf einen schönen, kleinen Zoff mit Freundin und Bruder wie sonst an Vatis Todestag, zu dem sie alljährlich zwangsvorgeladen wurden.

Nichts war mehr so wie früher. Nicht mal mehr so, wie noch vor ein paar Tagen. Die Buchseite in seiner Hose – entknittert, geglättet, vom Speichel getrocknet, unzählige Male angeschaut – schien zu glühen. Gestern noch im Mund eines Toten, jetzt in seiner Jeans. Er war sich hundertprozentig sicher, dass sich ein Hinweis im markierten Text verbarg. Nur welcher? Andy konnte sich nicht erinnern, wie oft er in der vergangenen, weitgehend schlaflosen Nacht diese Seite acht durchgelesen und einige Begriffe daraus gegoogelt hatte. Nichts.

Strandprinzessin. Frau. Liebe. Insel. Aber welche Frau? Welche Insel?

Carina plauderte, Markus antwortete einsilbig, Andy hörte gar nicht hin. Und plötzlich parkten sie vor dem Heim. Pardon, nicht Heim – Seniorenresidenz!

Seniorenresidenz Waldblick. Das mit dem Blick war zwar nicht frech gelogen, entsprach aber auch nicht gerade der Wahrheit. Wenn Mutter bei gutem Wetter aus ihrem Zimmerfenster sah – was sie immer tat, auch bei schlechtem Wetter, weil sie Fernsehunterhaltung oberflächlich fand und Bücher anstrengend, und sie mühelos als Blockwart durchgehen konnte, so habichtsmäßig hatte sie die Straße immer im Blick –, wenn also Mutter aus dem Fenster sah, konnte sie zwischen den gegenüberliegenden Häusern ein schmales Eckchen Wald am Rand von Witterschlick erkennen.

»Andreas und Markus Otto für Frau Otto«, sagte Carina zu der jungen Frau am Empfang, wahrscheinlich eine Praktikantin, offensichtlich mit asiatischem Migrationshintergrund. Dass Fremde sich anmelden mussten, hatte Andy schon immer albern gefunden. Wer hier wohnen musste, hatte keinen Schmuck, den zu stehlen es lohnen würde.

Hinter ihnen trat eine füllige Matrone mit einem Gummibaum durch die Glastür. »Hallo, Frau Hambacher, Ihr Vater erwartet Sie im Fernsehzimmer«, rief die junge Asiatin der Ankommenden mit rheinischem Zungenschlag zu.

»Schon einen Tick peinlich, dass man euch hier nicht kennt«, meinte Carina betont beiläufig, als sie im Aufzug standen, der sich lahmarschig in den vierten Stock bewegte. »Ihr solltet euch öfter um eure Mutter kümmern. So sehr lange werdet ihr sie nicht mehr haben.«

»Du weißt ja nicht, was du da verlangst«, sagte Andy angenervt, und Markus brummte ungnädig. Ein seltener Moment brüderlicher Einigkeit.

Sie waren jetzt erwachsene Männer, mit über vierzig hatten sie sogar die offizielle Halbzeit an Lebensjahren schon überschritten, aber aus Kindheitserinnerungen wuchs man nicht heraus. Man schleppte sie mit sich. Klar, logisch, vom Kopf her war die Sache leicht zu verstehen: diese junge, lebenslustige Frau war nach dem Tod ihres Mannes schrecklich überfordert gewesen, die Arme. Waltraud Otto hatte alles gegeben, ihre beiden Jungs durchzukriegen, eine Tapferkeitsmedaille war ihr sicher. Aber Bauch, Herz und Seele von Andy und Markus waren einfach nur zentimeterdick vernarbt. Es gelang ihnen ja mit Ach und Krach, ihrer Mutter drei Mal im Jahr in die Augen zu schauen: an Weihnachten, an ihrem

Geburtstag und an Vatis Todestag. Wobei sie sich an Mutters Geburtstag bei ihr entschuldigen durften, an Vatis Todestag nie.

Die Aufzugtüren glitten auseinander. Eine alte Frau stand vor ihnen, aber es war nicht ihre Mutter, dazu lächelte sie viel zu milde. »Ich gehe nur kurz zu Penny«, teilte sie ihnen mit. Auf ihrer Strickjacke war ein Namensschild befestigt: *Hildegund Gänswein, Seniorenresidenz Waldblick* und eine Telefonnummer. Die Alzheimerkandidaten bekamen alle solch einen Button, falls sie ausbüchsten.

»Ihr seid zu spät!«, erklärte Waltraud Otto statt einer Begrüßung, weil es in der Tat zwei Minuten nach zehn und nicht zehn Uhr war.

»Der Aufzug war so langsam«, sagte Andy und ärgerte sich, weil er sich gleich wieder auf diese blöde Rechtfertigungsschiene leiten ließ.

»Das kann man einkalkulieren.« Sie trug eine weiße Spitzenbluse zum dunkelgrauen Rock und wirkte weit älter als knapp siebzig. Das hatte sie schon immer getan. Mutter war gleich nach dem Verkauf des Fotogeschäfts ins Heim gezogen und galt hier als junges Küken.

»Andreas, also ich muss schon sagen! Jeans und T-Shirt? Heute? Ich hätte wirklich erwartet, dass du endlich einmal seriöser wirst. Du bist kein Jungspund mehr! Und du bist auch kein gutes Beispiel für deinen Bruder!« Sie sah ihren Jüngsten an. »Ts ts ts«, machte sie nur.

»Wir haben Ihnen Pralinen mitgebracht, Frau Otto«, warf Carina ein, deren eigene Mutter ein Ausbund an Fröhlichkeit und Herzlichkeit war und die fest glaubte, dass auch irgendwo tief drinnen in Frau Otto etwas Derartiges schlummern musste. Seit Andy und sie zusammen waren, kam sie jedes Mal mit zu den Besuchen im *Waldblick*. Andy wusste nicht, wie er das finden sollte. Vielleicht war Carina hier, um ihr Revier zu markieren, um aller Welt – aber vor allem Waltraud Otto – zu zeigen, dass *sie* jetzt die Frau in Andys Leben war. Doch sie war wohl auch hier, weil ihr die alte Frau leid tat. »Hier bitte, extra die große Packung, da haben Sie richtig lange was davon.«

Seine Mutter verzog das Gesicht. »Das ist dieses billige Supermarktzeug.« Damit hatte sie nicht ganz unrecht. Aber Andy hatte protestiert, als Carina den Umweg zum *Café Reichard* einschlagen wollte.

»Setzt euch, der Kaffee wird kalt.« Der runde Tisch war mit dem guten Geschirr gedeckt. Die angeschlagene *Rosenthal*-Kanne mit dem vergilbten Tropfenfänger stand in der Tischmitte, daneben der Teller mit den abgezählten vier Stück Schwarzwälder Kirschtorte – Vatis Lieblingstorte! – aus der Seniorenresidenzkantine. Früher, in der alten Wohnung, hatte sie noch selbst gebacken, aber das ging ja jetzt nicht mehr. Andy war nicht traurig darüber, Backen gehörte – ähnlich wie Mutterliebe – nicht zu Waltraud Ottos Kompetenzen.

Jetzt erst ließ sie ihre Besucher eintreten. Die minimal möblierte Ein-Zimmer-Seniorenwohnung war schmucklos wie die Bewohnerin. Es gab natürlich eine Tischordnung: links der Kleine, rechts der Große, gegenüber die Freundin des Großen. Sollte Markus jemals eine Frau mitbringen, würde es eng werden. Aber der Fall würde nie eintreten, da würde eher der Papst mit ihnen Schwarzwälderkirsch essen.

Sie aßen und tranken schweigend, seine Mutter und Carina damenhaft, Andy und Markus über ihre Kuchenteller gebeugt, Markus weiter als Andy. Und natürlich zog Markus seine blaue Windjacke auch bei Tisch nicht aus.

Früher, erinnerte sich Andy, wurde immer noch für den toten Vater eingedeckt, aber seit seine Mutter im Altersheim wohnte, ging das nicht mehr. Ihr Zimmer war zu klein, sie hatte den Esstisch gegen ein halb so großes Modell austauschen müssen. Aber zumindest das Foto stand auf dem Tisch. Zwei sepiabraune, zweidimensionale, glückliche Menschen, die es längst nicht mehr gab, umgeben von vier unglücklichen Echtmenschen, von denen sich mindestens einer an einen weit, weit entfernten Ort wünschte.

Das Schweigen zog sich. So viel Mutter am Telefon plapperte, so wenig sagte sie in natura. Schließlich sprach sie aber doch.

»Andy, dir lugt da schon wieder etwas aus der Hosentasche.« Ihren Luchsaugen entging aber auch gar nichts.

»Das ist ...«, fing er an.

»Nicht mit vollem Mund!«

Während Andy noch den Schluckprozess einläutete, griff ihm Carina an die Hose und wollte das vermeintliche Taschentuch wieder in die hintere Hosentasche schieben. Jetzt fing sie auch schon an, sich wie eine Mutter aufzuführen. »Das ist ja eine Seite aus einem Buch«, sagte sie und zog es heraus.

Seine Mutter schaute jetzt noch strenger. Dass es Frauen gab, die ihrem Sohn an den Arsch griffen – und sei es auch aus dem edlen Beweggrund, dort für Ordnung zu sorgen – fand sie ganz sicher ordinär. »Man reißt keine Seite aus einem Buch!«, dozierte sie.

Carina überflog den Text. »Wieso trägst du denn eine kopierte Seite aus einem Buch über Juist mit dir rum?«

»Juist?« Andy hätte sich beinahe verschluckt. »Wie kommst du denn auf Juist?« Konnte Carina auf einen Blick lösen, was ihm auch nach stundenlangem Hirnen im Bett unverständlich geblieben war?

»Aber Schlumpfi, das steht doch hier.«

Eigentlich mochte er den Kosenamen, doch wenn sie ihn vor seiner Mutter noch einmal *Schlumpfi* nannte, würde er sie erwürgen. »Das steht da mit keiner Silbe!«, widersprach er.

»Natürlich steht das da, du Schlumpf!« Sie war wohl mal wieder genervt, weil er ihr nicht auf Anhieb glaubte. »Hier, das Liebespaar schlendert barfuß durch den Sand der *Bill*, küsst sich immer wieder, und sie nennt ihn *mein Held* und er nennt sie *meine Strandkorbprinzessin*. Doch dann hat sie sich für den König entschieden, die Stelle ist doch sogar markiert. Ich wette, die hat sich am Ende einen Strandkorbvermieter geangelt, die sind nämlich sozusagen die Könige der Insel. Kohlemäßig, verstehst du?«

Ja, Andy verstand. Jetzt, wo sie das alles erzählte, fragte er sich, warum er nicht selbst darauf gekommen war.

»Und du bist dir sicher, dass du weißt, wo das Ganze spielt?«

»Das kann nur auf Juist sein. Wegen der Bill.«

»Was ist das: Bill?«

»Die Westspitze von Juist. Dort gibt es auch ein Ausflugslokal, die *Domäne Bill*, mit dem besten Rosinenstuten der Welt.« Wenn Carina einen Fehler hatte, dann den, alles immer zu Tode zu erklären. »Meine Eltern sind mit uns jedes Jahr in den Sommerferien dahin gefahren, ich kenne Juist wie meine Westentasche!«

»Warst du nicht auch mal auf Juist, Markus?«, fragte seine Mutter.

»Nee, auf Sylt«, sagte er aus der Tiefergelegten und spuckte Kirschtortenkrümel.

»Das wird oft verwechselt«, erklärte Carina.

»Juist!«, wiederholte Andy. »Ich muss nach Juist!« Er sprang auf, die Kaffeetassen klirrten.

»Du kannst doch jetzt noch nicht gehen, Andreas!« Seine Mutter war fassungslos. »Wir haben doch noch nicht einmal die

Fotoalben durchgeblättert. Und der Spaziergang zum Grab!«

»Kann ich den Rest deiner Torte haben?«, wollte sein Bruder wissen.

»Carina, ich brauche dein Auto. Ich muss nach Juist! Jetzt gleich!«

»Nicht ohne mich!« Sie faltete ihre Papierserviette und legte sie auf ihren leeren Kuchenteller. »Vielen Dank, Frau Otto, das war köstlich.«

»Dann muss ich mitkommen«, sagte Markus. »Wie soll ich sonst nach Hause ...«

»Nimm den Bus oder 'ne Taxe. Sorry, ich hab es eilig. Wenn ich dich jetzt noch herumkutschieren muss, dann ...« Andy ließ den Satz unvollendet. Wie sollte er denen erklären, was passieren konnte, wenn er auch nur eine Sekunde zu viel verstreichen ließ?

»Ihr könnt doch jetzt nicht gehen!«, rief seine Mutter ihnen hinterher.

Aber da waren sie schon so gut wie auf der Treppe. Der Aufzug wäre jetzt definitiv zu lahm.

Andy war froh, dass Carina auf der Fahrt nicht sofort auf ihn losging, sondern ihm Zeit ließ. Im Timing war sie gut – schon immer gewesen. Kurz vor Köln hielt sie es dann aber doch nicht mehr aus.

»Jetzt erzähl schon!«, forderte sie. »Und zwar die ganze Geschichte!«

Und dann legte er los. Die ganze gesamte Horrorlitanei. Angefangen bei der Erzieherin, obwohl Carina diese Sache schon kannte – bis zu der Leiche in Münster. Ein paar blutige Details allerdings ließ er aus. Carinas Augen waren schon so groß genug.

Eine Weile lang brachte sie gar nichts heraus. Dann entglitt ihr ein leises »Das gibt's nicht«.

Andy konnte sie verstehen. Natürlich gab es so etwas nicht. Okay, in einem Horrorfilm vielleicht, aber nicht in seinem stinknormalen Leben, mit stinknormalen Freunden und deren stinknormalen Problemen. Bislang hatte er Besuche bei seiner Mutter für den größten Horror gehalten – oder einen Anschiss von Saskia Schmölln. Jetzt wusste er es besser. Das Leben hatte noch ganz andere Dinge zu bieten. Zum Beispiel den Tod.

Sie bogen in die Straße, in er er wohnte, Andy übersah gekonnt die Plakatwand mit seinem Gesicht. Er hatte keinen Bock, dem fröhlichen *Morgens um Andy* zu begegnen. Was die Banalitäten anging, meinte das Schicksal es heute gut mit ihm, er fand einen halben Parkplatz direkt vor der Pizzeria, die Einfahrt war durch Carinas Auto nur zur Hälfte versperrt.

Seine Freundin blieb wie paralysiert sitzen. »Du musst zur Polizei«, stieß sie hervor. »Und zwar sofort.«

Er hatte das erwartet. Das war die normale Reaktion, wenn man in stinknormalen Kategorien dachte. Er hatte diese Kategorien hinter sich gelassen. Das da war eine Sache zwischen dem Mörder und ihm.

»Nein«, sagte er knapp. »Entweder akzeptierst du das – oder du bleibst besser zu Hause.« Dann stieg er aus.

Carina folgte ihm sofort, hatte ihn schon an der Haustür eingeholt, stieg wortlos mit ihm in den Lift. »Wir stehen das durch«, sagte sie. Und in der Wohnung, nachdem Lamprecht sie wieder einmal angesprungen hatte, als wären sie beste Freunde, begann sie, ein paar Sachen zusammenzupacken. Dass Carina bereit war, mit nicht viel mehr als ihrer Zahnbürste, einem getragenen Ersatz-Slip, den sie unter seinem Bett gefunden hatte und dem Minimum an Schminke, das sie in ihrer Handtasche trug, auf eine Insel zu fahren, rührte ihn irgendwie. Er nahm sich vor, dieses Gefühl zu konservieren für den Fall, dass der ganze Horror irgendwann vorbei war. Carina und er – vielleicht war das tatsächlich etwas fürs Leben. Für ein stinknormales Leben.

»Was ist mit Lamprecht?«, fragte Carina, als Andy seine Klamotten in den Rucksack gepfeffert hatte. Noch ein nachhaltiger Liebesbeweis: Carina dachte an seinen Kater.

Er verabreichte Lamprecht eine Extraportion Kraulen und zeigte gleichzeitig mit einem Finger nach oben. Diese Geste war der Code für das Schlimmste: Besuch bei Frau K.

Beide stiegen sie in den zweiten Stock und klopften. In Frau Kaminkes Wohnung roch es immer entweder nach Wirsing oder nach Bratwurst oder nach beidem. An diesem Tag roch es außerdem nach einem neuen Zitrusstein im Klo.

»Was ich ja immer schon mal wissen wollte«, begann Frau Kaminke ohne große Umschweife, nachdem sie Andy und Carina in ihren Flur genötigt hatte. »Kriegen Sie eigentlich auch immer von allen Werbeprospekten *zwei* Exemplare?«

Andy räusperte sich verlegen. »Na ja, ist doch gar nicht schlecht. Kann man wenigstens mal Preise vergleichen.«

»Und dann noch mal, Herr Otto, wegen der lauten Musik so früh am Morgen ...«

»Eigentlich kommen wir ja wegen der Katze«, drängte Carina. »Wenn Sie Lamprecht vielleicht morgens eine Dose aufmachen könnten?«

»Wo geht es denn hin?« Frau Kaminke trug wie immer ihre Kittelschürze. In den Sommermonaten allerdings ohne Sichtbares drunter. War es seinen überstrapazierten Nerven geschuldet, dass er sich vorstellte, wie es aussah, wenn sie abends die Knöpfe aufmachte?

Carina war ein Schatz, sie erklärte ausführlich, worauf man bei Lamprecht zu achten und mit welchen Marotten man zu rechnen hatte, bedankte sich höflich und versprach sogar ein Mitbringsel. Dann drückte Andy Frau Kaminke seine Wohnungsschlüssel in die Hand. Dass er das jemals tun würde!

Und dann passierte es plötzlich. Die Nachbarin nahm Andy unvermittelt in den Arm. Die Zitruswolke haute ihn beinahe um. Das war kein Duftstein fürs Klo, das war Frau Kaminkes neues Parfüm. Gut, dass ihr gewaltiger Busen ihn in der Senkrechten hielt. »Einen schönen Urlaub wünsche ich Ihnen beiden! Wenn das mal nicht Ihre Flitterwochen sind. Ich verwahre Ihnen auf jeden Fall alle Werbeprospekte!«

Flitterwochen! Er schaute zu Carina. Die grinste sich eins. Andy stellte sie sich für einen kurzen Moment in einer sexy Kittelschürze vor.

Auch wenn Andy nicht immer zur ganz schnellen Truppe gehörte, dieses Mal hatte er sich einen stattlichen Vorsprung verschafft. Wer immer hier ein gottverdammtes Wettrennen mit ihm veranstaltete, den hatte er jetzt eingeholt, wenn nicht sogar abgehängt.

Zugegeben, ein bisschen hatte er den Erfolg Carina zu verdanken. Die kannte sich aus und wusste, wo und wie man richtig schnell zur Nordseeküste gelangte. Kaum zu glauben, dass ihr klappriger Corsa unter optimalen Bedingen hundertsechzig Spitze fuhr. Doch die A31, eine schnurgerade Autobahn von Oberhausen nach Emden, erlaubte ohne lästige Verbotsschilder alles, was das Autofahrerherz begehrte. Je weiter sie sich aus dem Sendegebiet des *Powerradio KKN* fortbewegten, desto leer gefegter war der Asphalt. Das Land wurde platter und der Himmel größer. Aus den Boxen schallten jetzt beinharte Shantys. Bestimmt hatten die hier auch Kollegen, die ihren Hörern erzählten, den besten Mix der Achtziger und Neunziger und so weiter zu servieren, aber irgendwie kam es Andy ganz gelegen, mal was anderes zu

Ohren zu bekommen. *Wo die Nordseewellen trecken an den Strand ...*

Carina war während der Fahrt ausgesprochen still, vielleicht musste sie sich aufs Autofahren konzentrieren, oft fuhr sie bestimmt nicht in diesem Tempo. Wahrscheinlicher war, dass sie sich Sorgen machte – nach dem, was er ihr eben erzählt hatte.

Andy wusste nicht, ob es eine gute Idee gewesen war, Carina mitzunehmen. Einerseits war er froh, sich nicht mehr allein den Kopf zerbrechen zu müssen, was nach all den Vorfällen goldrichtig war – und was grundverkehrt. Andererseits konnte seine Freundin schon nerven mit ihrem Aktionismus, das wusste er zu Genüge. Und auf weiteren Beziehungsstress war er nicht besonders scharf.

Überhaupt fühlte er sich irgendwie kraftlos. Das alles ging ihm zu sehr an die Nieren. Er war kein Powerheld, er war Radiomoderator. Und an irgendeiner Stelle war ihm diese Sache, in die er hineingestolpert war, von der aufregenden Journalisten-Recherche zum persönlichen Zweikampf mit einem unsichtbaren Gegner geraten. Er boxte gegen einen Schatten, und er hatte Angst, dass ihn seine Kräfte verlassen würden, bevor sich sein Gegner überhaupt zu erkennen geben würde.

»Hast du eigentlich gar keine Angst, dich hier gehörig in die Scheiße zu reiten?«, fragte Carina irgendwo zwischen Leer und Emden, wo die schwarz-weißen Kühe so nah kamen, dass man meinte, sie im Vorbeifahren melken zu können.

Ob er Angst hatte? Verdammt, es hatte drei Tote gegeben, und er wurde das miese Gefühl nicht los, dass jeder von ihnen noch am Leben sein könnte, wenn Andy Otto nur ein wenig geschickter, vorausschauender und vor allem schneller gehandelt hätte. Und jetzt hatte er nicht nur Angst, nein, ihm ging der Arsch regelrecht auf Grundeis, dass er es erneut verbocken würde. Dass da auf dieser kleinen Insel am Ende der Welt jemand umgebracht wurde, weil er es wieder nicht gebacken gekriegt hatte. Aber er sagte Carina nichts davon. Sie hätte nur weitere neugierige Fragen gestellt, auf die er hätte antworten müssen. Im fahrenden Auto wäre für ihn keine Möglichkeit geblieben, dem Ganzen auszuweichen. Und es war ihm absolut recht, dass sie nicht alles wusste, was ihm in den letzten Tagen passiert war.

»Sag schon, Andy, hast du Angst oder nicht?«

»Pass auf, du musst in einem Kilometer von der Autobahn runter, Richtung Norddeich Mole, steht da auf dem Schild.«

»Ich kenne die Strecke besser als du. Lenk also nicht ab.«

»Ehrlich gesagt, weiß ich nicht, ob ich Angst haben soll oder nicht. Ich meine, die Schmölln hat mich gefeuert ...«

»Hat sie nicht, Schlumpfi. Du bist nur vorübergehend beurlaubt. Und wenn ich dich so anschaue, ist das eine gute Idee von ihr, du siehst nämlich echt scheiße aus.«

»Die Polizei verdächtigt mich, an drei Mordfällen beteiligt zu sein ...«

»Was du beheben könntest, indem du denen schlicht und einfach erklärst, was wirklich geschehen ist. Geh doch zu deinem Kumpel Henk, der dir sowieso immer den Arsch retten würde, warum auch immer. Warum fragst du ihn nicht?«

Wie sollte man dieser Frau eine vernünftige Antwort geben, wenn sie sowieso immer alles besser wusste und ständig ihre ach-so-cleveren Tipps zum Besten gab? »Was ich sagen will: Ich hab ja nicht so viel zu riskieren. Mein Job ist weg und mein Ruf ruiniert. Ich bin wie ein Spieler, der sich den Einsatz ohnehin nicht leisten kann. Der kann nämlich auch nichts verlieren.«

»Komischer Vergleich«, fand Carina. »Du bist doch gar kein Spielertyp.«

»Bin ich nicht?« Er beugte sich zu ihr rüber und wollte sie küssen, aber sie wehrte ihn ab. »Was ist denn jetzt noch?«

Sie schluckte. »Auch wenn du angeblich keine Angst hast – ich hab sie schon. Was ist denn, wenn du dem Typen begegnest. So richtig Auge in Auge? Willst du ihn dann k.o.-labern oder was? Ihn mit deinen abgelutschten Radiosprüchen in die Knie zwingen?«

Er zögerte. »Ich hab mir was besorgt.«

Jetzt wandte sie ihren Blick doch einmal von der Fahrbahn ab und schaute ihn an. »Was hast du besorgt?«

»Eine Waffe.«

»Du läufst gerade mit einer Knarre durch die Gegend?«

»Nein, ich habe mir eine bestellt.«

»Beim Otto-Versand?«

Toller Scherz. »Nein, bei einem Bekannten.«

»Du kennst Waffenhändler? Das wird ja immer toller!«

»Pass auf, Carina, der LKW!«

Im letzten Moment schaute sie wieder nach vorn und riss das Lenkrad rum. Andys Herz pumpte so heftig, das es kaum Platz in seinem Brustkorb hatte.

»Mir gefällt das nicht, Andreas. Ganz und gar nicht!« Dann schwieg sie wieder. Ob sie über die letzte Unterhaltung grübelte oder sich bereits auf das nächste Wortgefecht vorbereitete, Andy wusste es nicht. Er war einfach fix und alle. Er konnte sich nicht erinnern, jemals so an seine Grenzen gegangen zu sein. Und dann noch dieses Familien-Heititei bei Mutter. Das war echt zu viel.

Als Carina irgendwann bei einer Tankstelle hielt, weil sie dringend aufs Klo musste, blickte er ihrer zierlichen Gestalt nach, die durch die Glastür verschwand, und holte sein

Handy hervor. Er wog es in der Hand und kaute auf der Unterlippe.

Henk. Der konnte helfen. Carina hatte recht, ohne Hilfe würde es nicht weitergehen. Er drückte die Kurzwahltaste und wartete, bis die Verbindung zustande kam.

Henks Stimme quälte sich undeutlich durch ein unangenehmes Rauschen. »Wo stecks du, Junge?«

»Ich bin unterwegs. Henk?«

»Ja?«

»Ich muss dir was erzählen.«

Der Holländer lachte. »Das Gefühl hab ich aber auch. Ich wusste, dass du irgendwann rausrücks mit das, was dich bedrückt.«

»Wann können wir uns sehen?« Er würde Carina bitten, sofort umzukehren. Es würde ein Triumph für sie sein, aber er würde es tun. »Heute Nachmittag im Balthasar? Wann hast du Schluss?«

Henk lachte wieder. Er war offenbar im Auto unterwegs. »Keine Chance. Wird spät heute. Müsse wir morge mache. Das hat doch Zeit bis morge, oder?«

Andy schwieg. Nein, hatte es nicht. Hatte es ganz und gar nicht.

Fehler. Großer Fehler! Wenn er jetzt abdrehte, würde wieder jemand sein Leben lassen. Da konnte er nicht warten, bis sein Freund ein Stündchen Zeit fand, zu plauschen. »Ja klar, Henk, hat Zeit, hat Zeit«, sagte er matt. »Ich melde mich morgen.«

»Ruf an«, hörte er noch, bevor das Telefonat endgültig vom Funkloch verschluckt wurde.

Als Carina zurückkehrte, hatte er sich noch tiefer in den Sitz sinken lassen und die Augen halb geschlossen. Er musste ein wenig Kraft tanken, bevor sie auf Juist ankamen. Er würde sie sicher brauchen.

»Weiter?«, fragte Carina.

»Weiter«, sagte er grimmig.

Dass er dann eingeschlafen sein musste, stelle er mit Erstaunen fest, als Carinas Hand auf seiner Schulter lag und ihre amüsierte Stimme in sein Ohr drang. »Schlumpfi, genug gepennt. Wir müssen uns beeilen, die Fähre legt in zehn Minuten ab.«

Andy schaute sich um. Sie standen auf einem riesigen Parkplatz und waren anscheinend nicht die einzigen, die sich sputen mussten, um sie herum war ein einziges Kofferraumentladen und Loshetzen angesagt. Er griff nach seinem Rucksack. Zum Glück hatten sie bei ihrer spontanen Abreise keine Zeit verloren und wirklich nur das Allerwichtigste eingepackt. Andy war sich sicher, dieses Mal schneller zu sein als dieser Unmensch. Sobald Carina erkannt hatte, dass die Zeilen der herausgerissenen Buchseite von der Insel Juist handelten, hatte Andy keine Millisekunde mehr gezögert. Sonst hätten sie die Fähre zur Insel auch nicht erreicht. Nach Juist kam man nur ein- oder zweimal am Tag, nur bei Flut. Wenn man dann nicht an Bord war, musste man sich bis zum nächsten Hochwasser gedulden.

Sie rannten beide über den Parkplatz, vorbei an Reihen abgestellter Familienkutschen aus ganz Deutschland. Aus blechernen Lautsprechern schallte bereits eine Durchsage: »Die Fähre nach Juist legt in fünf Minuten ab. Wir bitten alle Passagiere, sich spätestens jetzt auf die Gangway der linken Molenseite zu begeben.«

Es gab nur selten Momente, in denen Andy sich dafür verfluchte, ein Sportmuffel zu sein. Eine bessere Kondition wäre jetzt ein eindeutiger Vorteil gewesen. Er schwitzte und keuchte, als sie die vielen Stufen den Deich hinaufstiegen.

Carina war ihm natürlich um Längen voraus. »Komm endlich, Andy, die warten nicht auf uns!«

Oben angekommen musste er sich schwer zusammennehmen, um nicht laut Scheiße zu schreien. Das Schiff schaukelte nicht wie erwartet direkt vor seinen Füßen, sondern noch einen halben Kilometer entfernt. Krabbenkutter dümpelten am Kai vor sich hin, eine Menschentraube, die vor einem Fischbrötchenstand wartete, versperrte den Weg. Drei Glockentöne erklangen, das Abfahrtsignal. Sie würden es nie im Leben schaffen. Wieder mal zu spät, dachte er, so ein Mist.

Doch Carina griff seine Hand und riss ihn hinter sich her. »Wir können noch am Heck an Bord springen. Das ist eigentlich verboten, weil da die Fracht verladen wird. Aber das ist unsere einzige Chance.«

Sie hatte recht. Zwar waren die Matrosen gerade drauf und dran, die letzten Taue zu lösen und die große Verladeklappe hochzufahren, doch nachdem Carina mit viel Gerufe, Gewinke und mädchenhaftem Charme auf sich aufmerksam gemacht hatte, warteten sie noch einen Moment und schlossen die Rampe erst, nachdem es auch Andy an Bord geschafft hatte.

»Das war ja man knapp, junge Frau!«, kommentierte der glatzköpfige Matrose, der ein bisschen wie Meister Proper aussah und dessen flirtendes Zwinkern in Carinas Richtung schon fast unverschämt war.

Doch Andy war dermaßen aus der Puste, er konnte hier keine Eifersuchtsszene liefern, sondern musste sich mit beiden Armen an der Reling abstützen. Im selben Augenblick legte das Schiff ab und fuhr zwischen zwei schmalen Steinwällen gemächlich hinaus aufs Meer.

Andy schaute sich um, musterte die Mitreisenden auf dem Oberdeck; die Senioren auf den roten Plastikbänken, die gerade ihre Tupperdosen aus dem Handgepäck kramten; die aufgeregten Kinder, die zwischen den Frachtcontainern tobten; das verliebte Paar, das knutschend am Schornstein lehnte. Vielleicht war er auch an Bord, dieser Wahnsinnige, vielleicht fuhr er mit demselben Schiff, eventuell waren sie in diesem Moment nur wenige Meter voneinander entfernt. Wie sah dieser Mann aus? Groß, stark, Furcht einflößend? Oder eher unauffällig und klein? War er eine feige Sau, die sich versteckte, nachdem Andy das Schiff betreten hatte? Besonders diskret war der Auftritt ja nicht gewesen.

Es war egal. Sicher war nur: Gestern war das letzte Schiff nach Juist gefahren, und zu diesem Zeitpunkt musste sich der Mörder von Didi Korbach noch in Münster aufgehalten haben. Wenn Andys Vermutung richtig war und die Buchseite mit der Inselschnulze als Hinweis auf den nächsten Mord verstanden werden musste, dann gab es eigentlich nur die eine Möglichkeit: Er befand sich hier und jetzt an Bord des weißen Fahrschiffs. Noch nie waren sie sich so nah gekommen. Mister X und Andy. Der Gejagte und der Jäger. Blöd nur, dass Andy sich gerade selbst fühlte, als hätte ihn jemand quer durch die Bundesrepublik gehetzt.

»Schau mal, Schlumpfi«, sagte Carina, plötzlich wieder auf Schmusekurs, lehnte ihren Kopf an seine Schulter und zeigte auf eine Silhouette am Horizont. »Da hinten ist Juist!«

Er folgte ihrem Finger und erkannte kleine, rote Flecken zwischen grünen Hügeln, eine Kirchturmspitze, einen breiteren Turm und eine Art Kuppelbau, der ihn an den Berliner Reichstag erinnerte. »Das ist ja nur um die Ecke«, freute er sich. »Ich dachte, wir müssten jetzt eine Stunde oder so fahren.«

Carina grinste. »Ein bisschen gedulden musst du dich schon.«

»Aber da kann man doch schon fast rüber rufen.«

»Im Wattenmeer führt nur leider keine Strecke geradeaus.«

»Moin, liebe Fahrgäste.« Jetzt meldete sich der Kapitän zu Wort, erzählte etwas über Sandbänke und Gezeiten, über Bruttoregistertonnen und Seemeilen pro Stunde. Seine norddeutsch eingefärbten Sätze waren auf dem ganzen Schiff zu hören und die Passagiere lauschten ehrfurchtsvoll. Andy überlegte, ob seine morgendlichen Zuhörer wohl auch so beeindruckt waren, wenn er sich *Morgens um Andy* in die Wohnzimmer und Autoradios der Nation quatschte. Wohl kaum, wenn sie dabei dieses lächerliche Plakat vor Augen hatten, auf dem er mit Rettungsring in einer Kaffeetasse planschte. Wahrscheinlich hatten sie alle recht, Saskia Schmölln, Carina, seine Mutter: Es war höchste Zeit, sich ein seriöseres Image zu verpassen.

»Unsere Überfahrt nach Juist dauert heute voraussichtlich anderthalb Stunden«, wurde die Durchsage beendet.

Auf die paar Minuten kam es nicht an, dachte Andy. Von ihm aus konnte die Seereise auch anderthalb Tage dauern, Wochen, wie auch immer. Sie hingen beide auf demselben Schiff. Es herrschte Gleichstand.

Zum ersten Mal seit Tagen gelang es Andy, richtig durchzuatmen.

Achtzehnuhrglocken

Sehnsuchtsort … Was für ein Begriff!

Eine Insel im ostfriesischen Wattenmeer mit kilometerlangem Strand, weißen Segelbooten im Hafen, sanften Dünen im Norden und einem saftig grünen Deich im Süden, ja, das hielten die meisten Menschen wohl für einen Erste-Sahne-Sehnsuchtsort. Ruhe bis an den Horizont und Gelassenheit bis zum Zenit, hach, da wollte man doch leben dürfen …

An diesen Schwachsinn hatte Henrike auch mal geglaubt. Damals, vor fünfzehn Jahren, als sie in den Semesterferien nach Juist gekommen war, um in der Strandhalle als Softeiszapferin zu jobben. Schlank und brünett und braun gebrannt. »Was darf es sein, Zimt-Vanille? Bitte schön!«

Jetzt scheuerte der Sand zwischen ihren feuchtkalten Zehen, und sie spürte bereits die Vorboten der nächsten Blasenentzündung, dieses Brennen und Ziehen. Ihr aktueller Sehnsuchtsort war definitiv ein warmes, sauberes Klo. Aber es nutzte ja nichts, bis die Achtzehnuhrglocken läuteten, musste sie hier in der Bretterbude am Ostbad hocken und abwarten, ob da noch jemand kam, der trotz Windstärke fünf und siebzehn Grad Wassertemperatur den dringenden Wunsch verspürte, einen Strandkorb zu mieten. Neun Euro am Tag, 45 die Woche. Sven rechnete abends immer ab. Das machte ihn glücklich. Vor allem die Scheine, die in Fünfhunderterbündeln mit Gummiband umfasst wurden und direkt in die Dunkelkasse wanderten. »Davon gönnen wir uns mal was, Henrike, ganz toll in Urlaub fahren im Winter, wenn die Saison rum ist, ganz toll in den Harz oder so. Da ist es schön. Oder Hunsrück. Da lassen wir es krachen.«

Harz und Hunsrück waren ihrem Mann Sehnsuchtsorte genug. Kanarische Inseln dagegen kein Thema, Sven hatte Flugangst.

Im Hafen tutete das Signalhorn der Fähre. Gleich würden die Horden ihre Rollkoffer über das unebene Straßenpflaster der Insel ziehen, das war immer ein Höllenlärm. Die An- und Abreise auf Juist war eine besondere Stunde am Tag, so als würde man stoßlüften, verbrauchte Gäste mit leeren Portemonnaies gegen frische Urlauber in Spendierhosen tauschen.

Aber die Neukunden kamen meist erst am Tag darauf zum Strand und Henrikes Bretterbude. Sie würde heute kaum mehr was davon haben, vermietungstechnisch passierte mit Sicherheit nichts mehr. Noch eine endlose halbe Stunde. Henrikes Jeans war klamm und kniff am Bauch. Die Möwen hackten sich gegenseitig halb tot wegen eines angefressenen Brötchens, das sie zuvor aus dem Mülleimer am Strandaufgang gefischt hatten. Ekelige Viecher, krächzten wie versoffene Teenager im Stimmbruch, kackten überall hin, hatten böse Augen. Und waren trotzdem auf jeder Ansichtskarte abgebildet.

Hätte ihr vorher jemand erzählt, wie es sein würde, hier zu leben, also wirklich jeden Tag, von Januar bis Dezember, Henrike hätte sich das echt dreimal überlegt mit der Hochzeit. Damals, vor fünfzehn Jahren.

Sven war wirklich nett gewesen und hatte viel von der ganzen Kohle gesprochen, die so eine Strandkorbvermietung einbrachte. Aber vielleicht hätte sie sich doch anders entschieden, wenn sie gewusst hätte, wie sich ein Leben auf einer winzigen Insel in der Nordsee anfühlte. Auswahl hatte sie weiß Gott genug gehabt mit Anfang zwanzig. Verehrer wie Sand am Meer sozusagen. Ein ziemlich muskulöser Kutscher, der den Pferdewagen mit den stolzen, schwarzen Friesenhengsten lenkte. Ein schneidiger Oberkellner aus dem Hotel *Achterdiek*. Ein melancholischer Verkäufer bei *Foto Brunke*, der die Gäste bei der Ankunft am Hafen knipste. Und nicht zuletzt der ungarische Klarinettenspieler aus dem Kurorchester mit seinen schlanken, beweglichen Fingern. Die hätte sie alle haben können. Und beim Abservieren der Verehrer war sie nicht gerade zimperlich gewesen, wenn sie heute daran dachte, taten ihr die Kerle fast ein bisschen leid. Doch das war lange her, und Sven hatte damals eben das Rennen gemacht. Manchmal war ihr schleierhaft, wieso. Manchmal hatte sie vergessen, ob da Liebe im Spiel gewesen war – bei all diesen Männern oder nur bei einigen oder nur bei Sven. Manchmal verträumte sie einen langweiligen Tag in der Bretterbude, indem sie sich ausmalte, was wohl aus ihr geworden wäre, wenn sie sich damals anders entschieden hätte.

Sie nahm einen Schluck Tee aus der Thermoskanne. Da war kein Rum drin. Obwohl die Touristen es schon irgendwie fast zu erwarten schienen, dass eine Strandkorbvermieterin wie Henrike, die drall war und rotwangig und angegrautes, windzerzaustes Haar hatte, dass so eine sich gern mal einen Schluck genehmigte.

»Moin!«, rief Ubbo, der Rettungsschwimmer, der in seinen neonfarbenen Flip-Flops an ihr vorbeilatschte. Er arbeitete nebenberuflich als Bestatter, was manche Insulaner etwas zwiespältig sahen, diesen Spagat zwischen Erster Hilfe und Letzter Ruhestätte. Aber Ubbo sah gut aus, rotblonde Haare, hellblaue Augen, das wirkte sowohl in Badeshorts wie im schwarzen Anzug. Und Henrike hätte nichts dagegen, sich von ihm bestatten zu lassen. Also irgendwann einmal. Die Sehnsucht nach seiner Berührung in waagerechter Position zu Lebzeiten hatte sie schon lange verdrängt.

Besser nicht. Sie hatte doch Sven. Der war ja ganz okay. Soff nicht, haute nicht und gehörte nicht zu denen, die den ganzen Tag am Hafen standen und an ihrem Boot herumfummelten.

Die Minuten vergingen wie bei einer Sanduhr, deren Durchlass verstopft ist. Mühsam zwängten sich die Sekunden hindurch, und immer schien die Zeit, in der Henrike noch auszuharren hatte, unendlich länger als die, welche bereits hinter ihr lag. Noch zwanzig Minuten.

Als sie schon nicht mehr damit gerechnet und Kasse wie Kundenbücher in ihre Tasche gepackt hatte, tauchte blöderweise doch noch jemand auf, so ein Schlaksiger, der Mühe hatte, sich gegen den Wind zu stemmen.

»Einen Korb, bitte.« Der Typ sah nicht aus wie ein leidenschaftlicher Sonnenanbeter, den wetterfesten Anorak hatte er sich eng um den Kopf gezogen, sodass man eigentlich nur seine blasse, hagere Nase erkennen konnte, die unter der verschnürten Kapuze hervorlugte.

»Kommen Sie morgen wieder, für heute lohnt sich das doch kaum noch, und ich müsste Ihnen trotzdem den vollen Tagessatz berechnen.« Sven würde toben, wenn er mitbekäme, was sie hier von sich gab. Wenn die Leute so blöd waren, sich knapp vor Toreschluss noch einen Korb zu mieten, dann sollte man sie doch lassen. Neun Euro waren neun Euro.

Der Mann zog den Reißverschluss seiner dunkelblauen Wetterjacke auf und griff in die Innentasche. Der Hunderter, den er ihr nun entgegenstreckte, wäre fast von einer Windbö erfasst worden. Den Schein hätten sie nie wiedergekriegt, den hätte es quer über den Strand geweht bis in die Wellen.

»Ich hab mein Wechselgeld schon eingepackt«, sagte Henrike.

»Stimmt so.« Er sprach mit leiser Stimme, gar nicht so, wie sich Gäste, die einen auf dicke Hose machten, sonst gebärdeten.

»Für die Summe bekommen Sie den Korb zwei Wochen und zwei Tage.«

»Ich brauche ihn nur heute.«

Hatte sie diese leise, seltsam verletzlich wirkende Stimme nicht schon einmal gehört? Das konnte sein, aber sie hatte so viele Kunden in den letzten Jahren gehabt, es war unmöglich, jeden an seinem Tonfall wiederzuerkennen.

»Aber es soll gegen Abend noch regnen ...«

Der Fremde zuckte nur mit den Schultern, die Wetterlage schien ihm egal zu sein.

Irgendwie begann Henrike, diesen späten Gast interessant zu finden. Der musste gerade eben mit der Fähre angekommen sein, die Taschen voller Bargeld, wild entschlossen, sich so schnell wie möglich zu erholen. »Na gut«, lenkte sie ein, holte den Plan wieder hervor und schaute, welche der rund zweihundert Körbe überhaupt noch frei waren. Es war Ende August, ein paar Bundesländer hatten noch Ferien, die Saison befand sich noch im vollen Gange. »Haben Sie denn einen speziellen Wunsch? Lieber nah am Wasser oder windgeschützt am Dünenrand?«

Er räusperte sich. »Ich möchte den Strandkorb Nummer acht.«

»Wie bitte?« Das war Henrike in all den Jahren als Strandkorbvermieterin noch nie passiert. Klar gab es welche, die wollten näher am Hundestrand sein oder eine spezielle Farbe oder auch einen Korb, der bereits in einer fertig gebauten Sandburg stand, damit sie nicht so viel buddeln mussten. Aber nach einer gezielten Nummer hatte noch nie jemand gefragt. Schon komisch. Trotzdem suchte sie ihren Plan ab.

»Tut mir leid, ich sehe gerade, die Acht ist schon vermietet, das geht leider nicht.«

Er trat von einem Bein auf das andere, vielleicht musste er mal, vielleicht war er auch ein hibbeliger Typ. Wieder griff er in die ausgebeulte Innentasche und holte einen zweiten Schein heraus. »Und wenn ich das Doppelte zahle?«

Was war denn hier los? »Also, ich bitte Sie, da in der Acht sind Stammgäste von mir, eine Familie mit zwei Kindern. Die haben ihr ganzes Spielzeug im Korb, Eimer, Schaufeln und Kühltaschen, der ganze Kram eben. Da können Sie nicht einfach so ...«

»Ich bin ja morgen wieder weg.«

Henrike rechnete das im Kopf durch. Zweihundert Euro für einen angebrochenen Tag … und Sven würde es noch nicht einmal mitbekommen. Er rechnete immer genau nach, kontrollierte, ob Henrike alles richtig gemacht hatte, und wenn mal ein paar Euro zu viel oder zu wenig in der Kasse waren, fiel ihm das prompt auf und es gab Diskussionen. Aber diese Aktion hier, die würde ihm völlig entgehen, wenn sie einen Strandkorb kurzfristig doppelt vermietete und sich das Geld selber einsteckte. Henrike würde schon was einfallen, was sie sich von diesem unverhofften Taschengeld gönnen könnte. Eine Entspannungsmassage im *Aqua agil*? Die grauen Strähnchen endlich mal fachmännisch abdecken lassen beim Friseur *Haars*? Einen Latte macchiato während der Arbeitszeit schlürfen, serviert vom schnuckeligen Kellner aus dem Strandcafé *Velero*? Da eröffneten sich ja ganz neue Möglichkeiten. Sie grinste. »Okay«, sagte sie schließlich, suchte den Zweitschlüssel mit der passenden Nummer heraus und nahm eine feste Mülltüte mit, in der sie kurzfristig den ganzen Krimskrams verstauen würde. »Dann folgen Sie mir mal.«

Der Korb war hellblau und das Plastikpolster grün-orange gestreift. Er stand noch nicht einmal besonders attraktiv, sondern direkt neben einem Trampelpfad, den tagsüber haufenweise Strandläufer nutzten, die parallel zur Wasserkante liefen, um zum Spielplatz oder zu den Umkleidekabinen zu gelangen. Aber das war ja nun nicht ihr Problem, oder?

»Bitte, da wären wir«, sagte sie, schloss das hölzerne Absperrgitter auf, lehnte es gegen den Korb und räumte schon mal den Windfang und den Klappstuhl zur Seite. »Sind Sie zufrieden?«

»Ja.« Er stand in ihrem Rücken, sie hörte das scheuernde Geräusch seines Anoraks, der beschichtete Stoff rieb aneinander, er schien sich zu bewegen. Vielleicht wollte er ihr ja hilfreich zur Hand gehen? Sie reichte ihm die schwere Schaufel, die man sich für einen Euro am Tag ausleihen konnte, ein massives Ding, mit dem ließen sich wunderbare Burgen bauen. »Würden Sie mir das mal abnehmen?«

»Gern.« Er griff nach der Schaufel. Ein netter Mann, und so spendabel!

Nur noch die Förmchen und die Schwimmflügel in die Tüte. »So, das hätten wir geschafft, dann wünsche ich Ihnen heute Abend ...« Sie drehte sich um und erstarrte. War er vorhin auch schon so groß gewesen, so überlegen und bedrohlich? Oder lag es daran, dass er seine Arme nach oben ausgestreckt hatte und die Schaufel, die er in den Händen hielt, wie eine Verlängerung seines Körpers wirkte.

»Vorsicht, Sie könnten mich aus Versehen damit verletzen!«, schrie Henrike. Doch als die metallene Kante des Werkzeugs so zielsicher auf sie herabsauste, wusste sie schon, das war gar kein Versehen. Der wollte das, der wollte ihren grau melierten Scheitel treffen.

Sie hob die Hände zur Abwehr und hatte Glück, den Stiel zu fassen zu kriegen. Der sollte sich wundern, wenn er glaubte, hier eine Frau einfach so erschlagen zu dürfen, da kannte er Henrike aber schlecht. Sie musste genug schleppen in ihrem Job, Strandkörbe verrücken und so, unter ihrem Sweatshirt verbargen sich mehr Muskeln als bei so manchem Kerl. »Hören Sie auf!«, schrie sie und versuchte, ihm die Schaufel zu entreißen. Zugleich gelang es ihr, mit dem Fuß gegen das Absperrgitter zu treten. Das Ding kippte um, rammte sein Schienbein, er jaulte auf, doch sie stieß noch einmal nach. Das Holz riss seine Haut in Streifen und landete unsanft auf seinem Sprunggelenk. Ja! Sie hatte ihm mehr als nur einen blauen Fleck verpasst, das musste richtig wehgetan haben. Mit Gegenwehr hatte der Arsch anscheinend nicht gerechnet!

Doch die Wut über den Schmerz, den sie ihm so unverhofft zugefügt hatte, schien ihm neue Kräfte zu verleihen. Mit einem Ruck entriss er ihr die den Stiel, und Henrike stand wieder mit leeren Händen da.

Die Kapuze war verrutscht und gab nun mehr frei als nur diese blasse, schmale Nase. Henrike kannte das Gesicht. Diese Lippen hatte sie schon einmal geküsst, diese Wangen gestreichelt. Sie hatte ihn mal *ihren Helden* genannt. Doch das lag Ewigkeiten zurück. Ein anderes Leben, eine andere Henrike, eine Zeit vor den Enttäuschungen der letzten fünfzehn Jahre. Er sah noch nicht einmal wütend aus, als er sie anschaute, eher zufrieden.

Und als sie spürte, wie der zweite Schlag alle Kraft aus ihren Gliedern verscheuchte, sodass sie zurück in den Strandkorb fiel, schräg auf der Sitzfläche landete, noch ein bisschen rutschte, da war es für klare Gedanken bereits zu spät. Da tauchten nur fetzenartige Bilder auf von einem wütenden Sven, dessen Geld im Wind davongetragen wurde, und dann von Ubbo, dem Bestatter im schwarzen Anzug, ganz schick, aber mit neonfarbenen Flip-Flops an den Füßen. Als Letztes funktionierte das Gehör.

Er nannte sie Strandkorbprinzessin.

Und die Achtzehnuhrglocken läuteten. Feierabend!

Beachtliches Tempo

Die Passagiere quollen vom Schiff, schoben sich am Hafen durch das geschäftige Treiben, wichen den Pferdekutschen und Transportfahrrädern aus und suchten sich irgendwann den Weg am kleinen Leuchtturm vorbei zum Inseldorf. Andy war mitten unter ihnen. Doch war *er* auch dabei?

Zu Beginn der Überfahrt hatte Andy noch die abstruse Hoffnung gehabt, bei einem Rundgang auf dem Schiff instinktsicher den Mistkerl entlarven zu können. Das musste man doch jemandem ansehen können, wenn der in der letzten Woche drei Menschen kaltblütig ermordet hatte. Die Zahl der Mitreisenden war übersichtlich, Andy lief mehrfach von ganz oben nach ganz unten, inspizierte sogar die Typen, die aus den Toiletten kamen, schaute in jedes Gesicht – gab es eine Reaktion? Ein Blitzen in den Augen? Ein Erschrecken vielleicht? Doch nichts dergleichen passierte, stattdessen merkte Andy, dass er selbst stehend K.O. war und machte es sich für den Rest der Reise auf einer Polsterbank unter Deck bequem, den Kopf auf dem Rucksack gebettet. Das Schaukeln des Schiffs auf den Wellen hatte ihm dabei geholfen, das war fast wie im Schoß von Oma Paschke. Carina hatte ihn auch in Ruhe gelassen, weil sie lieber an der frischen Luft bleiben wollte. Immerhin fühlte er sich jetzt kurz vor volltauglich.

Es war gegen sechs Uhr abends und der richtige Zeitpunkt, um dieses perverse Spiel, das Andy am Anfang vielleicht etwas zu offenherzig mitgespielt hatte, ein für allemal zu beenden.

Er wusste, er war am richtigen Ort, auf Juist. Er wusste ungefähr, wen er suchen musste, nämlich eine Strandkorbvermieterin, davon würde es hier ja nicht allzu viele geben, die Insel hatte laut Carina nur 1500 Einwohner. Und er wusste, dass sein verfluchter Mitspieler nicht viel schneller sein konnte als er. Beste Voraussetzungen!

»Du solltest zur Touristeninfo im Rathaus gehen«, schlug Carina vor, die neben ihm ging und das Ganze hier als Abenteuer zu begreifen schien. Sie verstand einfach nicht, worum es wirklich ging. »Die sind bestimmt super informiert über die hiesigen Geschäftsleute.«

Das Rathaus war nicht weit vom Ortseingang, der durch zwei Leuchttonnen markiert war, entfernt. Sie lenkte ihn am Kurplatz entlang.

»Und wenn du jetzt noch mal so weit geradeaus läufst, bist du schon wieder am Strand«, plapperte Carina. »Die Insel ist nur einen halben Kilometer breit.«

Vor dem roten Backsteinhaus war ein Wappen auf dem Gehweg eingelassen, auf dem etliche Fahrräder wild durcheinander geparkt waren. Obwohl Juist eine komplett auto freie Insel war, schien es eine Art Rushhour zu geben: Die Leute standen dicht gedrängt auf der breiten Treppe, anscheinend wollten alle irgendwelche Infos von irgendwelchen Tourismusexperten. Wenn Andy sich da hinten anstellte, wäre der bisherige Vorsprung verspielt.

»Entschuldigen Sie, lassen Sie mich kurz durch, ich habe es sehr eilig«, versuchte er es mit seiner sanftesten Stimme, die er sonst nur ganz früh am Morgen zur Begrüßung seiner Hörer einsetzte, weil er ahnte, dass sie auch lieber liegen geblieben wären, statt um diese Zeit schon Radio zu hören.

Es brachte wenig, ein älterer Mann in Kniebundhosen hob wütend seinen Nordic-Walking-Stock: »Gleiches Recht für alle, junger Mann. Wir warten hier auch schon geschlagene zehn Minuten. Die da drinnen haben wohl noch nie etwas von Kundenservice gehört.«

»Da scheint irgendwas los zu sein!«, wusste eine deutlich jüngere Frau mit Pferdeschwanz, die in der Schlange weiter vorne stand. »Der Rettungsschwimmer ist eben rein zum Meldeamt. Vielleicht gab es einen Badeunfall?«

»Ist mir doch egal«, krakeelte der Mann weiter. »Ich bin hier, um Urlaub zu machen. Die Beine in den Bauch stehen kann ich mir auch zu Hause.«

Der hatte einen unverkennbar rheinischen Akzent, was Andy irgendwie peinlich war. Doch dann fiel ihm auf, dass die Anwesenheit einiger Kölner eventuell auch ein Vorteil sein könnte, der sich ihm bot. Immerhin hatte das *Powerradio-KKN*-Land noch Sommerferien, da würden sich doch welche finden. Gut, dieser Motzkopf stand wahrscheinlich eher auf Marschmusik als auf Linkin Park, doch bestimmt warteten hier auch ein paar jüngere Gäste aus der Domstadt. Vielleicht auch ein paar seiner Stammhörer?

Er wusste, dies war mit ein bisschen Glück der schnellste Weg voranzukommen, also hob er seine Stimme deutlich an: »Nicht den Kopf hängen lassen, liebe Leute, denn auch abends um Andy ist die Welt noch in Ordnung!«

Alle schauten sich irritiert um und Carina boxte ihm kurz in die Seite. »Andy, was soll der Scheiß? Du blamierst dich gerade bis auf die Knochen.« In den meisten Gesichtern blieb die blanke Verwunderung weiterhin erkennbar, als hätte man ihnen Fragezeichen auf die Nasen tätowiert, doch bei einigen schlich sich ein deutlicher Mienenwechsel ein: Bingo, sie hatten ihn erkannt!

»Bist du der Morgen-Show-Andy?«, fragte die junge Frau mit Pferdeschwanz. »*Der* Andy?«

»Hey, ich erkenne dich von dem albernen Plakat!«, sagte ein anderer und freute sich anscheinend tierisch. »Machst du hier auch Urlaub?«

»Wie man's nimmt. Vielleicht hat jemand von euch meine neue Serie gehört? Letzte Woche bin ich damit gestartet. Sie heißt ...«

»Powerhelden des Alltags!«, schaltete sich nun eine bebrillte Mittvierzigerin ein. »Über diese arme Erzieherin, vor ein paar Tagen war das. Ich höre ja normalerweise Deutschlandfunk, aber da bin ich auf dem Weg zur Arbeit mal zufällig hängen geblieben und ...«

»Boah, Mama, komm mal, ein echter Promi!«, schrie ein frecher Vorpubertierender dazwischen und hätte fast seine Portion Pommes fallen gelassen.

»... so viel Herz und Mitgefühl in dieser Sendung. Ganz toll!«

Jetzt war die Aufmerksamkeit deutlich gestiegen, der Pulk interessierter Zuhörer um Andy wurde immer größer und der Kniebundhosenmann nutzte die Gelegenheit, sich ziemlich unverschämt vorzudrängeln.

»Und wer ist hier auf Juist dein Powerheld des Alltags?«, wollte nun die Pferdeschwanzträgerin wissen.

»Ich suche eine Strandkorbvermieterin. Gibt es hier so etwas?«

Der Junge mit den Pommes zeigte auf und schnipste, als wären sie in der Schule und er der Klassenstreber. »Am Ostbad, am Ostbad!«

»Wie weit ist das entfernt?«

»Mit dem Fahrrad drei Minuten.« Kurz zuckte der Junge zusammen, als hätte man ihn ertappt. »Aber da müsste man über die Strandpromenade fahren und das darf man eigentlich nicht.«

»Macht nichts, Radioleute dürfen alles.« Andy schaute sich um und entdeckte ein etwas rostiges BMX-Rad, das noch aus dem Filmfundus von *E.T.* stammen könnte und allem Anschein nach nicht abgeschlossen war. Warum auch, so eine Schrottmühle klaute eigentlich kein Mensch – bis auf Andy, der nach dem breiten Lenker griff und sich auf den viel zu tiefen Sattel schob.

Er überlegte nur kurz. Der Junge hier war ihm irgendwie sympathisch, und er war definitiv derjenige, der am schnellsten helfen konnte. »Bringst du Andy von *Powerradio KKN* zum Ostbad? Auf dem kürzesten Weg?«

»Klar!« Der vielleicht zwölfjährige Knirps drückte sein Kreuz gerade und warf seine Pommes kurzerhand in den Mülleimer am Rathauseingang. »Aber Andy, du hast mein Fahrrad!«

»Kein Problem, setz dich auf die Stange!« Das ließ sich der Junge nicht zweimal sagen.

Andy hörte zwar, dass Carina rief, er solle es nicht überstürzen, lieber erst den offiziellen Weg im Rathaus und so weiter, aber da war er auch schon fast zu weit weg, um seine Freundin zu verstehen. Sie musste ihm später folgen. Er hatte den richtigen Mann an seiner Seite – oder besser vor sich auf dem Fahrrad – und keine Zeit zu verlieren.

Zwar war das Ganze eine wackelige Angelegenheit und der Weg zum Strand ging stetig bergauf, aber sie kamen trotzdem schneller voran, als wenn sie gelaufen wären. Unterwegs erzählte der Junge stolz, dass er Tjark Boysen heiße, ein echter Insulaner sei und Andys Radiosendung genau genommen eigentlich noch nie gehört habe hier in Ostfriesland, aber das sei auch egal, weil Promi sei Promi und so oft bekomme man die als Juistbewohner nicht geboten.

»Und du kennst diese Strandkorbvermieterin?«, fragte Andy, dem die Oberschenkel schon schmerzten vom mühseligen Trampeln.

»Alle kennen alle auf Juist.«

»Und wie heißt sie? Was macht sie?«

»Na ja, sie heißt Henrike und vermietet Strandkörbe.«

»Und?«

»Was und?«

»Nachname? Alter? Verheiratet? Irgendwelche Besonderheiten?«

»Henrike Eilers. Die ist schon ziemlich alt, so wie du ungefähr.«

Na, vielen Dank auch, dachte Andy, der sich bis zu diesem Zeitpunkt eigentlich ganz fit gefühlt hatte auf diesem Jugendrad. Aber immerhin war es ein Anhaltspunkt: Wenn die Strandkorbprinzessin so um die Vierzig war, konnte der Mann, der in sie verliebt gewesen war und nach dem Andy jetzt suchte, nicht wesentlich älter oder jünger gewesen sein. Die Zeilen in dem Liebesroman hatten eher nach einem gleichaltrigen Paar geklungen.

»Ihr Mann heißt Sven Eilers und vermietet auch Strandkörbe. Die haben viel Geld.«

»Aha. Und sonst?« Andy ächzte. Das ging alles viel zu langsam mit dem Jungen im Gepäck, und trotzdem waren die Informationen, die er lieferte, Gold wert.

»Meine Mutter hat mal zu einer Freundin gesagt, dass der Sven seine Frau ganz schön an der kurzen Leine hält. Das hab ich nicht kapiert, aber vielleicht ist es ja wichtig für deine Radiosendung.«

Ja, vielleicht war es das. Aber im Moment war vor allem wichtig, dass sie es rechtzeitig zu diesem Ostbad schafften. Er musste dem Mörder zuvorkommen. Er hatte immerhin eine echte Chance! Das Schiff war erst vor einer halben Stunde angekommen, so schnell konnte nicht einmal ein durchgeknallter Serienkiller handeln.

Die rote Pflasterung auf dem Weg durch die Dünen ließ zu wünschen übrig, ein paar Mal hätte Andy fast die Kontrolle über den Drahtesel verloren. Zudem mussten sie ständig meckernden Touristen ausweichen, die Bollerwagen hinter sich herzogen und aufgeregt betonten, dass die Promenade nur für Fußgänger und Rettungsfahrzeuge freigegeben sei.

»Au Backe«, flüsterte Tjark plötzlich und machte sich ganz steif. »Der Inselsheriff!«

»Was? Wo?«

»Da vor dem Strandaufgang Ostbad. Der mit der Mütze. Meinst du echt, dass du als Radiotyp hier fahren darfst? Sonst kostet das nämlich zwanzig Euro, und weil wir zu zweit auf einem Rad sind noch zehn Euro drauf, der Sheriff ist streng.«

»Die Unkosten übernehme ich«, versprach Andy und fuhr im selben Tempo weiter, obwohl der Anblick des Uniformierten seine Knie ganz plötzlich weich und die Beinmuskeln kraftlos werden ließ. Warum war die Polizei vor Ort? Die waren doch nicht etwa … nein, das konnte nicht sein! Das durfte nicht sein! Er hatte sich abgehetzt, hatte vom Kaffeetisch seiner Mutter bis hier zu diesem sandverwehten, holperigen Spazierweg alles gegeben, um pünktlich zu sein. Und jetzt? Der Inselsheriff – ein resolut wirkender Mann mit grauem Haar unter der Mütze – stand mit Sicherheit nicht zufällig an genau der Stelle, an der Andy gehofft hatte, einer unversehrten Strandkorbvermieterin namens Henrike Eilers zu begegnen.

Sie stiegen ab und gingen die letzten Schritte zu Fuß, da der Sand hier um die Ecken geweht war und man ohnehin nicht mehr fahren konnte. Und als sich die Lücke zwischen den Dünen auftat und man unten am Strand einen Krankenwagen stehen sah, war die Sache so gut wie klar. Der rotblonde Mann im schwarzen Anzug räumte letzte Zweifel aus.

»Scheiße. Das ist Ubbo, der Bestatter«, erklärte Tjark. »Krass, Mann, krass. Da ist wohl einer bei Ebbe baden gegangen.«

Der Bestatter? Wieso denn jetzt schon der Bestatter? Das konnte unmöglich sein! Nicht in dieser knappen Zeit!

Ein korpulenter Mann mit schütterem Haar und Sonnenbrille kam angeradelt, sein Kopf war hochrot, und er sah aus, als wäre der Klabautermann hinter ihm hergewesen. Sofort rannte er auf den Inselsheriff zu, der bislang damit beschäftigt gewesen war, ein Polizeiabsperrband quer über den Strandaufgang zu spannen.

»Wo ist Henrike?«, rief er aufgebracht. »Was ist mit meiner Frau?«

Der Polizist legte ihm sachte eine Hand auf die Schulter, eine Geste, die zwischen diesen beiden kernigen Männern seltsam wirkte.

Tjark stand mit offenem Mund neben seinem BMX-Rad. Dies war wohl der aufregendste Tag in seinem Leben, dachte Andy. Erst ein Promi, dann eine Tote am Strand. War es tatsächlich so? War Andy wieder zu spät gekommen, um einen Mord zu verhindern?

Es war unglaublich laut ringsherum, die Schaulustigen riefen sich gegenseitig etwas zu, einige heulten sogar oder regten sich hysterisch auf. »Eine Tote im Strandkorb!«, schrie einer. »Schädelverletzung!« ein anderer. Und: »Ubbo hat sie gefunden, als er noch mal zum Strand zur Rettungsbude ist.«

Andy merkte, es war Zeit, sich schleunigst von hier zu verabschieden, wenn er nicht wieder ins Fadenkreuz geraten wollte. Sein Auftritt beim Rathaus, seine Fragen nach einer Strandkorbvermieterin hatten ihn schon viel zu sehr in die Öffentlichkeit gerückt. Und der kleine Tjark würde heute bestimmt noch häufiger erzählen, dass er einem berühmten Moderator den Weg zu einem echten Tatort gezeigt hatte. Doch was hätte er anderes tun sollen?

Eine Sache, die er sich beim besten Willen nicht erklären konnte, musste er unbedingt wissen: »Sag mal, Tjark, welches ist der schnellste Weg, um auf die Insel zu kommen?«

Die Kinderaugen schauten ihn an, als hätte er einen Dachschaden.

»Mit dem Schiff, oder?«, schlug Andy vor.

»Quatsch. Das Schiff trödelt voll.«

»Mit einem eigenen Motorboot?«

»Geht ein bisschen schneller, glaube ich.«

Das war nicht ergiebig. »Was würdest du denn tun, wenn du ganz ganz dringend zur Insel müsstest?«

»Ich muss hier nicht hin, ich lebe doch schon hier.«

Meine Güte, wie deutlich musste er noch werden? »Und wenn du so schnell wir möglich verschwinden müsstest? Nach Köln zum Beispiel?«

Tjark zuckte mit den Schultern. Ihn interessierte offensichtlich viel mehr, dass da unten am Strand gerade ein schwarzer Sack in eine Zinkwanne gelegt wurde. »Am schnellsten sind natürlich die Flieger. Die gehen nach Norddeich oder Emden. Man kann sich aber auch einen Charterflug buchen, bis Köln oder sonst wo, das machen allerdings nur echt reiche Leute.«

Diese kleine, verschissene Insel verfügte über einen Flugplatz! Wieso hatte Carina das nicht gewusst, die sich doch angeblich hier oben bestens auskannte! Andy hätte am liebsten laut aufgeschrien.

»Danke«, sagte er stattdessen. Und in dem Moment, in dem Sven Eilers aus Leibeskräften zu heulen und zu brüllen begann, zögerte er nicht, sich so unauffällig wie möglich zu entfernen.

Er traf Carina kurze Zeit später auf der Promenade. Sie lief mit hängenden Schultern auf ihn zu, wahrscheinlich hatte sich die Nachricht von der Toten am Strand bereits zu ihr durchgesprochen. Irgendwie sah sie aus, als würde sie gleich losheulen.

»Du musst dich bei der Polizei melden. Jetzt! Sofort!«, forderte sie. »Was hier passiert, ist doch Wahnsinn.«

Da hatte sie nicht unrecht, doch Andy wusste, zur Polizei zu gehen, würde die Sache nicht besser machen, im Gegenteil. Er legte den Arm um Carina und ging mit ihr an der Polizeiabsperrung vorbei zu einem menschenleeren Dünenweg. Als er sicher sein konnte, dass kein neugieriges Ohr mehr in Hörweite war, versuchte er, seine Freundin zu überzeugen, was ihm natürlich gründlich misslang. Er konnte sie im stinknormalen Leben ja schon kaum überzeugen, dass seine Katze ein tolles Tier und Joggen Zeitverschwendung war, wie sollte er sie dann rumkriegen, etwas zu dulden, womit er sich haarscharf an der Grenze zur Straftat bewegte, wenn er diese nicht sogar längst überschritten hatte.

»Carina, ich weiß schon, was ich tue!«

»Hier gab es vier Morde! Und du bist bloß ein Labergott beim Radio, kein gottverdammter Wallander!«

»Es gibt gute Gründe, nicht zur Polizei zu gehen!«

»Es gibt bessere Gründe, es doch zu tun!«

Es hatte keinen Zweck.

Sie blieben stehen. Rechts von ihnen wuchsen orangefarbene Beeren, Sanddorn wahrscheinlich, links lagen kleine Tümpel zwischen Silberpappeln versteckt. Könnte schön sein.

Unter anderen Umständen. »Süße, du kennst dich hier besser aus. Meinst du nicht, es wäre eine gute Idee, sich mal nach einem bezahlbaren Hotelzimmer umzuschauen?«

»Klar, ich könnte in der Pension, in der ich damals mit meinen Eltern ...« Er nickte eifrig. Ihr etwas zu tun zu geben, das war die einzig wirksame Methode, Carina loszuwerden. Und loswerden musste er sie, daran bestand für ihn in diesem Moment kein Zweifel. Er musste zu diesem Flugplatz am östlichen Ende der Insel, so schnell wie möglich. Er wollte sehen, wer in die dort wartenden Maschinen stieg.

»Du regelst das schon, mein Schatz«, sagte er und streichelte ihren Arm. »Ich schaue mich noch mal kurz um.«

»Schlumpfi!« Sie schaute, als wollte er einen Sprung aus mittlerer Flughöhe wagen – ohne Fallschirm, versteht sich. Konnte sein, dass das, was er vorhatte, durchaus vergleichbar war. Sie kramte in ihrem geräumigen Handtaschenbeutel und zog eine kleine, rote Dose hervor. »Nimm das mit. Mir zuliebe!«

»Was ist das?«

»Pfefferspray. Das trage ich immer bei mir, wenn ich mal allein abends vom Fitnessstudio … Egal, mir wäre es lieber, du steckst es ein. Zumindest, solange du noch keine Waffe hast.«

Er nahm das Teil in die Hand. Auf der Dose war eine fiese Dogge mit scharfen Zähnen abgebildet. »Das ist aber gegen Hunde!«

Sie lächelte zumindest mit der einen Hälfte ihres Schmollmundes. »In Deutschland dürfen offiziell keine Abwehrsprays zum Einsatz gegen Menschen verkauft werden.«

»Okay.« Eigentlich, dachte er, wenn er die Auswahl hätte, wem er lieber über den Weg laufen würde, er würde die Dogge nehmen. Dieser Unbekannte jagte ihm inzwischen deutlich mehr Angst ein als ein tollwütiger Köter.

»Soll ich deinen Rucksack mitnehmen?«, fragte sie.

Er schüttelte den Kopf. »Trag ich schon selber.« Dann verstaute er das Spray zwischen Unterhose und Kulturbeutel. »Bis gleich!«, sagte er, küsste sie eher flüchtig und marschierte los. Sein Handy hatte zwar nur einen miesen Empfang, doch nach einer Minute hatte sich endlich *google maps* hochgeladen. Er sah die Insel, mein Gott, war die schmal. Und ziemlich weit im Osten, geschätzte drei Kilometer entfernt, zeigte ein kleines Symbol an, wo der Flugplatz war.

Er kam fast schmerzhaft langsam voran. Eine öde Straße zog sich elend lang hin, zur einen Seite von stattlichen Sanddünen gesäumt, zur anderen an ein Wattenmeer grenzend, das so aussah, als würde es allmählich austrocknen. Ein paar Seevögel machten Rabatz, bestimmt ganz seltene Viecher, da könnte das *Deutschlandradio* doch mal eine einstündige Sondersendung drüber bringen. Die könnte sich die blöde Saskia Schmölln dann reinziehen, dann hätte sie endlich mal was mit Vögeln zu tun.

Der Juister Flugplatz schien noch mal ein kleiner Ortsteil für sich zu sein. In der Nähe des überschaubaren Terminals, in dem auch ein Restaurant untergebracht war, standen kleine Einfamilienhäuser und größere Gebäude, die nach Schule aussahen.

Auf dem Rollfeld war nicht mehr viel los, kein Wunder, es war inzwischen Abend und der Linienflugverkehr mittlerweile bestimmt eingestellt worden. Hinten bei den Privatmaschinen standen noch zwei Typen, die mit ihren Poloshirts und goldenen Brillen dermaßen nach Freizeitpiloten aussahen, als hätten sie sich extra als solche verkleidet. Andy konnte sich nicht erinnern, jemals mit Männern solchen Kalibers auch nur ein Wort gewechselt zu haben. Obwohl er – wie Carina es eben genannt hatte – ein Labergott war, hier stand er auf dem Schlauch. Die quatschten bestimmt nur über Saint-Tropez und welcher Champagner in der Badewanne am geilsten prickelt. Er konnte nur hoffen, dass die ihn nicht gnadenlos abblitzen ließen. In seinem durchgeschwitzen T-Shirt und der vom heutigen Tag arg in Mitleidenschaft gezogenen Jeanshose versprach er bestimmt nicht den adäquaten Umgang.

Doch die beiden schienen nett zu sein und winkten ihm zu. »Hey, können wir irgendwie behilflich sein?«

Andy stellte sich kurz vor, erst mal ohne Radiogetue. »Ich bin ... also, ich war,« nein, er musste anders anfangen. »Ich hab ein Problem!« Wie konnte er sie am besten dazu kriegen, ahnungslos aus dem Nähkästchen zu plaudern? »Ich suche einen Typen, der mir Geld schuldet.« Geld war bestimmt ein Thema, bei dem sie Mitgefühl entwickelten. »Wir wollten uns heute auf der Insel treffen und er ist auch mit einer Maschine gekommen, aber leider kurz darauf wieder verschwunden. Ohne gezahlt zu haben. Kann noch nicht lange her sein. Halbe Stunde oder so?«

»Dumm gelaufen«, sagte einer, der ungefähr in Andys Alter war, aber deutlich sportlicher wirkte und ein bisschen nach Haarverpflanzung aussah. »Dann kann's ja nicht der Linienflug gewesen sein. Der ist schon länger weg. Also privat, stimmt's?«

Andy nickte zögernd. »Ja, klar. Privat. Privatmaschine, klar.«

»Was denn für'n Typ?«

Tja, wenn er das wüsste. Die würden gleich merken, dass er von Flugzeugen keinen blassen Schimmer hatte und auch ansonsten gerade Mist erzählte. »Normalerweise fliegt er denselben Typ wie Sie«, improvisierte er drauflos. »Nur ein jüngeres Modell.« Die beiden *Top-Gun*-Komparsen nickten beeindruckt. »Aber leider gab es Probleme mit dem ...« Mist, hatten solche Maschinen ein Triebwerk? Besser etwas Unverfängliches: »... mit den Fenstern. Schon vom Werk aus, lassen sich nicht vernünftig schließen, die Dichtung ist das Letzte, die Macken gibt es anscheinend öfter, aber die Hersteller vertuschen das natürlich gern.« Eigentlich sprach Andy gerade vom Zustand seines letzten Wagens, einem gebrauchten Toyota in Kackbraun, der schon vor Jahren in der Schrottpresse gelandet war. Aber das Vokabular war anscheinend kompatibel, denn keiner der beiden guckte misstrauisch. »Auf jeden Fall hatte mein Bekannter deswegen heute eine Ersatzmaschine. Und da kenne ich den Typ leider nicht.« So, jetzt noch der lässigste Blick, den Andy heute hingebastelt bekam, und wenn sie ihm dann nicht glaubten, müsste er sich etwas anderes einfallen lassen.

»Woher kommt dein Bekannter?« Super, die waren ins Du verfallen, das war ein gutes Zeichen.

»Köln«, sagte Andy. »Aber ich weiß nicht genau, von wo er losgeflogen ist.«

Die Piloten schauten sich an und begannen in einer Art Geheimsprache zu reden. »War da nicht *Delta Mike Alpha Bravo Charlie* so gegen zehn Uhr?«

»Stimmt«, sagte der Ältere mit der dicken Goldkette. »Kam aus *EDKV*. Dahlemer Binz, ist ja nicht weit bis Köln.«

Andy hielt die Luft an. Hatte er gefunden, wonach er suchte?

»Da saß allerdings eine Frau drin«, wusste der Jüngere. »Die ist gegen Mittag wieder los.«

»Nein, mein Bekannter ist frühestens so gegen halb sieben wieder abgeflogen.«

Wieder grübelten die beiden. »Um die Zeit ist viel Betrieb. Dann wollen immer alle weg, die nur für einen kleinen

Tagestrip nach Juist gekommen sind. Und der Juister Flugplatz ist nach Hannover der meistfrequentierte in ganz Niedersachsen. Da starten und landen die im Minutentakt.«

Das hatte Andy nicht gewusst, und seine Hoffnung schwand.

»Aber warte mal, da war doch diese *Delta Golf Juliett Uniform Lima* direkt vom *Konrad Adenauer*. Ist um halb fünf gekommen und um Viertel vor sieben wieder weg.« Der Goldkettchenflieger geriet ins Schwärmen. »Eine echte Schönheit. Hab ich live noch nicht gesehen.«

Ein Nobelflieger vom Flughafen Köln-Bonn? Vielleicht war das die richtige Spur, die Zeiten kamen ja schon mal hin. »Wer saß denn drin?«

»Ich bin mir sicher, es waren zwei. Bei einer solchen Maschine schaust du ja schon mal genauer hin, wenn du verstehst, was ich meine. Hätte auch George Clooney aussteigen können.«

Stand der etwa auf Clooney? Dabei behauptete Carina immer steif und fest, der sei garantiert nicht schwul.

»Einer der beiden hat nach der Landung auf der Terrasse Kaffee getrunken. Der andere muss ins Dorf gefahren sein. Ich erinnere mich, die hatten so ein schickes Faltrad, Vollalu, Nirosta-Felgen, mit Trethilfe, das haben die aus dem Laderaum geholt und dann ist der los.« Jetzt wandte er sich direkt an Andy. »Das muss dann doch dein Bekannter gewesen sein, oder? Und der schuldet dir Geld? Da darfst du ja beruhigt sein, wer so feudal anreist, wird nicht gerade am Hungertuch nagen.«

»Klar, bin ich auch«, log Andy. »Was hatte er denn an?«

Der Pilot dachte angestrengt nach. »Keine Ahnung. Wetterjacke oder so. Nichts Besonderes. Aber mir ist tatsächlich noch was aufgefallen: Kann es sein, dass dein Bekannter einen Gehfehler hat?«

»Ja klar, er versucht das immer zu verbergen. Klappt ja prima. Was ist dir denn aufgefallen?«

»Also, bei der Ankunft hab ich das nicht bemerkt, aber da ist er ja gleich aufs Fahrrad gestiegen. Doch bevor sie wieder losgeflogen sind, ist der Mann um die Maschine gelaufen, und da hat er ein Bein nachgezogen.«

»Hm«, machte Andy. Konnte das sein? Der Gedanke, dass sein Angstgegner der letzten Tage ein Hinkebein hatte, irritierte ihn irgendwie.

Nachdem der ältere Pilot auf seine klobige Luxusuhr geschaut hatte, kam Bewegung in die beiden. »Wir müssen los. Es ist gleich halb acht, viel später darf man hier nicht starten. Also, vielleicht konnten wir dir ja helfen ...«

Als sie ihm beide die braun gebrannten Hände reichten, klingelte Andys Handy.

»Hey, vielleicht ist das ja dein Bekannter!«, rief der Jüngere, bevor er ins Flugzeug stieg.

Nein, es war Carina. Sie hatte bestimmt ein Hotelzimmer gefunden und wunderte sich nun, wo er blieb ... »Ja?«

»Andy, du musst kommen, hörst du? Sofort!«

»Was ist denn los?« Der Pilot ließ die Propeller anlaufen und Carina war kaum zu verstehen, doch wenn er sich nicht verhörte, befand sie sich in einem Raum mit anderen Menschen, im Hintergrund klingelte ein Telefon. »Wo bist du?«

Sie ging nicht auf seine Frage ein. »Hör zu, ich hab inzwischen so viel mitgekriegt von diesem Mord. Alle reden darüber, auch unsere Vermieterin, bei der ich ein Zimmer gefunden habe. So etwas spricht sich auf der Insel schnell rum.« Sie schaffte es kaum, Atem zu holen, so aufgeregt war sie. »Die Frau, diese Strandkorbvermieterin, sie wurde angeblich im Korb Nummer acht gefunden. Brutal erschlagen. Laut Dorfklatsch soll der Mörder ihr überall Hunderteuroscheine hingesteckt haben. Also, wirklich überall! Mund und Ausschnitt und … du weißt schon. Was ist das bloß für ein kranker Typ, von dem du dich durch die Welt navigieren lässt?« Jetzt schrie sie schon fast: »Wo bist du überhaupt? Was ist denn da so laut im Hintergrund?«

»Ich bin am Flugplatz.« Es hatte keinen Zweck, etwas anderes zu behaupten.

»Aha, am Flugplatz!« Warum betonte sie das so komisch? »Hör zu, Andy, du musst – verstehst du mich? – du musst heute noch zur Polizei und denen sagen, was du weißt.«

»Nein, das kann ich nicht!«

»Warum nicht?«

»Kann ich dir nicht erklären.« Er wusste, diese Antwort hatte in etwa die Wirkung, als ob man Wasser in brennendes Öl schüttete.

»Ich bin schon da«, sagte sie dann.

»Wo bist du?«

»Bei der Polizei. Ich habe denen bereits gesagt, dass du ...«

»Du hast was? Carina, wie kannst du nur?«

In diesem Moment fuhren die beiden Piloten mit ihrem schicken Flieger aus der Parklücke und winkten ihm zu. Er wünschte, er könnte jetzt genau in dieser Maschine sitzen.

»Mein Gott, Andy, was erwartest du denn von mir? Dass ich einfach mit ansehe, wie du ...«

»Ich erwarte von dir, dass man sich auf dich verlassen kann, und nicht, dass du mir bei der ersten Gelegenheit die Polizei auf den Hals hetzt! Sind sie schon hierhin unterwegs?«

Sie schwieg.

»Du hast mich angerufen, um herauszufinden, wo ich bin. Damit die mich kriegen!«

»Aber ...« Den Rest hörte er nicht, denn er drückte das Gespräch weg. Dann rannte er los. Das Flugzeug war schon auf dem Weg in die Startposition, er stolperte Richtung Rollfeld und winkte wie ein Lotse im *Ectasy*-Rausch. Hoffentlich sahen die ihn.

Glück gehabt, sie hielten an und warteten, bis er sich zu ihnen geschleppt hatte. Der Ältere, der auf dem Copilotensitz saß, öffnete die Tür und schob sich seinen Kopfhörer vom Ohr. »Was gibt's?«

»Das war mein Bekannter«, brüllte Andy gegen den Lärm an. »Es gab ein Missverständnis. Wir haben … ich müsste ...«

»Willst du mitfliegen?«, brachte es der Mann auf den Punkt. »Wir landen in Emden, von da aus kommt man schnell mit dem Zug weiter.«

Andy nickte hastig.

Es war ein bisschen kompliziert, in den kleinen Flieger zu steigen, hinten gab es nur einen engen Notsitz, und da lagen eigentlich Klamotten rum, die er nun zusammen mit seinem Rucksack auf den Schoß nehmen musste. Aber er war froh, heilfroh. Denn als sie sich schließlich am Ende des Rollfeldes in die Luft hoben und die Insel unter sich zurückließen, wagte er einen Blick aus dem Fenster – und sah Carina, noch ganz am Anfang der langen Flugplatzstraße. Sie war nicht allein, sondern in Begleitung des Dorfsheriffs.

* * *

Wohin jetzt? Er hätte auf der Stelle im Stehen einschlafen können. Er war völlig fertig und blinzelte benommen zu den Türmen des Kölner Doms hinauf. Der Flug nach Emden hatte nur eine Viertelstunde gedauert, zu kurz und zu aufregend, um sich auch nur ansatzweise zu erholen. Die lästigen Nachfragen der Piloten hatte er einigermaßen abwiegeln können.

Und auf der Zugfahrt von Emden nach Köln hatte er vor lauter Panik kein Auge zubekommen.

Jetzt stand er da, auf der Domplatte vor dem Hauptbahnhof. Nach Hause konnte er nicht. Nach seinem Abgang von der Insel würde er in Nullkommanix die Polizei auf der Matte stehen haben. Schon bei der Episode in Münster hatte er von Glück sagen können, dass sie ihm nicht auf den Fersen waren. Die Zahlentante Elvira Silbermann hatte ihn ganz offensichtlich aus dem Spiel gelassen, als es um den toten Verleger ging. Und jetzt hatte ihn seine eigene Freundin reingeritten. Aus ihrer Sicht gab es natürlich nichts Vernünftigeres, was sie hätte tun können, das verstand er, aber er allein wusste auch, dass es in Wirklichkeit völlig falsch gewesen war, die Bullen auf den Plan zu rufen.

Für einen kurzen Moment überlegte er, sich im Sender irgendwo aufs Ohr zu hauen. Da stand das Sofa im Sozialraum, da könnte er sich draufknallen. Aber dann würde ihn am Morgen womöglich die Schmölln wecken. Kam also überhaupt nicht in Frage.

Oder bei seiner Mutter in der Seniorenresidenz? Gab es da auch Besucherzimmer?

Und dann? *Morgens um Mutter?* Oh, Scheiße, noch unvorstellbarer. Dann schon eher Bahnhofsmission oder gleich die kuschelige Polizeizelle. Aber plötzlich wusste er, wo er jetzt noch klingeln konnte. Andy fuhr mit der Linie 18 vom Hauptbahnhof zum Sülzgürtel und ging dann die letzten Schritte zu Fuß, bis er vor einem großen Wohngebäudes mit historischer Ziegelfassade ankam. Dort drückte er eine der vielen Klingeln, und wenig später stand er mit hängenden Schultern vor Henks und Philipps Tür.

Henks rundes Gesicht hing wie ein Vollmond im Türspalt. Als er den Rucksack in Andys Hand erkannte, trat er einen Schritt zurück und machte die Tür wortlos weit auf.

»Nur für eine Nacht, Henk, echt nur für eine Nacht. Wenn ich nicht irgendwo pennen kann, fall ich tot um.« Im Hintergrund tauchte Philipp in der Schlafzimmertür auf. Er steckte in einem knallgelben Pyjama.

»Hast Glück, dass ich noch auf bin«, brummelte Henk. »Kann schlecht schlafe. Ist so hell im Schlafzimmer, wegen die Schlafanzug von die Typ da.«

Philipp verschwand, und während Henk Andy ins Wohnzimmer brachte, tauchte er mit einem Packen Bettwäsche wieder auf. »Was ist es denn? Stress mit dem Mädelchen?«, säuselte er.

In Ermangelung einer besseren Ausrede nickte Andy erst mal.

»Jajaja, ich auch dauernd«, kicherte Philipp und machte sich an der Hausbar zu schaffen. »Hier, Likörchen, hilft immer.«

Als Philipp wieder abgezogen war, baute sich Henk breitbeinig und mit verschränkten Armen vor seinem Besucher auf. »Die hat doch 'ne eigene Wohnung, deine Carina. Warum gehs du denn nich bei dir zu Hause?«

Andy stemmte die Hände in die Seiten und senkte den Kopf auf die Brust. »Was willst du hören?«, murmelte er leise. »Schlüssel verloren oder so was?«

»Nee, lass mal. Dann lieber gar nix.« Henk drehte sich um und wollte den Raum verlassen. Im Türrahmen wandte er sich noch einmal um und sagte: »Penn dich mal richtig aus. Hier vermutet dich keiner. Has du mal ne Pause, is wahrscheinlich bitter nötig, oder?«

Andy nickte. »Große Scheiße im Moment.«

Henk seufzte. »Du hängs da in irgendwas drin. Musst aufpassen.«

Andy setzte an, um eine Frage zu stellen, brach dann aber ab.

»Ja?«, fragte Henk, dem so etwas nicht entging. Er ahnte garantiert, dass Andy immer noch mitten in demselben Chaos steckte wie in den letzten Tagen, dass das noch nicht zu Ende war. Morgen würde Henk auch von der Toten auf Juist erfahren.

Warum tat Henk das für ihn?

»Wieso tust du das für mich? Du bist ein Polizist. Das ist nicht gut für dich.«

Der Blick, den Henk in diesem Moment auf ihn richtete, war nur schwer zu deuten. Zuerst war er prüfend, abwägend, dann wurde er fast sanft. Die Augen des Holländers funkelten kurz auf, dann blickte er ein bisschen betreten zur Seite und lächelte kaum wahrnehmbar. Er sagte knapp: »Mag dich eben, du Doofmann«, ging raus und schloss die Tür hinter sich.

Andy sank auf das Sofa und fühlte sich plötzlich hundeelend. Alle nutzte er aus, alle, die ihm etwas bedeuteten, wurden belogen und für seine Zwecke eingespannt. War das schon immer so gewesen? Hatte es viele Leute gegeben, die unter ihm hatten leiden müssen?

Diese Nacht wurde für ihn keine freundlichen Träume bereithalten.

* * *

Ich freue mich, nach Hause zu kommen.

Das Gefühl ist neu für mich. Ich hatte noch nie einen Ort, der sich anfühlt wie ein Zuhause. Sicher und sauber und warm und gut. Ein Ort, den ich liebe. Nach dem ich mich sehne, wenn ich woanders bin.

Die Villa ist perfekt. Sicher und sauber und voller Licht. Ich mag das Geräusch meiner Schritte auf den Marmorfliesen. Es duftet nach Umbau, nach Sauberkeit. Nach Perfektion.

Noch gibt es Momente, in denen ich mich fremd fühle. In den großen Räumen und in meiner Haut. Am Anfang habe ich versucht, das vor ihr zu verbergen. Ich wollte nicht undankbar erscheinen.

Die Acht hat mich ausgelacht. Hat mir erklärt, dass ich nichts vor ihr verstecken kann. Oder muss. Sie ist in mir und um mich, sie ist bei mir, auf meiner Seite. Ich bin Acht geworden, und mit jedem Schritt, den ich gehe, wird es besser und leichter. Alles wächst zusammen, wird groß und gut und ganz. Bald werde ich mir nicht mehr vorstellen können, dass er je anders war. Außen und innen. Ich werde sein wie das, was um mich ist. Licht und Chrom und Glas und Leder, unbefleckt, glänzend, makellos. Ich habe verstanden, dass ich alles haben kann.

Ich bin müde. Mein Fußgelenk schmerzt. Ihre Gegenwehr hat mich überrascht. Mich daran erinnert, dass ich noch nicht unverwundbar bin. Noch nicht am Ziel.

Die Reise war aufregend. Nicht der Haufen Sand im Meer. Ich frage mich, was ich je gefunden habe an diesem Ort. Es lag an ihm, dem anderen. Es war erregend, ihm so nah zu sein. Ich habe seine Angst gesehen. Obwohl er versucht, sie zu verbergen. Sich in einen Mantel aus Arroganz hüllt. Ein rissiger Mantel, das Gewebe wird müde.

Seine Angst dringt durch alle Poren. Sie stinkt. Ich liebe den Geruch. Verheißungsvoller Duft. Es wird nicht mehr lange dauern.

Er war der Anfang. Er wird das Ende sein.

Er schluckt brav die Köder. Spielt das Spiel, das er noch nicht versteht. Ich wachse an seiner Schwäche. Das Blatt hat sich gewendet.

Ich gehe in die Küche, bewundere die fleckenlosen Flächen. Ich lächle bei dem Gedanken daran, wie groß meine Sorge am Anfang war. Als ich noch Zweifel hatte. Es war dann so viel leichter, als ich gedacht hatte. Ein Kinderspiel. Ich gehe hin und wische sie weg. Die Schuldigen. Mit ihnen die Flecken, die sie auf meiner Seele hinterlassen haben. Ich wische sie weg wie Wasserspritzer vom

Edelstahl der Spüle. Ich habe keine Angst mehr. Angst ist jetzt für die anderen.

Es ist nicht schade um sie. Jeder bekommt, was er verdient.

Ich schalte den Kaffeeautomaten ein. Warte, bis das Licht zeigt, dass der Prozess des Vorheizens abgeschlossen ist. Geduld ist der Schlüssel. Ich habe Geduld.

Der Andere begreift langsamer, als ich gehofft habe. Sein Ego ist zu groß, verstellt ihm den Blick. Er weigert sich zu sehen, was vor seiner Nase ist. Seine Schuld. Seine übergroße Schuld. Es macht mich wütend. Aber das gehört dazu. Mein Zorn ist wichtig, er gibt mir Kraft.

Am Ende wird er verstehen, dass es Spiele gibt, die man nicht gewinnen kann.

Ich drücke einen weiteren Knopf. Lausche dem Röhren des Mahlwerks. Ich sehe zu, wie sich die Tasse mit schwarzem Kaffee füllt. Ich trage sie in den großen Raum mit dem Kamin, setze mich in den Sessel und lagere das Bein mit dem schmerzenden Knöchel auf einen Hocker. Ich lege den Kopf in den Nacken, schaue nach oben zur Galerie. Bade im Schein, der durch das Oberlicht fällt. In dem Gefühl, dass alles gelingt.

Der Kaffee ist heiß und bitter. So, wie ich es mag.

Schon beim ersten Mal habe ich begriffen, worauf es ankommt. Instinktiv habe ich den magischen Moment eingefangen. Es läuft immer gleich ab. Ein Starren am Anfang. Unverständnis, fragende Blicke, Irritation. Manchmal Fragen. Ein erster Hauch Angst, wenn die Erinnerung spricht. Erst flüsternd, dann immer lauter. Bis der kostbarste aller Momente erreicht ist. Besser als alles, was ich je erlebt und gesehen habe. Wie eine winzige, schimmernde Perle ist dieser Bruchteil einer Sekunde. Der Moment, in dem sie begreifen. Ihre Schuld erkennen. Dann sind sie ganz bei mir, bei dem, was war und ist und was jetzt wird. Dann wissen sie, dass sie ihr lächerliches Leben verwirkt haben. In diesem Moment liegt die tiefste vorstellbare Befriedigung. Ich sauge ihn auf, speichere ihn. Ich kann mich exakt erinnern. Bei jedem von ihnen.

Es ist egal, dass sie danach versuchen, alles zu zerstören. Beim ersten Mal hat es mich geärgert. Die alberne Frau in ihren hässlichen Sandalen, die mit mir sprach, als wäre ich ein kleines Kind. Sie war nicht die Einzige. Sie tun es alle, sie versuchen, der Erkenntnis zu entfliehen. Manche tun es mit Worten, andere nur mit ihren Augen. Es war anders, sagen sie, es war doch nicht so gemeint. Es war doch nichts Persönliches, es war doch nicht so schlimm. Als könnte man Schuld relativieren, ihr so entkommen. Sie sind zu klein, um zu begreifen, dass Erkenntnis mein Geschenk an sie ist. Sie verdrehen die Wahrheit, brechen ihr das Genick. Obwohl sie es besser wissen. Aber sie können nicht aus ihrer Haut. Dabei muss ich ihnen helfen.

Letztlich weiß ich, dass sie mir dankbar sind. Weil ich sie erlöse. Ich tue, was nötig ist. Damit alles gut wird und heil. Das Wesen der Acht ist Gleichgewicht. Die Symmetrie von Schuld und Sühne. Ich lasse sie fallen, ich demütige sie mit ihrer widerlichen Körperlichkeit. Ich blute sie aus, gebe ihnen einen Korb, ich spiegele die Sünde. Wahrscheinlich begreift es niemand, aber das ist egal. Ich tue das für mich. Und für die Acht.

Wenn es vorbei ist, muss ich den Rest erledigen. Ich hasse es. Die leeren Augen, die nichts mehr verraten. Ich hantiere nicht gern mit den sperrigen, merkwürdig ungelenken, toten Körpern. Kadaver, deren Verfall schon begonnen hat. Der Gedanke ekelt mich. Aber ich überwinde das. Ich tue, was nötig ist, mache sie zu dem, wozu sie noch taugen. Wegweiser. Pfeile, die dem Anderen die Richtung zeigen. Den Weg zur Erkenntnis.

Alles, was geschehen ist, ist richtig und gut. Es gibt einen Anfang, und darum muss es ein Ende geben.

Ich trinke den Rest Kaffee. Es war ein langer Tag. Ich bin müde. Ich bringe die leere Tasse in die Küche, spüle sie und trockne sie ab.

Ich räume sie in den Schrank, wische Spritzer von der Spüle. Alles ist, wie es sein soll.

Mein Knöchel schmerzt, als ich die Treppe nach oben steige. Ich gehe ins Bad. Ich dusche, wasche den äußeren Schmutz ab. Heißer Dampf füllt den Raum, in dem es keine Spiegel gibt. Ich will die äußere Hülle nicht sehen. Sie ist unwichtig, dient nur dazu, die zu täuschen, die nichts anderes sehen als Oberflächen.

Kein Spiegel kann zeigen, was ich werde. Stark und schön und vollkommen. Kein Glas der Welt kann meine Größe erfassen. Ich brauche das nicht mehr. Ich bin jetzt frei.

Ich gehe ins Schlafzimmer. Ich lege mich in die kühlen Laken. Ich muss Kraft sammeln. Muss mich ausruhen. Ich schließe die Augen. Ich weiß, dass ich tief und gut schlafen werde.

Wolle hat was mitgebracht

Erst gegen halb neun wurde er wach. Sein Schlaf war tief und traumlos gewesen, ein Basaltklotz hätte nicht ruhiger schlafen können.

In der Wohnung der Jungs aufzuwachen, vermittelte ihm in mehrfacher Hinsicht ein seltsames Gefühl. Er lag nicht nur auf einem fremden Sofa, er war auch meilenweit entfernt von den Geschehnissen der letzten Tage. Henk und Philipp waren schon weg zur Arbeit. Es war sehr still. Philipps Aftershave hing noch in der Luft und roch ganz anders als Carinas Parfüm, nach dem er sich blöderweise sehnte. Das Wohnzimmer war sehr kühl eingerichtet. Ledermöbel, cremefarbener Teppichboden, graubraune Jalousien, ein paar große Kunstdrucke an den Wänden. Sah irgendwie gar nicht schwul aus. Bei seinen früheren Besuchen hatte er die Wohnung nie näher betrachtet.

In der Küche fand er einen gedeckten Frühstückstisch. Eine Thermoskanne Kaffee, eine Tüte mit zwei frischen Brötchen, ein Tellerchen Wurst und Käse unter Cellophanfolie, Honig, Marmelade, Tomatenstückchen und Gurkenscheiben. Die beiden waren besser als jede Mutter.

Nachdem er den ersten erlösenden Schluck Kaffee drin hatte, aß er mit Heißhunger. Er musste die beiden unbedingt zum Abendessen einladen. Nicht nur zum Salätchen im *Balthasar*, nein, richtig fett ins *L'escalier* oder so. Das war er ihnen schuldig.

Mit einem Marmeladenbrötchen in der Hand schlenderte er zum Küchenfenster und schaute auf die Grünfläche und die angrenzenden Häuser hinaus. Jemand montierte auf einem der zahllosen Balkone gerade eine Satellitenschüssel, unten liefen Kinder herum. Das war alles so stinknormal. Hätte er auch gerne wieder.

Heute musste er zu Wolle, die Waffe abholen. Er! Der friedliebende Radiomoderator Andy Otto! Eine Waffe! Er hörte gar nicht mehr auf, sich über sich selbst zu wundern.

Sein Blick wanderte zum Radio neben dem Toaster, und etwas knallte in seine Gedanken wie ein Blitz. Die Morgen-Show! Jetzt während er hier gemütlich frühstückte, wäre normalerweise sein Sendetermin! Was hatte die Kuh sich einfallen lassen? Irgendwas Vorproduziertes? Was aus der Konserve?

Kurz vor Neun. Er schaltete ein. *Eins Live?* Wieso erzählten ihm die zwei Schwuppen denn immer, sie würden jeden Morgen seine Sendung hören?

Er drehte am Sendersuchlauf herum, bis er auf der richtigen Position war.

»... deshalb nicht immer nur kariert denken, sondern heute einfach mal 'nen ganzen Tag lang in Herzchenmustern!« Was für eine klebrige Stimme! »Und morgen ab sechs bin ich dann wieder bei euch, wenn es heißt: *Morgens um Thorsten!*«

Andy starrte fassungslos auf das Gerät. Hatte er sich jetzt verhört? Was war denn das für eine gequirlte Kacke? War er vielleicht noch gar nicht aufgewacht?

Thorsten!

Der schöne Thorsten.!

Die hatten doch wohl den Arsch auf, diese verdammten Schwachmaten! Allein bei der Stimme von diesem Gegenwindpisser wurde einem ja der Samen flockig!

Er hätte zu gerne etwas gegen die Wand geklatscht. Aber das hatten Henk und Philipp nicht verdient.

Er räumte hektisch den Frühstückstisch ab und schob alles in Spülmaschine und Kühlschrank. Dann erledigte er mit einer affenartigen Geschwindigkeit seine Toilette, wusste nicht wohin mit dem Bettzeug, warf es als Zeichen seines guten Willens im Flur auf den Boden, schnappte sich seinen Rucksack und verließ die Wohnung. Im dritten Stock hatte jemand einen Korb voll Pfanddosen vor die Wohnungstür gestellt. Als er ihn mit dem rechten Fuß erwischte, wusste er nicht mal, ob das ein Versehen gewesen war, oder ob er das mit Absicht tat. Die Büchsen schepperten mit einem Wahnsinnslärm die Stufen hinunter. Als ihm jemand etwas hinterherbrüllte, war er schon fast auf der Straße.

Draußen zwang er sich ruhig durchzuatmen.

Runterkommen. Cool down. Lockermachen.

Das durfte ihn nicht aus der Bahn werfen. Die würden merken, dass das die Mega-Fehlentscheidung war. Dieser Arsch würde niemals bei den Hörern ankommen, die Schmölln würde spätestens übermorgen auf den Knien angerutscht kommen, die dusselige Schnepfe!

Er nahm die Straßenbahn, die ihn fast bis zum Sender führte.

Als Andy auf den Kiosk zuging, stand ihm die Knödelstimme von *Morgens um Thorsten* im Kopf wie kalte Kotze im Hals. Es wäre das Mindeste gewesen, mit ihm zu reden, fand er. Aber die konnten ihn mal. Als wäre irgendetwas von dem hier seine Schuld. Als könnte er was dafür, dass er so tief in der Scheiße saß wie noch nie in seinem Leben.

Er freut sich fast darauf, Wolle zu sehen. Einen Schlumpf zu essen, eine Kaffee zu trinken, einen schlechten Witz zu hören. War es wirklich erst ein paar Tage her, das ein Zoff mit der Schmölln, ein bisschen Zickerei von Carina und Schwarzwälder-Todeskirsch mit Mutter die größten Probleme waren, mit denen er sich hatte herumschlagen müssen? Nie hätte er sich träumen lassen, dass er sich irgendwann zurücksehnen würde nach diesem Scheiß. Kleinscheiß. Aber hinterher war man ja immer schlauer.

Es war inzwischen später Vormittag und *Wolle's Büdchen* deutlich weniger frequentiert als morgens um sieben. Gut, dann waren sie wenigstens ungestört. Wolle grinste, als er ihn sah, er schmiss sich geradezu in Pose, die sehnigen Arme lässig über dem etwas zu engem T-Shirt verschränkt, die Beine in olivfarbenen Cargohosen ein Stück auseinander. Wolle, der harte Hund.

»Ey, alles fit im Schritt, du Schlumpf?«

Andy zuckte zusammen. Schlumpf? »Was soll das? Wolle, was redest du für einen Scheiß ...«

Wolles Grinsen war verschwunden. Er hob eine Hand, runzelte die Stirn. »Ey, Alter, komm wieder runter!« Er deutete auf den Plastiktopf, in dem die zuckrigen, blauen Gesellen ineinander schmolzen. »Ich dachte nur, weil du doch immer ... Ey, das war ein Witz, Alter! Wo hast du denn heute Morgen deinen Humor gelassen?«

Andys Zorn fiel in sich zusammen. Verdammt! Er wurde langsam wirklich dünnhäutig. »Sorry«, murmelte er. »Ich ... ich habe schlecht geschlafen. Viel los im Moment.«

Wolle nickte. »Hab das Radio schon um kurz nach sechs ausgestellt. *Morgens um Thorsten*, man, das klingt doch echt so was von Kacke.« Da hatte er recht. »Total nerviger Typ. Da kann ich gleich *Deutschlandradio* einschalten, Alter. Ich hab ja echt gehofft, dass er vielleicht trotzdem runterkommt und sich den Witz des Tages abholt. Aber auf solche Gedanken kommt der Superschlauschwatz nicht. Er holt seinen Kaffee woanders. Und seine Witze findet er in der Biotonne!

Andy schluckte. »Hast du das Ding? Die ...« Knarre? Wumme? Ihm fehlte tatsächlich das richtige Wort

»Klar«, hörte er Wolle sagen, dann ein metallenes Klacken, als er das Ding neben den Schlumpftopf legte. Als wäre es eine Schachtel Zigaretten.

»Bist du irre?« Andy griff hastig in den Zeitungsständer neben ihm, erwischte den Express und legte ihn über das Ding. Pistole? Revolver? Er hatte keine Ahnung. Er wusste nur, dass das Letzte, was er im Moment brauchen konnte, irgendeine Politesse oder sonst ein Powerheld des Alltags war, der zufällig einen Blick durchs Fenster warf und sah, was er hier tat. *Mordverdächtiger Radiostar kauft illegale Schusswaffe in Kiosk* – die Schlagzeile, die er vor sich sah, war fast so übel wie sein Leben.

»Entspann dich, Alter.« Wolles Grinsen war zurückgekehrt. Andys Reaktion schien ihm zu gefallen. »Und noch 'n Kaffee?«

»Gern.«

»Mich ärgert das«, sagte Wolle und fummelte an der Kaffeemaschine rum. »Die Morgen-Show ist ja auch ein bisschen mein Ding. Also, klar, deine Sendung, aber ich schüttel den Witz des Tages ja nicht einfach so aus dem Ärmel. Das ist schon Arbeit, kreativ, kennst du ja. Und da könntest du mir ja sagen, wenn du gefeuert bist und ab heute keinen mehr brauchst.« Er reichte Andy einen dampfenden Pappbecher. »Außerdem hatte ich mir was überlegt, wegen der Powerheldensache. Da pass ich nämlich auch irgendwie rein, find ich. Jeden Tag ab sechs, Kaffee, Brötchen, Zeitung, das ist ja nicht das, was die Leute wirklich wollen von Wolle.« Er grinste zufrieden über sein Wortspiel. »Ich bin auch ein bisschen Beichtvater. Gibt ja viele, die haben sonst niemanden. Die kommen zum guten alten Wolle, erzählen ihm so dies und das. Ist schon auch ein menschliches Ding, irgendwie. Weißt du, ob der Thorsten die Powerheldenreihe fortsetzt?«

»Ey, Wolle, echt jetzt!« Andy griff in den Plastiktopf und nahm sich einen Beruhigungsschlumpf. Biss ihm den Kopf ab. Mit Schmackes. Die zuckrige Masse rutschte durch seinen Hals. Das half ein bisschen. Er kippte den viel zu heißen Kaffee hinunter. »Ich muss auch wieder. Echt viel los im Moment. Ich bin da an einer großen Sache. Hammerstory, weißt du. Darum ja auch dieser Leerschwätzer von Thorsten. Wenn ich die Sache erledigt habe, sitz ich wieder am Mikro, ganz sicher. Und das Ding hier ...«

»Das Ding ist eine Walther PPK«, unterbrach Wolle. »Idiotensicher.«

»... ja, okay, das Ding brauche ich einfach zur Vorsicht. Heiße Sache eben. Kennst du ja. Kein Grund zur Sorge.«

Wolle nickte. »Klar. Ich hab meine auch immer griffbereit. Hier drin und auch zu Hause. Wenn ich mir so angucke, was da draußen für ein Volk rumrennt ...«

»Danke, Alter!« Andy meinte das ganz ernst.

Bis zu der Sekunde, in der dieser weitersprach. »Zweitausend.«

»Was?«

»Ich krieg zweitausend von dir.«

»Bist du irre? Woher soll ich zweitausend nehmen?«

»Ey, denkst du, ich schenk dir das Ding? Bei aller Freundschaft, Andy, so läuft das nicht. Ich hab auch meine Unkosten.«

»Du kriegst das Teil ja wieder. Ich brauch es höchstens ein paar Tage, dann bring ich es zurück. Wie neu!«

»Ich bin nicht die Stadtbücherei! Echt, das geht so nicht!«

Da immerhin musste Andy ihm recht geben. Das ging so nicht. Das ging so alles gar nicht.

»Eins-fünf«, hörte er Wolle sagen. »Aber nur, wenn du mein Schätzchen ungebraucht zurückgibst. Sollte damit geschossen worden sein, bleibt es bei zwei Riesen, dann musst du mir den Rest mitbringen. Ich meine damit jetzt keine Schießübungen, sondern den Ernstfall, du verstehst? Mensch mit Loch in der Brust und so … «

Andy schluckte. Diesen Fall hatte er nun wirklich nicht eingeplant. Nicht mal entfernt.

»Und Andy, du bringst das Ding in spätestens einer Woche zurück. Dann seh ich zu, ob ich es woanders verkloppen kann. Wenn das klappt, dann kriegst du achthundert zurück.« Wieder verschränkte Wolle die Arme vor seiner aufgeblasenen Brust. »Tu es oder lass es.«

»Ich hab gedacht, wir sind Freunde.« Scheiße. Das klang total affig. Neunte Klasse, pubertärer Männerbund.

Wolle grinste. »Hast du das, ja?«

Der Ton gefiel Andy nicht. Er griff nach der Waffe, doch Wolle legte seine Finger darauf und schüttelte den Kopf. »Erst die Kohle!«

Andy zog sein Portemonnaie aus der Jeanstasche und sah hinein. »Ich kann dir hundert geben. Den Rest überweise ich dir heute noch, okay?«

»Geile Idee.« Wolle sah ihn an, als hätte er ihm einen unsittlichen Antrag gemacht. »Am besten schreibst du *Waffenkauf* als Verwendungszweck rein. Und schickst den Bullen den Durchschlag.«

»Scheiße, Mann, ich … ich bring's dir vorbei.«

»Wann?«

»Ich geh zum Automaten und hol Kohle. Wolle, bitte, jetzt lass den Scheiß. Du weißt, dass du dich auf mich verlassen kannst.«

»Sicher.« Wieder war da dieser kühle, fast ironische Unterton, der so gar nicht zu Wolle passte. »Geh die Scheinchen rauslassen, dann kommst du wieder und kriegst die Ware. So machen wir es doch jeden Morgen, Andy, mit Kaffee und Gummischlümpfen ist es nicht anders als mit einer Walther PPK. Du holst das Geld und kriegst die Wumme und die Munition.«

Andy floh aus dem Laden. Was war nur mit Wolle los? Welche Show zog der hier ab? Bis zum nächsten Automaten würde er zehn Minuten latschen, und wenn Andy eines nicht hatte, dann war es Zeit. Zähneknirschend machte er sich auf den Weg zum Automaten.

Er umklammerte den Autoschlüssel in seiner Jackentasche. Mit dem Smart wäre er deutlich schneller. Eigentlich hatte er vorgehabt, gleich noch in den Sender zu gehen und den Schlüssel abzugeben, bevor die Schmölln mitbekam, dass er das Teil noch mit sich herumtrug. Doch jetzt war ihm das so was von egal, was diese Schnepfe dachte. Sie hatte ihn behandelt wie den letzten Dreck, und das, nachdem er sich jahrelang den Arsch aufgerissen hatte für den Sender. Das musste Andy sich nicht gefallen lassen. Ganz sicher nicht. Genauso wenig musste er diesen blöden Schlüssel nach oben bringen. Er war Journalist, er war einer fetten Story auf der Spur. Er konnte ein Minimum Unterstützung von seinem Sender erwarten. Einen Dienstwagen zu Beispiel.

Er stieg in den Smart, der an der Straße parkte, ließ den Motor aufheulen. Er fuhr zum Bankautomaten, holte die Kohle. Er bezahlte Wolle und nahm die Knarre. Er war Andy Otto. Und jetzt war Schluss. Er würde sich von niemandem mehr verarschen lassen.

Nachdem er mit dem Smart am Waldrand oberhalb von Witterschlick von der Straße auf den holprigen Weg eingebogen war, stellte Andy den Motor ab. Ein paar Sekunden saß er einfach nur da, dann öffnete er das Handschuhfach. Da lag sie immer noch, die Waffe. Andy schüttelte den Kopf und lachte kurz auf. Ein Wahnsinn, das Ganze.

Er nahm die Pistole, legte seinen Finger an den Abzug, nahm ihn wieder zurück. Und wie funktionierte das nun? Einfach kurz nach hinten ziehen, oder?

Und wenn er seinen Gegner getroffen hatte? Wenn er ihn denn wirklich treffen sollte?

War dann alles vorbei?

Oder fing es erst an?

Er wickelte die Waffe in seine Jacke, verstaute beides im Rucksack, stieg aus dem Auto und sah sich um. Hier hatte sich eigentlich nicht viel verändert. Vorhin, als Wolle, nachdem er sich fast gierig die Kohle gegriffen hatte, in einem zynischen Ton gefragt hatte: »Hey, *Andy am Nachmittag*, du Superheld, kannst du überhaupt mit so etwas umgehen?« – da war ihm erst bewusst geworden, dass er genau das nicht konnte. Andy hatte es damals nach der Schule geschickt angestellt und war ausgemustert worden, er hatte also noch nie etwas derart Gefährliches in der Hand gehalten. Er war ein totaler Anfänger, ein Nichtskönner in Sachen Waffen. Ihm war klar geworden, dass er, bevor er mit der Knarre unter die Leute ging, ein paar Schießübungen machen musste. Und da war ihm der Wald eingefallen.

Jetzt stand er unmittelbar vor dem Eingang des ehemaligen Fabrikareals – an dem großen, rostigen Eisentor, das damals auch schon ziemlich verwittert gewesen war. Doch mittlerweile fehlte eine der beiden Flügeltüren völlig. Wie oft hatte er hier gespielt, auf diesem riesigen Gelände? Ein einziger Abenteuerspielplatz war es gewesen, nur ohne Eintritt und ohne Aufsichtspersonal. Heutzutage gab es hier mit Sicherheit keine herumstromernden Kinder mehr. Viel zu gefährlich! Dann lieber Schneckenrutschen, Zwergenhäuschen mit

Internetanschluss und Kuschelecken im Spatzenzimmer, wo jede einzelne Stange sorgfältig mit weichem Schaumstoff ummantelt war.

Hatte es damals Tage gegeben, an denen er ohne einen neuen blauen Fleck, ohne eine neue Schramme nach Hause gekommen waren? Klar hatte seine Mutter geschimpft, hatte seine Klamotten mit vorwurfsvollen Gesicht in die Waschmaschine gesteckt, nein, Mutter mochte den Wald überhaupt nicht, aber das hatte Andy nicht die Bohne interessiert.

Durch das Gestrüpp konnte man weiter hinten, auf der anderen Seite eines verrotteten Metallzauns, die Fassade der alten Fabrikantenvilla erahnen. Dort hatte der Werksbesitzer bis zur Mitte der vorigen Jahrhunderts prachtvoll residiert, doch seit Andy denken konnte, waren die teilweise verputzten Backsteinmauern dem Verfall preisgegeben. Andy musste schmunzeln. Zäune oder so was hatten ihn nie aufgehalten. Wenn Mutter ab und zu dahintergekommen war, dass er in den leeren Räumen mit den rissigen Wänden und den unerreichbar hohen Decken Verstecken gespielt und Schätze gesucht hatte, war die Hölle los gewesen. Dann hieß es ab ins Kabuff für ihn und Markus, auch wenn sein Bruder nur selten mit von der Partie gewesen war. Der war immer viel zu brav gewesen. Lieber nicht schmutzig machen und so. Wie es wohl heute dort drinnen aussah? Jetzt hatte Andy weiß Gott anderes zu tun, als Kindheitserinnerungen aufzufrischen.

Er trat durch das Fabriktor und betrachtete das vor ihm liegende Gelände. Das Pförtnerhäuschen zur Rechten war mittlerweile völlig in sich zusammengefallen, durch das Dickicht hindurch erkannte Andy zwei Hallen. In einer hatte mal ein altes Schrottauto gestanden, in dem sie gespielt hatten. Nicht weit hinter den Gebäuden begann schon der Wald. Er stapfte weiter. Die Natur hatte in den vergangenen Jahren das

Kommando übernommen: Risse im Asphalt, aus denen Unkraut kroch, an einer Stelle war ein mannshoher Strauch herausgewachsen. In den Ruinen der Fabrikgebäude gab es keine einzige intakte Fensterscheibe, aus den Regenrinnen wucherte das Grün.

Andy erreichte die ersten Bäume, suchte sich zwischen Sträuchern, Brennnesseln und Farn einen Weg. Es raschelte und knackte, Vögel lärmten in hohen Ästen. Selbst hier kam ihm alles vertraut vor. Irgendwo weiter links, am Waldrand, hatten sie ein Loch gegraben. Ein richtig tiefes. Ein Schützengraben der Extraklasse, ein tolles Versteck, in dem er heimlich die ersten Zigaretten ausprobiert hatte. Ob es noch da war? Unter totem Laub verborgen? Das wär's noch, dachte Andy. Ich latsche los, fall da rein und komme nicht mehr raus. Instinktiv trat er vorsichtiger auf.

Und nun?

Er drehte sich einmal um die eigene Achse. War nicht schlecht hier. Ein uralter Mauerrest, überwuchert von Unkraut und Moos, bröckelte ein paar Meter entfernt vor sich hin. Weder Fabrikgebäude noch die Villa waren mehr zu sehen. In allen anderen Richtungen: nur Bäume. Hier war er weit genug weg von allem. Meilenweit weg. Wie früher.

Andy holte die Pistole aus dem Rucksack, wiegte sie in seinen Händen. Tja, dann … Er zögerte.

Worauf sollte er zielen? Mist, er hätte eine leere Plastikflasche aus dem Auto mitnehmen sollen, die lagen eigentlich immer irgendwo im Fußraum herum, es gab etliche Kollegen, die genauso chaotisch waren wie er. Er sah sich suchend um.

Vielleicht sollte er einfach mal versuchen, einen Baum zu treffen? Die Birke da, zum Beispiel, fünfzehn, zwanzig Meter vor ihm. Er hob die Pistole und entsicherte sie, so wie Wolle ihm das gezeigt hatte, zielte auf den Baum, spürte seine Hände plötzlich feucht werden. Vorsichtig drückte er den Abzug. Wie tief musste man drücken, bis sich der Schuss …

Ein Knall, viel lauter als er es sich je vorgestellt hätte. Ein Schmerz im Ohr. Die Hand schnellte unkontrolliert in die Höhe. Aha, so ging das also.

Hatte er getroffen? Irgendwas bestimmt, aber kaum die Birke, auf die er gezielt hatte, die stand noch immer kerzengerade und unversehrt in der Gegend rum. Keine Frage, das war etwas völlig anderes als die Ballerei der Gewehre, mit denen er als Jugendlicher auf dem Bonner Pützchensmarkt auf Blechwildschweine angelegt hatte. Und getroffen hatte er schon damals eher selten.

Er hob die Waffe erneut, legte mehr Spannung in Arm und Hand, kniff ein Auge zu, drückte ab.

Weiße Rinde platzte vom Baum. Hey! Nicht schlecht fürs zweite Mal, dachte er, und registrierte ein ganz anderes Gefühl, so eine Art Überlegenheit, endlich stark zu sein, endlich sofort aus dem Weg räumen zu können, was störte. Es war … ein Gefühl der Macht. Der Unverletzlichkeit. Das konnte er jetzt wirklich gut gebrauchen.

Was war mit der Tanne da hinten? Wirkte die nicht irgendwie bedrohlich? Andy drückte ab, der Knall schlug ihm aufs Trommelfell, der Rückstoß stauchte seine Armmuskeln bis zu den Schultern, nur ein paar Zweige bewegten sich, trotzdem begann es ihm Spaß zu machen. Der nächste Schuss durchtrennte einen Ast, der krachend zu Boden fiel.

Ihm fiel etwas ein. Er zog die schmale Dose aus dem Rucksack. Carinas albernes Pfefferspray. Das hatte sie ihm gestern in die Hand gedrückt. Bevor sie ihn an den Inselsheriff verpetzt hatte. Die dämliche Dogge auf dem roten Metallgehäuse knurrte ihn an.

Andy stellte das Döschen auf die Mauerruine und trat zurück.

Tja, welche Entfernung war wohl realistisch? Wie nah würde er seinem unbekannten Gegner kommen? Oder lautete die Frage, wie nah Andy ihn an sich herankommen lassen sollte, bevor es besser war zu schießen?

Na, mal sehen. Er entfernte sich von der Dose und zählte die Schritte. Bei zwanzig blieb er stehen.

Ganz schön klein auf einmal, das Ding.

Er machte fünf Schritte auf die Dose zu, hob die Waffe, zielte, ließ sie wieder sinken, ging noch mal dasselbe Stück in Richtung der Bulldogge.

Okay. Konzentration! Er zielte, feuerte einen Schuss ab. Den Rückstoß hatte er zumindest schon mal besser unter Kontrolle.

Die Dose blieb stehen. Auch den Mauerrest hatte er offenbar nicht getroffen.

Zweiter Versuch. Diesmal splitterten immerhin ein paar Teilchen vom Ziegelstein ab, allerdings einen halben Meter neben dem Döschen.

Er musste aufhören, sonst hätte er bald seine gesamte Munition verballert.

Als er sich auf den Rückweg zum Auto machte, kribbelten seine Arme noch.

Ich werd die Welt verändern, werd endlich alles besser machen, fiel ihm die Songzeile ein. Es war bloß verdammt anstrengend, ein Revolverheld zu sein. *Und ich weiß, dass irgendwann aus böse auch mal gut werden kann* ... Schön wär's.

Matt ließ er sich in den *Smart* fallen und lehnte den Schädel gegen die Kopfstütze. Noch immer summte der Nachhall der Schüsse durch sein Hirn. Er starrte durch die Windschutzscheibe, die Waffe lag in seinem Schoß.

Und dann sah er es. Seine Augen weiteten sich. Sein Herz schlug schneller, sein Puls pochte, sein Mund wurde trocken, das volle Programm, das der Körper fährt, wenn er merkt, scheiße, hier stimmt was nicht. Andy wirbelte herum, erwartete im nächsten Moment, von hinten gepackt zu werden. Aber da war niemand. Er schaute aus dem Seitenfenster, links, rechts, dann starrte er wieder dieses Ding an. Ein Navigationsgerät! So ein mobiles Teil. Das war doch vorher nicht hier drin gewesen! Aber wer ...

Er riss die Fahrertür auf, sprang aus dem Wagen und schaute sich um. Nichts. Niemand. Nicht auf dem Fabrikgelände, nicht im Wald, nicht auf der Straße. Nirgendwo! Das konnte doch nicht wahr sein. So musste es sich anfühlen, wenn man kurz vor einem totalen Nervenzusammenbruch stand. Er beugte sich vor, schaute ins Wageninnere. Das Navi hing immer noch da. An der Windschutzscheibe.

Das war doch nicht möglich.

Als er sich auf den Asphalt sinken ließ, um unter das Auto zu schauen, kam er sich völlig idiotisch vor, natürlich war auch da unten nichts. Langsam setzte er sich wieder in den Wagen. Am liebsten hätte er das Ding gepackt, voller Wut, hätte es auch auf die Mauer gelegt, darauf gezielt und es in Millionen Splitter zerschossen. »Scheiße! Scheiße! Scheiße!« Er war kein Revolverheld, er würde weder die Welt retten noch sich selbst.

Das Fluchen tat gut! Er setzte einen lauten Schrei hinzu. Das baute ein wenig von dem inneren Druck ab. Irgendwann ging es wieder, tief ein- und ausatmend betrachtete er das Navi. »Was willst du mir sagen, du Scheißtyp?«

Er schaltete das Navi ein, der Bildschirm leuchtete auf, das Gerät fuhr hoch, schließlich gab eine kühle, strenge Frauenstimme einen mechanischen Befehl. *»Bitte sofort wenden und am Ende der Straße rechts abbiegen.«*

»Wohin willst du mich führen?«, fragte Andy, doch natürlich wusste die Stimme keine Antwort darauf. Er versuchte herauszufinden, welches Ziel einprogrammiert war, doch gleich maßregelte ihn das Gerät: *»Achtung, Programmierungsfehler. Wenn Sie die bestehende Route verlassen, kann dies einen kompletten Datenverlust zur Folge haben.«*

»Ja, schon gut, blöde Kuh!«, schimpfte Andy, zog jedoch gleich die Hand zurück. Er ließ den Motor an. Alles klar, das Spiel ging weiter. Wenn es denn überhaupt einmal aufgehört hatte. Während er in seinem Wald, in dem er sich sicher und unbeobachtet gefühlt hatte, mit dieser blöden Knarre glaubte, die Oberhand zu gewinnen, hatte sein Gegner ihn die ganze Zeit im Visier gehabt. Und den nächsten Zug vorbereitet.

Er hatte keine Ahnung, wohin diese Reise gehen sollte. Klar war nur: Er würde lang unterwegs sein.

238 Kilometer.

3 h 20 min. So stand es im Display.

Die Zeit würde er auf jeden Fall unterbieten! Auch wenn sie ihn blitzten, er über Rot fuhr oder das Überholverbot missachten musste. War ja eh ein Dienstwagen. Und seine Chefin ohnehin sauer. Alles war so was von egal. Leider war er sich nur allzu sicher: Der Mörder hatte seine Raserei mit Sicherheit schon einkalkuliert. Wie sehr Andy auch raste, er hatte wahrscheinlich keine Chance, rechtzeitig da zu sein. Oder nur eine minimale.

Als er anfuhr und in einer engen Kurve wendete, rutschte die Knarre von seinem Schoß und landete im Beifahrerfußraum. Die hatte er schon ganz vergessen. Genau wie das Gefühl von vorhin, ab jetzt unverwundbar zu sein.

Angemacht

»An der nächsten Möglichkeit bitte links abbiegen.« Josef Bronft schob sich noch ein fünftes Lakritzpastillchen rein. Für den vollen Geschmack. Er nahm nur die ganz starken, sonst schmeckte er nämlich nix mehr nach dreißig Jahren Ehe mit Uschi, die es schaffte, aus allem, aus wirklich jedem Gemüse oder Fleisch den Geschmack komplett herauszukochen, aber die Speisen gleichzeitig mit Fondor und Salz so zu würzen, dass nach dem Essen der Gaumen taub war. »Schulterblick nicht vergessen, Liebelein.«

Fräulein Bräutigam, die aussah, als käme sie gerade erst von Ferien auf dem Immenhof zurück, verrenkte sich fast den Hals beim Schulterblick, wobei sich ihr Kleid über den kleinen Busen spannte, was Bronft nicht entging. So etwas entging ihm nie. Jupp selbst sah aus wie ein Gummibärchen, das zu lange im Wasser gelegen hatte. Eins von den roten. Früher hatte er Fußball gespielt, war sogar mal in der zweiten Mannschaft vom Bonner SC gewesen, er hatte viel trainiert und viel gegessen. Irgendwann hatte er sich schwer verletzt und das Trainieren eingestellt.

Die nächste Möglichkeit links abzubiegen käme erst in rund zwei Kilometern. Die Straße ging quer durch Bonn und hatte vieles in großem Maße zu bieten: Ampeln, bevorzugt rot, unübersichtliche Verkehrsführung, Staus, Baustellen – aber keine Möglichkeit zum Linksabbiegen. Josef, den alle nur Jupp nannten, grinste still vergnügt, während seine 17-jährige Fahrschülerin stetig Ausschau hielt, wo es abzubiegen galt. Um sie weiter zu verunsichern stellte er *Powerradio KKN* lauter. Sein Lieblingssender, besonders am Morgen.

»Immer schön auf die Straße gucken, Fräulein Bräutigam. Und Abstand halten, ganz wichtig.« Nur so wurden die jungen Leute ordentlich auf den Alltag vorbereitet.

Josef Bronft musste husten, wobei ihm die Salmiakpastillen aus dem Mund schossen und von innen gegen die Fensterscheibe klatschten – sah ein bisschen aus wie das Sternbild Cassiopeia. Fräulein Bräutigam bremste erschreckt, und Bronft wurde kurz nach vorne geschleudert. »Passen Sie doch auf!« Er löste schnell die Bremse und gab wieder Gas. »Wenn Sie immer eine Vollbremsung hinlegen, wenn jemand neben ihnen lacht, ist der Führerschein schnell wieder weg.«

»Ihn erst mal haben!«, sagte Fräulein Bräutigam und suchte weiter nach einer Abbiegemöglichkeit.

»Das machen wir schon, Liebelein. Ganz sicher. Ich hab sie noch alle durchbekommen. Aber ein paar Stündchen müssen wir schon noch.« Ein paar gut bezahlte Stündchen. Er würde ihr noch ein paarmal ihre Grenzen aufzeigen müssen, dann investierte sie das Geld dafür. Eine kluge Entscheidung. Für beide Seiten. Bronft schob fünf Salmiakpastillen nach und merkte, dass sein Döschen leer war. Und ohne Pastillen ging nicht. Fräulein Bräutigam atmete durch, als endlich die Linksabbiegespur auftauchte.

»Dann machen wir jetzt mal einen U-Turn, Liebelein. Schulterblick!«

»Beim U-Turn?«

»Immer. Lieber einmal zu viel als zu wenig. Er legte ihr väterlich die Hand aufs Knie. »Vertrauen Sie mir, ich kenne die Prüfer.« Fräulein Bräutigam trug nur ein Sommerkleid, Jupp genoss es, die Haut unter dem dünnen Stoff zu spüren – bis seine Fahrschülerin die Hand fortschob. Prüdes Ding. Früher, als er jung war, da hatten die Fahrschülerinnen noch gewusst, was gut für sie war, und nachher selbst mit einem

Blechschaden die Prüfung bestanden. Damals hatten alle gewusst, wie der Hase läuft, und er hatte auch im Auto rauchen können. Das fehlte ihm sehr, deshalb Salmiak. Aber das war nicht dasselbe.

Fräulein Bräutigam brachte den U-Turn zitternd hinter sich.

»Gut gemacht, aufs Tempo achten, auch nicht zu langsam fahren, immer zügig. Dahinten bei die Tankstelle halten.«

»Aber wir müssen doch gar nicht tanken«, erwiderte das Fräulein Bräutigam.

»Der Wagen nicht«, sagte Jupp lachend. »Aber ich. Statt Super Benzin tank ich Super Salmiak.« Er rieb sich den Bauch, der sich zwischen den beiden strammen Gurten hervorstülpte.

Fräulein Bräutigam fuhr ruppig in die Tankstelle und würgte den Motor beim heftigen Bremsen ab.

»Das können wir aber besser, Liebelein.« Jupp legte seine Hand auf ihre Schulter, streifte mit dem kleinen Finger über ihren Hals. Beim nächsten Mal würden es zwei Finger sein. Und irgendwann die ganze Hand am Nacken.

Sie wendete sich zu ihm. Ihr Immenhof-Gesicht sah jetzt aus, als hätte das süße Pony gerade auf ihre frisch polierten Reitstiefelchen gemacht. »Können Sie bitte mit diesem vertraulichen ›Liebelein‹ aufhören! Ich mag das überhaupt nicht. Und auch diese Tatscherei. Außerdem nervt es mich total an, dass wir ständig an Tankstellen, Kiosken oder bei Ihnen zu Hause anhalten müssen, weil Sie irgendwelche Süßigkeiten brauchen. Das geht alles von der Zeit ab, für die meine Eltern Sie bezahlen.«

Jupp zog die Hand weg. »Ich wollte Ihnen nicht zu nahe treten, Fräulein Bräutigam. Ich rede halt immer mit Händen und Füßen, das ist bei uns im Rheinland so, genau wie in Italien, nicht wahr. Wir sind ja die nördlichste Stadt Italiens. Und Liebelein sagt man bei uns, da ist ganz nett gemeint. Ich bin halt so ein herzlicher kölscher Jung mit dem Herz auf der Zunge, da flutscht das immer wieder raus. Aber wenn Sie möchten, lasse ich das natürlich sofort und auf der Stelle sein.« Er deutet an, einen Reißverschluss über seinem Mund zuzuziehen.

»Ja, das möchte ich«, sagte das Fräulein bestimmt.

»Gut dann machen wir das ab jetzt so. Und das mit den Süßigkeiten tut mir schrecklich leid, nicht wahr, das ist mir jetzt sehr unangenehm, dass sich das bei Ihnen so gehäuft hat. Das war keine böse Absicht, das war jetzt einfach nur Pech. Ich hab da ab jetzt ein Auge drauf. Oder besser: zwei! Aber einmal darf ich mir jetzt noch was holen, oder? Wir machen auch gleich zehn Minütchen länger, ja? Und ich gebe Ihnen gerne eine Dose Cola aus, oder was die jungen Leute heute so trinken. Das tut mir alles von Herzen leid.«

Fräulein Bräutigam lächelte zaghaft. Auf der Weide des Immenhofs schienen nun wieder ein paar Fohlen zu stehen. »Ist gut. Aber keine Cola für mich, da sind mir zu viele künstliche Aromastoffe drin. Nur ein Wasser, stilles bitte.«

»So machen wir zwei das!«, sagte Jupp und wollte ihr gerade auf das Knie klopfen, zog aber rechtzeitig zurück. Er lächelte und brachte extra zwei Fläschchen Wasser mit zurück.

Sie würde durch die Prüfung fallen.

Und nicht nur einmal.

Wenn es nach ihm ginge, würde die läppsche Rotzgöre niemals ihren Führerschein bekommen.

Und es ging nach ihm.

»Kuppeln und das Gas ganz langsam kommen lassen«, sagte Jupp breit lächelnd. »Super machen Sie das. Ganz, ganz super!«

Das Brauhaus *Em Ruude Kappes* lag im Bonner Stadtteil Buschdorf und über dem Eingang prangte der namensgebende Kappes als Reminiszenz an die Zeit, als hier Kohlköpfe verkauft wurden. Jupp Bronft saß an seinem Stammplatz, ganz in der Nähe des Thekenschaafs, wie die kunstvoll geschnitzte Kabine in der Mitte des Brauhauses, die als Sitz des Gastwirts diente, genannt wurde. Der Wimpel auf dem Tisch klärte auf, dass dieses Rund den *Flotten Ferdis* gehörte, wie sich dieser Zusammenschluss von Fahrschullehrern Bonns nannte. Außer Jupp waren noch Schäng, die Noos, der Lange Tünn, Ferdi, seines Zeichens Fahrprüfer und nicht -lehrer, und Hubert-Rudolf da. Hubert-Rudolf stammte aus Westfalen, was schon mal als Erbsünde galt, und hatte sich noch keinen Kosenamen verdient. Er lebte erst seit zwanzig Jahren in Bonn.

Der Köbes stellte vor jeden ungefragt ein neues Früh-Kölsch. »Was darf's zu essen sein? Heute ist Reibekuchentag.«

»Wissen wir doch«, sagte Jupp.

»Schwad nit, bestell.«

»Ähzezupp«, sagte Jupp, dem heute der Sinn nach Erbsen stand. Gemäß dem Grundsatz »Ähze, Bunne, Linse – dat sin se« wollte er heute ein wenig Dampf ablassen. Das gehörte für ihn zu den kleinen Freuden des Alltags. Und dass es seine Uschi ärgerte, wenn er furzend durch die Wohnung stiefelte, machte es nur umso besser.

»Kappeszupp«, sagte Ferdi, der es so gern mochte, wie die Weißkohlsuppe hier mit Schmand angemacht war, und der den geschroteten Senf und das dazu gereichte Röggelchen auch nicht verachtete. Die Noos aß Halven Hahn mit im eigenen Käsekeller gereiften Holländer, der Lange Tünn wie immer Schweinebrode en Frühkölschzauß met Äädäppelsklöß un Kappesschlot und Hubert-Rudolf, nix, wegen Diät. So würde das nie was mit dem Namen geben.

Die Runde quatschte über den Tag und die drissdusseligen Fahrschüler. Beim Stippeföttche, einem hauseigenen Pfefferminzlikör, den sie immer als Absacker nahmen, sagte Jupp dann: »Amelie Bräutigam. Eins und zwei. Und zwei mehrfach.«

Er erntete ein kurzes Nicken.

Der Schäng sagte: »Dennis Schmitz. Nur die eins.«

Wieder nickten alle. Eins, das bedeutete: Wenn der sich bei der Fahrschule meldete, war gerade nirgendwo mehr ein Platz frei. Um einen Wechsel zu verhindern. Zwei stand für: fällt durch die Prüfung.

Jupp klopfte mehrmals auf den Tisch und machte sich auf den Weg zum Fahrschulwagen. Ein neuer Golf, darauf lernten die Meisten gern. Und er bekam bei VW tüchtig Rabatt. Er hatte ihn hinter dem Haus abgestellt, Behindertenparkplatz, vor Jahren hatte er sich mal einen Ausweis besorgt, im Karnevalsverein war da einer von der Stadtverwaltung, der gab guten Freunden, also sehr guten, einen entsprechenden Lappen. Wie Jupp, der dessen halbdebilem Sohn den Führerschein verschafft hatte. Etliche Unfälle, einige auch mit Personenschäden, waren die Folge gewesen, aber das war nicht mehr Jupps Problem. Sollte die Polizei ihm doch den Führerschein entziehen, da wurden die Pfeifen schließlich für bezahlt.

Jupp ließ sich in den Fahrersitz fallen, lockerte den Gürtel und öffnete den obersten Knopf seiner Hose, denn Erbsensuppe und Kölsch hatten ordentlich gefüllt.

Eine feuchte Hand presste sich von hinten kommend auf seinen Mund, dann spürte er, wie eine Drahtschlinge über seinen Kopf gezogen wurde, bis hinunter zum Hals. Und festgezurrt, dass ihm das Atmen schwerfiel. Es ging alles so schnell, dass Jupp vor Überraschung nicht einmal dazu gekommen war, sich zu wehren. Und jetzt war es schon zu spät. Der Draht schnitt fest ins Fleisch.

Die Hand löste sich vom Mund. Jupp atmete tief ein und blickte panisch in den Rückspiegel. Doch es war schon zu dunkel. Sein verfettetes Herz pumpte schwer, das Adrenalin bahnte sich einen Weg durch die verkalkten Blutbahnen. Der Schweiß drang aus den Poren, als wäre sein Körper ein Schwamm, den die Nervosität ausdrückte. Im Nu war sein Hemd durchnässt. Er könnte doch nach hinten schlagen, so schnell würde der Typ sicher nicht zuziehen. Oder um Hilfe brüllen – oder am besten beides. Der Parkplatz war leer und drinnen war es laut, aber wenn er nur mit voller Kraft schrie, dann würde es ganz sicher einer hören.

In diesem Moment zog der Mann hinter ihm den Draht enger.

»Rheinweg.«

Jupp startete den Motor. Rheinweg war gut, Wohngebiet, da würde der Typ ihm sicher nichts antun. Er wollte wahrscheinlich nur die Kohle. Er ließ den Motor an und fuhr zügig zur genannten Straße. Immer wieder blickte er in den Rückspiegel, vor allem wenn das Licht der Ampeln den Innenraum erhellte. Das Gesicht kam ihm bekannt vor. Aber er sah so viele Gesichter. Irgendwie wurden sie mit der Zeit alle zu einem. Die vom Fernsehen und die neben ihm auf dem Fahrersitz. Alles eins.

»Sie tun mir doch nix an, oder? Ich hab Familie. Drei Kinder. Und ich hab nie einem was getan.« Jupp hatte keine Kinder, seine Frau hatte einen Dackel, Dreckstöle, stank immer, vor allem wenn er nass war. Aber sie hatte keine Ruhe gegeben, bis sie das Vieh bekommen hatte.

Der Typ hinter ihm antwortete nicht.

»Sie können mein ganzes Geld haben. Ich geb Ihnen mein Portemonnaie.«

»Rheinweg.«

Der Bursche wollte kein Geld. Verdammte Scheiße. Was wollte der dann? Die nächste Abbiegung und sie waren da. Jupp fuhr rechts ran. »Und jetzt? Was machen wir jetzt? Meine Frau wartet auf mich. Die macht sich sicher schon schreckliche Sorgen. Und die Kinder auch.«

»Beginn der Fahrprüfung«, sagte der Mann. »Acht Fehler und Sie sind tot.«

Scheiße. Scheißescheißescheiße.

»Losfahren.«

Jupp würgte den Motor ab. Das war ihm seit Jahren nicht mehr passiert. Selbst strunzbesoffen nicht.

»Fehler eins«, hörte er von hinten. »Das kannst du doch viel besser, Junge.«

Der Arsch äffte seine Stimme nach, seinen rheinischen Akzent. Wie krank konnte man sein?

»Und jetzt schön an der nächsten Möglichkeit links abbiegen.«

Jupp blickte in den Rückspiegel. Kein anderer Wagen war hinter ihm zu sehen. Jetzt oder nie. Er trat die Bremse durch. Volle Kanne. Mit allem, was er hatte. Der Golf kam zum Stehen, als wäre er gegen eine Wand gefahren, Jupp wurde nach vorne geworfen, der Gurt straffte sich schnell – und der Draht schnitt tief ins Fleisch, bis zu seinem Kehlkopf. Jupp hob röchelnd die Hand um ihn wegzureißen, um den Moment zu nutzen, in dem sein Entführer verwirrt war, und dann zuzuhauen, ihm den Kopf einzudreschen, nicht bloß bewusstlos, er würde ihn totschlagen, er wollte Blut sehen. So was machte man nicht mit ihm, so was machte keiner. Seine

Fingerspitzen erreichten den vom warmen Blut glitschigen Draht, gruben sich ins Fleisch um darunterzukommen, ihn zu lockern.

Doch der Typ hinter ihm hatte sich angeschnallt und jetzt, wo er mit den Fingern leicht druntergeglitten war, zog er mit großer Stärke zu. Jupp brüllte vor Schmerz.

»Fehler Nummer zwei, Junge. Viel zu scharfe Bremsung. Fehler Nummer drei, Bremsen ohne Grund. Anfahren. Und, wie gesagt, links abbiegen.«

Jupp fuhr wieder an. Sein Hals brannte, sein Herz schmerzte, Stiche überall. Er setzt mit klammen Fingern den Blinker. Die Straße war frei, so gut wie nichts los in diesem Wohngebiet der Reichen, wo sich die Villen aneinanderreihten.

»Fehler Nummer vier. Fehlender Schulterblick.«

Drecks Schulterblick! Er hatte den scheiß Schulterblick vergessen. Wer machte den überhaupt? Wozu sollte der Scheiß gut sein bei großen Spiegeln? »Wie soll ich den Mist mit dem Draht denn machen, den Schulterblick? Das geht doch gar nicht. Da musste den Draht lockern.« Duzen war gut. Vertrauen aufbauen. »Wie heißt du denn eigentlich?«

»Die nächste rechts abbiegen.«

Jupp fuhr ganz langsam, bloß keinen Fehler machen. Blick in den Spiegel, Schulterblick, scheiße tat der weh, kein Stoppschild, abbiegen.

»Fehler Nummer fünf. Nicht zügig gefahren. Das kannst du aber besser, Jung. Bis jetzt sieht es nicht gut aus. Aber nicht die Hoffnung verlieren. Ich glaub an dich.«

Wenn er das bei Prüfungen sagte, dann war alles gegessen. Meist sprach er sowieso nur, um die Prüflinge zu irritieren, damit sie durch die Prüfung fielen. Bei denen, die durchkommen sollten, hielt er den Mund – und regelte das im Vorfeld mit dem Prüfer. Wenn die keinen Riesenmist bauten, kamen sie gut durch, das war förderlich für den Ruf. Bei Bronft bekam fast jeder seinen Führerschein.

»Jetzt Kreisverkehr.«

Jupp fädelte ein. Und fuhr im Kreis. Einmal. Zweimal. Dreimal.

»Soll ich nicht mal rausfahren?«

»Jetzt«, sagte der Mann hinter ihm kurz vor einer Abbiegung. Zu kurz.

»Ich fahr noch mal rum, das ist sicherer.«

»Fehler Nummer sechs. Jetzt aber schön vorsichtig, Jung. Sonst fällst du durch. Schon wieder.«

»Das gilt nicht. So mache ich das nie!« Doch das stimmte nicht. Manchmal machte er es so. Aber doch nur als harte Schule des Lebens. Mit einer Frau als Beifahrer musste man mit so was rechnen. Die hatten ja weniger räumliches Denkvermögen und sagten häufig zu spät Bescheid, auch weil sie ständig quasselten.

Er fuhr aus dem Kreisverkehr.

»U-Turn bei der nächsten Möglichkeit.«

»Hier kommt doch Ewigkeiten keine.«

»Nicht reden, fahren. Und immer auf die Straße achten. Super, ganz, ganz super.«

Jupp schaute in den Rückspiegel. Immer wieder. Und auf die Straße. In die Seitenspiegel. Auf den Tacho. Nichts falsch machen. Dann kam ihm eine Idee und er drückte den Zigarettenanzünder rein. Warum war ihm das vorher nicht eingefallen.

Als er aufblickte, fuhr er über eine T-Kreuzung, und nahm einem von recht kommenden Fahrradfahrer die Vorfahrt.

Das war Fehler Nummer sieben.

Wieso sagte der Bursche nix?

Das war alles nur ein Drecksscherz gewesen, oder?

»Weiter geradeaus. Dann in die zweite rechts und bei der ersten Möglichkeit parken.«

»Und was jetzt? Nimmste mir jetzt den Führerschein ab?«

»Nicht reden, Jung. Fahr einfach. Wir reden dann schön in Ruhe.«

Genau seine Worte. Es war nie gut, dem Prüfling während der Fahrt zu sagen, dass er durchgefallen war. Einige wurden dann wütend oder machten irgendeinen Mist.

In der Straße, in die er schließlich abbog, waren Absperrbänder über die Parkplätze gesperrt. Kein Wagen stand dort.

»Was ist denn hier los?«

Jupp bekam Angst. Und zwar noch mehr als schon die ganze Zeit. Er spürte, wie ihm die Pisse das Bein hinunterlief, und auch anal entleerte er sich.

»Anhalten.« Der Draht wurde fester gezogen. Er bekam kaum noch Luft.

Jupp fuhr rechts ran.

»Motor abstellen, Jung«, sagte die Stimme hinter ihm väterlich. Jupp tat es. »Du bist gut gefahren, wirklich, hast viel richtig gemacht, aber es hat nicht ganz gereicht. Du bist durchgefallen, Jung. Aber mach dir nix draus. Probierstes einfach noch mal. Ich helf dir.«

Jupp hielt das Lenkrad fest, versuchte panisch den Zigarettenanzünder zu greifen, aber die Schlinge zog sich fest und immer fester zu. Er versuchte zu schreien, doch es drang nicht mehr genug Luft aus der Lunge. »Hier bin ich durchgefallen«, sagte der Mann hinter ihm nun mit normaler Stimme. »Dreimal. Dann war Schluss für mich. Und für dich ...«

Doch den Rest hörte Jupp Bronft schon nicht mehr.

Achtsam tiefergelegt

Es ging von Witterschlick aus in Richtung Autobahn, später auf die A61 Richtung Mönchengladbach. Das war ein Stück. Sein Schock und seine Angst verwandelten sich mit jedem Kilometer, wurden zu Wut. Der Mörder spielte mit ihm. Jetzt schon wieder, in diesem Augenblick. Dabei war Andy selbst viel lieber der Mittelstürmer als der Ball.

In Mönchengladbach geschah etwas Sonderbares.

Die metallene Frauenstimme leitete ihn in die Stadt, ließ ihn sinnlos herumgurken und schickte ihn dann auf die A44 Richtung Düsseldorf. Das wäre über eine andere Route deutlich fixer gegangen. Andy kapierte erst, worum es wirklich ging, als er sich kurz darauf auf der A3 wieder auf dem Weg zurück nach Köln befand.

Das Navi hatte ihn eine Schleife fahren lassen.

Warum?

Die Antwort war klar: Damit er wieder zu spät kam. Andy trat das Gaspedal durch. Er hatte nie eine faire Chance gehabt, er sollte nur die Leichen finden. Bloß warum? Diesen Drecksjob konnte ja schließlich jeder übernehmen, und er war weiß Gott nicht scharf drauf. Aber diesmal wäre er schneller. Und wenn es nur ein paar Minuten wären, sie konnten entscheidend sein.

Eine knappe Stunde später war er wieder in Bonn. Es gab Ecken der Stadt, die er ertrug, oder Vororte, doch Bonn im Ganzen lag ihm nicht. Der Geruch von Beamtenmief hatte sich über die Jahrzehnte so tief in das Mauerwerk der Stadt gedrückt, dass es Jahrtausende brauchen würde, ihn wieder loszuwerden. Und die Gegend, durch die er nun fuhr, kannte er nur allzu gut. Nicht weit entfernt hatte er seine Jugend verbracht – und die war nicht immer ein Zuckerschlecken gewesen. Deshalb mied er die Ecken lieber. So schön Köln war, es gab ein Problem: Es lag nicht weit genug von Bonn entfernt. Köln sollte ans Mittelmeer verfrachtet werden. Dann wäre alles gut. Und Karneval wäre besseres Wetter.

Andy blickte auf die Waffe, die immer noch rechts von ihm auf dem Wagenboden lag. Die ganze Zeit hatte er Schiss, was passieren würde, wenn er scharf bremste, die Sicherung sich löste und ein Schuss losging. Klar, verdammt unwahrscheinlich, aber trotzdem. Er guckte trotzdem immer wieder hin.

»In 800 Metern links abbiegen, danach haben Sie in achtzig Metern Ihren Bestimmungsort erreicht.«

Die letzte Abbiegung lag vor ihm, Andy wurde langsamer. Sollte er vorher parken und den Rest zu Fuß gehen? Schwachsinn. Wo war er sicherer als im Auto? Und schneller fliehen konnte er auch.

Dann war er da und fuhr sofort rechts ran.

Denn diese Straße war unnormal.

Links und rechts war rot-weißes Flatterband gespannt. Transportable Schilder verrieten, dass heute, und zwar nur heute, ein absolutes Halteverbot galt. Auf fast einem Kilometer Länge. Das war merkwürdig. War das überhaupt erlaubt, außer wenn die Tour de France hier durchraste?

Ein einziger Wagen stand an Straßenrand. Nicht weit vor ihm.

Er holte die Waffe aus dem Fußraum. Doch er entsicherte sie noch nicht. Dann startete er den Motor wieder und fuhr langsam an. Schritttempo. Als er an dem geparkten Wagen ankam meldete sich das Navi wieder.

»Sie haben Ihren Bestimmungsort erreicht.«

Ja, klar, dachte Andy. Nur, dass nicht er selbst entschieden hatte, dass dies der Bestimmungsort war, sondern der durchgeknallte Mörder.

Andy hielt nicht an, doch trotz der Dunkelheit – die nächste Straßenlaterne war gut fünfzig Meter entfernt –, konnte er sehen, dass jemand hinter dem Steuer saß. Und er konnte den Werbetext auf der himmelblauen Fahrertür lesen.

Fahrschule Sonnenschein – Ihre Fahrschule mit dem Lächeln

Und daneben eine lächelnde, strahlend gelbe Sonne, wie von einem Kleinkind gemalt. Er kannte die Sonne. Aber zu seiner Zeit war es noch eine klassische, propere Sonne mit dicken Wangen gewesen, so glücklich dreinschauend, als hätte sie gerade einen Liter Multi-Sanostol auf Ex getrunken.

Das war seine Fahrschule.

Fuck.

Andy stockte kurz der Atem, oder es war ein Aussetzer des Herzens, oder sonst so ein Scheiß, der nicht passieren sollte. War sein Körper jetzt schon wie *Windows*, wo ständig irgend was hakte?

Was sollte es bedeuten, dass da ein Wagen seiner Fahrschule stand? Was wusste der Täter noch alles über ihn? Mit einem Mal kam es Andy vor, als machten all die Morde, all die Toten einen Schritt auf ihn zu, von allen Seiten, als umzingelten sie ihn.

Andy fuhr weiter, gab Gas, wollte weg von dem Fahrschulwagen. Er wendete sein Auto und näherte sich langsam auf der gegenüberliegenden Straßenseite, wobei er die Waffe im Anschlag hielt.

Er hatte damals bei Jupp Bronft seine Prüfung gemacht, so ein athletischer, braun gebrannter Frauentyp mit Brustbehaarung wie King Kong. Ein schleimiger Affenarsch, aber als Fahrlehrer schaukelte er jeden durch – es sei denn, man stellte sich saudumm an. Aber das eben war nicht Bronft gewesen. Oder doch? Wer immer da drin saß, war das der Täter? Warum stieg er dann nicht aus oder machte sonst was? Andy schaltete das Fernlicht an, um den Fahrer des Fahrschulwagens zu blenden und ihn gleichzeitig besser auszuleuchten.

»Sie haben Ihren Bestimmungsort erreicht.«

Scheiße, ja, weiß ich doch, du Drecksackwichsscheißding. Er schaltete das Navi aus und warf es auf die Rückbank, wo sein Rucksack lag. Er war noch nicht dazu gekommen, das Teil auszupacken, noch immer war er vollgestopft mit dem Zeug, das er für den Spontantrip nach Juist gepackt hatte, mit Klamotten, Zahnbürste, Kondomen und Kopfschmerztabletten. Für alle Fälle. Man wusste ja nie. Er wäre jetzt sehr gerne irgendwo gewesen, wo er Kondome und Kopfschmerztabletten brauchte. Hatte er schon viel zu lange nicht mehr. Dabei war Pimpern bedeutend besser für die Gesundheit, als einem Irren zu folgen.

Der Typ im Wagen rührte sich nicht. Es war ein großer, fetter Bursche, also nicht Bronft, der hatte die Fahrschule wahrscheinlich längst verkauft und lebte in den Regenwäldern Borneos mit seinesgleichen.

Er ließ den Wagen laufen, ließ das Fernlicht an, und stieg langsam aus, ohne das Fahrschulauto aus dem Blick zu lassen, die Waffe im Anschlag. Er sah wahrscheinlich aus wie der bescheuerte James Bond. Nur dass Daniel Craig bei einem Fall aus 50 Metern Höhe nur ein paar blaue Flecken abbekam – und er selbst vermutlich gleich zu einem großen Haufen Andymatsch wurde.

Er ging näher.

Entsicherte die Waffe. Aber was würde er tun, wenn der Typ sich bewegte? Ihn abknallen? Vielleicht pennte da nur einer hinter dem Steuer, wachte auf, und bekam eine Kugel zwischen die Augen. Scheiße, das war alles nicht seine Welt.

Noch ein Schritt näher.

»Hallo? Alles klar bei Ihnen?«

Super, Andy. Richte eine Waffe auf jemanden und frag, ob alles gut ist. Das war, als würde der Henker den Verurteilten fragen, ob der Frühstücksspeck schön kross war.

»Ich will Ihnen nichts tun!«

Oh Gott, wie schlecht?! Ich will Ihnen nichts tun – ich fuchtel nur einfach gern mit einer geladenen Waffe herum.

Der Typ antwortete nicht, er rührte sich nicht.

Noch ein Schritt näher.

Ein dicker Typ mit Schnauzbart, den Kopf leicht nach vorne gesunken. Und um seinen Hals eine Schlinge.

Zu spät.

Er war wieder zu spät.

Andy war es so leid, zu spät zu sein.

Er steckte die Waffe wieder ein, atmete tief durch, öffnete die Tür – und schloss sie sofort wieder.

Es stank nach Kacke, Pisse, Angst und Tod. Ein verheerender Cocktail. Er hatte kein Verlangen, näher heranzugehen, um zu schauen, wie der Dicke gestorben war, hatte keinen Bock, das noch mal zu riechen. Aber er musste wissen, wer das war, ob er ihn kannte. *Die Fahrschule mit dem Lächeln* war immerhin mal seine Fahrschule gewesen. Das hatte doch mit ihm zu tun, dieser Mord, das war doch kein Zufall. Er musste mit Wolle reden, der hatte auch bei *Sonnenschein* seinen Lappen gemacht.

Ein älteres Pärchen kam vorbei, eine Schäferhund-Ratte-Kreuzung Gassi führend. Wie gut, dass Hunde sich im Spiegel nicht erkennen konnten. Sonst wäre der hier in die Selbstmordstatistik eingegangen.

Sie schauten ihn an.

»Alles in Ordnung hier, einfach weitergehen.« Jetzt klang er schon wie ein Streifenpolizist, der einen Unfall absicherte.

»Was ist denn hier los? Das ganze Band. Wir konnten hier nicht parken, dabei wohnen wir schon seit dreiundzwanzig Jahren hier. Das kann die Stadt doch nicht einfach machen. Eine Unverschämtheit ist das! Wir werden uns beschweren. Der Dr. Mescherin ist ein guter Freund von uns, der sitzt im Stadtrat. Das wird Folgen haben. Was ist denn mit dem Mann da im Auto?«

Andy ging auf sie zu, um gewinnend zu lächeln, und sie mit einem lockeren Spruch zum Gehen zu bewegen. Dabei spürte er die Waffe in der Gesäßtasche. Hatte er die eigentlich beim Reinstecken wieder gesichert? Scheiße, nein. Das musste er machen, sonst schoss er sich demnächst eine Arschbacke ab. Er zog sie heraus.

»Er hat eine Waffe!«, schrie die Frau, ließ die Leine fallen, schützte ihren Kopf mit den Armen und rannte los, der mit Dr. Mescherin gut befreundete Mann folgte, der pelzige Wolpertinger hinterher.

Mann, das lief ja alles superklasse. Andy musste schnell weg, die würden doch sofort die Bullen rufen. Und dann sah er die nette Frau Radekow wieder. Kurz entschlossen holte er sein Handy hervor, aktivierte die Kamerafunktion, öffnete die Tür des Wagens, hielt die Luft an, streckte den Arm aus und knippste Fotos aus verschiedenen Perspektiven, die Leiche von oben, auf Augenhöhe und von unten. Tür zu. Zurück zum Auto. Und weg. Ganz schnell weg. Schnell über die Grenze. Zurück nach Köln. Noch beim Fahren sah er sich die Fotos an. Auf dem Schoß des Fahrers lag eine Drahtschlinge in Form einer Acht. Doch das war nicht das Schlimmste. Es war das Gesicht des Fahrers. In groß. Vom Fotoblitz grell erhellt.

Andy erkannte das Gesicht unter dem Fett. Das war Bronft. Das war sein Fahrlehrer! Die Augen starr geöffnet, den Mund auch – wie ein an Land verendeter Fisch. Der Draht an den meisten Stellen so tief im blutverschmierten Fleisch versunken, dass er nicht mehr zu sehen war.

Andy hatte plötzlich eine Scheißangst, suchte die Kontakte auf seinem Handy, tippte auf Anruf und stellte laut. Es wurde abgehoben.

»Oh, nein. Nich du schon wieder«, begrüßte ihn Henk.

»Ist auch schön dich zu hören.«

»Was gibt es? Has du wieder einen Leiche gefunde?«

»Fuck, Henk …«

»Andy, kannst du nich auch so schlechte Angewohnheite wie die andere Mensche haben? Saufe, Spiele, Heroin, Käse aus Holland?«

»Henk, mir ist echt nicht nach Witzen zumute.«

»Mir auch nich, Andy. Das kannse mir glaube. Mir ist nach Kotze zumute.«

Dann erzählte Andy ihm alles, auch von dem Hundehalterpärchen.

Henk sagte zu, die entsprechende Polizeistelle zu informieren.

»Und nun? Was willst du jetzt mache, Andy?«

»Fahren«, sagte Andy. »Einfach nur fahren. Einfach geradeaus. Und so weit weg von Bonn wie möglich.«

»Tu mir nur eine Gefalle, Kleiner. Find nicht wiede eine Leiche.«

Andy fuhr zehn Minuten lang durch die Gegend, dann hielt er an, um sich zu beruhigen. Was er hier erlebte, war so verrückt, dass ein einzelner Mensch es nicht aushalten konnte. Dieser Killer war nicht fassbar, hatte keine Methode, kein erkennbares Opfermuster: Kindergärtnerin, Gemüsehändler,

Verleger, Strandkorbvermieterin, Fahrschullehrer – da gab es keinen Zusammenhang. Er mordete, wie es ihm gefiel. Und warum musste er – ausgerechnet er, Andy Otto – daran teilhaben? Weil er ein Journalist war? Weil er darüber berichten sollte? Oder wollte sich jemand persönlich an ihm rächen? Das konnte nicht sein, er hatte mit diesen Leuten nichts zu tun. Gut, Bronft hatte ihm das Autofahren beigebracht, vor einem Vierteljahrhundert, Andy hatte seitdem kein einziges Mal an diesen Menschen gedacht. Und nun fand er ihn tot am Steuer seines Wagens.

Als das Handy vibrierte, brach ihm der Schweiß aus. Was kam nun? War bereits die nächste Leiche für ihn hinterlegt? Mit zittrigen Fingern griff er nach dem Gerät. Carina! Er war so erleichtert, dass es nicht der Mörder war, der da Kontakt zu ihm aufnahm, dass Andy vergaß, nie wieder mit ihr reden zu wollen.

»Carina!«

»Andy!«

Stille, bestimmt eine halbe Minute.

»Andy, ich würde gern mit dir reden.«

»Zusammen mit der Polizei?«

»Andy, ich hatte Angst um dich!«

»Das war gegen die Abmachung.«

»Ich weiß, und das tut mir auch leid. Aber glaub mir, ich habe das nur aus Sorge getan.«

Andy lehnte seinen Kopf zurück. Glaubte er ihr das?

»Bitte, Andy, ich möchte dich so gerne sehen.«

Er brauchte jemanden, sehnte sich nach Wärme, wollte sich anlehnen, ihr Parfum riechen. So einfach war das.

»Okay«, sagte er knapp. Und hörte am anderen Ende ein erleichtertes Seufzen.

Endlich wusste er, wohin seine Fahrt gehen sollte.

In dem Moment, als sich Carinas Wohnungstür öffnete, streifte etwas um seine Beine. Er schlug um sich, dann erst begriff er. »Lamprecht? Hier?«

»Ich hab ihn aus der Wohnung geholt. Frau Kaminke weiß Bescheid. Ich dachte, du freust dich, wenn er dich heute in den Zeh beißt.«

Er sah sie an, starrte sie an. Seine Freundin Carina, die Lamprecht, seit sie ein Paar waren, immer nur mit gehörigem Sicherheitsabstand begegnet war, hatte den Kater aus der Wohnung geholt. Für ihn!

Und dann konnte er endlich nachgeben, sich fallen lassen, in Carinas Arm sinken. Ineinander verschlungen taumelten sie ins Schlafzimmer, sanken aufs Bett, lagen einfach da und küssten sich. Der Andy von früher, der hätte das jetzt ausgenutzt, hätte den Macker gegeben, die ganz große Nummer durchgezogen, mit allem Pipapo. Doch er war nicht mehr derselbe. Sie schliefen nicht miteinander, sondern lagen einfach nur so da, trotzdem waren sie sich noch nie so nahe gekommen. Für Andy war das neu. Und irgendwie war es sogar richtig gut.

Jetzt mal sachte

Die Glocken von Sankt Severin weckten ihn. Es brauchte etwas, bis er sich orientiert hatte. Er lag in Carinas Bett, Lamprecht an seiner Seite. Die Glocken läuteten noch immer – offenbar war es bereits sieben Uhr. Wo steckte Carina?

Er rappelte sich hoch. Keine Carina im Bad, dafür eine Nachricht auf dem Küchentisch: *Bin im Sender! Schön war's. Bin froh, dich wiederzuhaben.* Darunter ein Herz.

Andy warf einen Blick auf die pinkfarbene Küchenuhr. Kurz nach zwölf! Er kippte fast aus den Latschen. Wie erschöpft er gewesen sein musste! Die letzten Tage hatten ihn fertiggemacht. Gleichzeitig versetzte es ihm einen Stich, dass es völlig egal war, wie lange er schlief. Dass er keinen Job mehr hatte – während Carina pünktlich zur Arbeit aufbrechen musste.

Er nahm eine Dose mit Katzenfutter, die auf dem Küchentisch stand, öffnete sie und füllte Lamprechts Teller. Dann suchte er nach etwas Essbarem für sich selbst. Der Kühlschrank sah nach *Weight watching* aus. Salat, Tomaten, eine Gurke, Magerquark. Schnell wieder zu. Auf der Ablage lag immerhin eine geöffnete Tüte Gummibärchen. Andy brühte sich dazu einen Kaffee.

Dann endlich war er bereit für die Fotos der vergangenen Nacht. Die meisten waren unterbelichtet, aber zumindest bei zweien hatte der Blitz eingesetzt, man erkannte das aufgequollene Gesicht des Fahrlehrers zweifelsfrei, am Hals den Metalldraht, der ihm die Luft abgeschnürt hatte. Die Acht, die der Täter mit dem Draht geformt und auf den Schoß des Toten gelegt hatte, war nicht so gut zu erkennen, aber Andy hatte sie auch ohne Foto noch sehr gut vor Augen.

Ein weiteres ausreichend belichtetes Foto zeigte zwar wenig von Bronft, dafür war das Wageninnere gut zu erkennen. Etwas Müll lag herum, für Details allerdings war die Darstellung auf dem Handy zu klein. Carinas Laptop stand auf einem Tischchen im Flur, er fuhr das Gerät hoch. Das Hintergrundbild zeigte eine Strandaufnahme, sah aus wie auf Juist, aber die Nordsee sah ja überall gleich aus. Er fand ein USB-Kabel und lud seine Fotodateien auf den Rechner. Endlich hatte er die Aufnahmen in Bildschirmgröße vor sich. Jetzt sah das schon viel besser aus – schöner allerdings nicht. Dieser Draht um Bronfts Hals, wie furchtbar musste es sein, auf diese Weise zu sterben? Das nächste Bild wanderte er Zentimeter für Zentimeter ab, um bloß nichts zu übersehen. Auf dem Beifahrersitz lag eine Blechdose mit Salmiakpastillen, in der Beifahrertür steckte eine halb leere Colaflasche und im Fußraum meinte er zusammengeknülltes Papier zu erkennen. Andy vergrößerte den Ausschnitt. Das Bild wurde unscharf, dennoch ließ sich noch etwas erkennen. Das war ein Papiertütchen mit roter Aufschrift. Kam ihm irgendwie bekannt vor. Er hängte sich direkt vor den Bildschirm, in der Hoffnung, etwas entziffern zu können. Und tatsächlich: Er entzifferte ein großes *W* und ein *o*, dann allerdings nur Geknitter. Irgendwo später drei weitere Buchstaben: *Wit*. Andy stockte. Das war eine Tüte von Wolle! *Wolle's Büdchen – täglich frische Witze!* – das stand bei seinem Kumpel drauf. In solche Tüten steckte Andy seit Jahren jeden Morgen ein paar süße Mäuse, die beiden Schlümpfe … kein Zweifel! Was bedeutete das? Klar, Wolle kannte den alten Fahrlehrer, ganz sicher, vielleicht konnte er ihm etwas dazu sagen – oder war Wolle … hatte Wolle …?

In Andy zog sich alles zusammen. Natürlich! Fieberhaft überlegte er, was er überhaupt über Wolle wusste. Okay, er gehörte als Randfigur zu seinem Leben – und das schon sehr lange. Er war mit ihm zur Schule gegangen, zumindest eine Zeit lang. Dann hatte Wolle eine Ehrenrunde gedreht, später noch eine, der Kerl war nie besonders erfolgreich gewesen, keiner, den man bei Günther Jauch als Telefonjoker angeben würde, es sei denn, es ging um Schlümpfe, Shit und Schießgewehre. Oder um blöde Witze. Andy zwang sich zur Ruhe und massierte seine Schläfen. Wolle war der Typ von nebenan, der Mann direkt vor Andys Haustür. Aber gestern hatte er ihm ein anderes Gesicht gezeigt, und das hatte alles andere als freundschaftlich gewirkt. Konnte es tatsächlich sein, dass Wolle – Witze-Wolle! – mit diesen Morden zu tun hatte?

Die Witze! Wolle hatte erzählt, dass er ein Buch schreiben wollte. Hatte er womöglich mit diesem Verleger aus Münster zu tun gehabt? Was aber war mit Christine Osterling aus der Kita in Hürth – eine Affäre? Genauso wie die Frau auf Juist? Zumindest war Wolle in früheren Jahren viel herumgekommen – allein schon in seiner Bundeswehrzeit, er hatte sich damals doch für ein paar Jahre verpflichtet, oder nicht? Und er hatte eine Zeit lang in der Gastronomie gejobbt, bevor er sein Büdchen aufgemacht hatte. War das nicht in der Eifel gewesen?

Andy war plötzlich wie gelähmt: Das *Hello-Kitty*-Handy! Er hatte es vor Wolles Kiosk gefunden, den er jeden Tag zur selben Zeit aufsuchte. Wie blöd musste man eigentlich sein? Wolle selbst hatte das Teil dort platziert, er wusste doch am besten, dass Andy es nicht hätte übersehen können. Der Täter hatte jeden seiner Schritte beobachten können – und hatte er nicht täglich mit Wolle Kontakt gehabt?

Vielleicht passte das alles zusammen, vielleicht war Andy mit seinem Verdacht auf der richtigen Fährte. Doch eines wollte nicht in seinen Kopf: Warum sollte Wolle das tun? All diese schrecklichen Morde? Und welche Rolle spielte Andy dabei?

Okay, Wolle hatte ihn immer irgendwie bewundert. Und wahrscheinlich insgeheim gehofft, dass Andy ihn groß rausbrachte? Im schlimmsten Fall: Ihn als Killer groß rausbrachte? Mein Gott, musste Wolle ihm irgendwas beweisen? Andy schluckte. Vielleicht hatte Wolle ihn gar nicht bewundert, sondern ihm vielmehr seine Erfolge missgönnt! Dass die Mordserie eine Art Rachefeldzug sein könnte, der Gedanke war Andy bereits mehrfach gekommen. Doch was kam dann als Nächstes? Andy stürzte zu seinem Handy und tippte Henks Nummer an.

»Geh dran!«, beschwor er den Piepton. »Bitte, Henk, verdammt, geh dran!«

»Andy, ich hör dir nur zu, wenn du keinen neue Leiche für mich hast.« Endlich Henks niederländischer Singsang. »Dieser Fahrlehrer hat mich um meine Schönheitsschlaf gebracht.«

»Wolle«, überging er Henks Bemerkung. »Es ist Wolle.«

»Wolle«, wiederholte Henk in unverkennbar ironischem Ton. »Willst du mit die Stricken anfangen? Da würd Philipp sich aber sicher freue, er verkauft Wolle in die Kaufhof.«

Und dann erzählte Andy alles, was er wusste – oder sich zusammenreimte.

»Hey«, sagte Henk anschließend. »Das is tatsächlich heiß. Wer weiß, ob die Kollege diese Tütchen schon nachgegange sind. Name und Adresse von diese Wolle?«

»Sein richtiger Name ist Wolfgang Rademacher. Ich habe keine Ahnung, wo er wohnt, aber für so etwas habt ihr ja bestimmt irgendwelche Melderegister.«

»Den finde wir. Wo ist der denn gebore worde?«

»In Bonn. Im selben Jahr wie ich.« Mein Gott, der Kerl war so verdammt nah an ihm dran. »Und jetzt? Was macht ihr?«

»Bestimmt nicht hinfahren und eine Kaffee bestelle. Lass uns nur machen, okay?«

»Okay.«

»Es ist die Acht, Henk, hörst du. Die Acht!«

»Du has heut komische Rätsel für mich, Jung. Was is mit die Acht?«

»Acht Morde sollen es werden. Wolle ist irgendwie fixiert auf diese Zahl.«

»Warum?«

»Frag mich nicht. Denk nur an die Acht.«

Henks Erwiderung kam langsam, als dächte er nach, ob sein Gesprächspartner noch alle Tassen im Schrank hatte. »Gut … und ... Andy? Wo bist du?«

»Bei Carina, wieso?«

»Da bleibs du auch! Rühr dich nicht von die Fleck! Wenn du zu diese Wolle fährst, wirs du von mir persönlich durch die Strickliesel gedreht. Has du verstande?«

»Okay«, sagte Andy. »Okay.«

Nichts war okay. Die folgenden Stunden waren der Horror. Schlimmer als die Hektik der vergangenen Tage. Das Gefühl, abwarten zu müssen und zum Däumchendrehen verdammt zu sein, machte ihn wahnsinnig. Zweimal klingelte das Handy. Er stürzte hin, in der Hoffnung, Henk würde sich melden. Einmal zeigte das Display die Nummer seiner Mutter. Er drückte sie hemmungslos weg. Vorwürfe, weil er an Vatis Todestag überstürzt aufgebrochen war, würde er jetzt nicht ertragen.

Das andere Mal war es die Schmölln, da ging er auch nicht dran, doch kurz darauf erreichte ihn eine ätzende SMS: *Herr Otto, wenn Sie derzeit unrechtmäßig den Sender-Smart nutzen, so wird das böse Folgen für Sie haben. Stellen Sie das Dienstauto umgehend auf den Parkplatz zurück! S. Schmölln.* Mal gucken, ob er das wirklich tun würde ...

Seine Laune wurde nicht besser, als er das Radio anschaltete und die Kollegen vom Sender sich in sein Bewusstsein quasselten. *Die besten Hits der Achtziger und Neunziger* – der Mist schien mehr als Jahrzehnte zurückzuliegen. Als das Handy erneut klingelte, drehte Andy das Radio wieder ab. Diesmal war es nicht Mutter, sondern sein Bruder.

»Markus, was gibt's?«

»Andy, bist du's?«

»Nein, ich bin sein Anrufbeantworter.«

Markus lachte nicht. Er sagte überhaupt nichts. Im Grunde waren Gespräche mit Markus nicht besser als die mit seiner Mutter.

»Markus, was gibt's?«, fragte er irgendwann erneut.

»Mutter ruft mich dauernd an«, sagte Markus ungerührt. »Sie sorgt sich, weil sie dich nicht erreicht. Weder zu Hause noch auf dem Handy.«

»Mutter sorgt sich nicht«, stellte Andy richtig, »sie möchte sich lediglich beschweren.«

»Auf jeden Fall ruft sie bei mir an, wenn sie dich nicht erreicht.«

Ja und? Markus hatte doch eh den ganzen Tag Zeit! Im letzten Moment schluckte Andy die Bemerkung hinunter.

»Ich bin bei Carina, aber ich melde mich demnächst mal bei ihr.«

Demnächst mal war gut. Das konnte in drei Minuten bedeuten – in drei Stunden – aber auch in drei Tagen.

»Sag mal!«, fiel es Andy plötzlich ein. »Kannst du dich noch an Wolle erinnern?«

Wieder nichts am anderen Ende der Leitung. Mit Markus zu telefonieren war wie Tischtennisspielen, ohne dass auf der anderen Seite jemand stand.

»Welche Wolle?«

»Nicht *die* Wolle, sondern *der* Wolle. Wolfgang Rademacher – bei uns aus dem Ort.«

Eine endlose Pause, die Markus offenbar brauchte, um genug Wörter für den nächsten Satz zusammenzusammeln. »Ach ja, der war bei mir in der Abschlussklasse.«

»Genau, den meine ich. Weißt du etwas über den?«

Oha, das war eine sehr offene Frage. Es würde Stunden dauern, bis Markus darauf eine Antwort geben konnte. Vielleicht sollte Andy derweil den Fernseher anstellen. Markus hatte, nachdem Mutter den Laden verkaufen musste, mal aushilfsweise Briefe ausgetragen. Wie viele hat er pro Tag geschafft – zwei? Und als Fotograf – waren da seine Kunden eingepennt, bis er das richtige Objektiv aufgeschraubt hatte? An Markus' Zeit bei McDonald's wollte Andy gar nicht denken. Sicher hatte er dort den Stundenburger erfunden, echte Wertarbeit, bei der die Brötchenhälften noch liebevoll von Hand aufgeschnitten wurden.

»Ich hab den hundert Jahre nicht gesehen«, kam es von Markus, noch bevor es Nacht geworden war. »Aber hast du nicht mal erzählt, dass er irgendwo einen Kiosk betreibt?«

Andy begrub das Projekt. Markus auszufragen war so ergiebig, wie in der Eifel nach Erdöl zu bohren.

»Also! Ich ruf bei Mutter an, versprochen, Bruderherz!« Dann legte Andy auf und hatte wieder nichts zu tun. In seiner Verzweiflung trieb es ihn irgendwann an Carinas Bücherregal. Unmengen von Büchern, aber kein einziger Krimi. Typisch! Als er einen Reiseführer über die Eifel herauszog, rutschte ein rosa Heft mit aus dem Regal. Ein rosa *Hello-Kitty*-Schulheft. Diese Kitschmarke hatte ja offenbar den Durchbruch in allen Altersklassen geschafft. Das Heft war leer. Gott sei Dank hatte Carina es nicht auch noch mit persönlichen Sinnsprüchen gefüllt. Andy stellte es zurück und las ein wenig über die Eifel. Kein Satz blieb länger als zehn Sekunden in seinem Bewusstsein. Sein Hirn war ein Sieb mit riesigen Löchern. Nur die Angst blieb darin hängen.

Als er zum Klo ging, sah er am Boden etwas liegen, das vorhin noch nicht dort gewesen war. Ein schneeweißer Umschlag, der offenbar unter der Wohnungstür durchgeschoben worden war. Reflexartig riss Andy die Tür auf, doch natürlich war niemand mehr da. Beklemmung machte sich in Andy breit. Er hatte zu viel erlebt in den letzten Tagen, um diesen Umschlag für einen Zufall zu halten.

Vorsichtig bückte er sich nach dem Kuvert, mit spitzen Fingern riss er ihn auf. Das war kein Brief, sondern eine Eintrittskarte. Ein Open-Air-Konzert eines Bundeswehrorchesters im Sauerlandpark Hemer. Datum: heute! Die Acht für den Monat August war rot umrandet. Wieder einmal. Er sollte dorthin fahren – so viel war schon mal klar. Wolle spielte sein Spiel weiter mit ihm. Wolle wusste, dass er hier war, er musste ihm gestern bis zu Carinas Wohnungstür gefolgt sein, dieser kranke Typ.

Andy nahm sein Handy, Henk war sofort am Apparat.

»Die Vogel is ausgeflogen«, erklärte Henk ohne lange zu fackeln. »Die Kollegen waren an die Kiosk, aber dort verkauft heute ein Aushilfskraft die Schlickersache. Und in die Wohnung von Rademacher haben wir zwar alles Mögliche entdeckt, nur leider nicht Wolle oder sonstige Strickzeug.«

»Was denn genau?« Andy biss vor Aufregung fast in sein Handy.

»Das sind Insiderinformatione«, spielte Henk sich auf. »Geht dich nix an, was diese Waffennarr in seine Wohnung verbirgt. Ich kann dir nur sage, die Kollegen aus die Rüstkammer waren richtig neidisch.«

Andy schluckte. Wolle hatte ihm eine Waffe besorgt. Er musste sich krankgelacht haben, als er seinem verängstigten

Gegner aus der bis obenhin gefüllten Waffensammlung irgendein Schrottmodell angedreht hatte – für zweitausend Euro.

»Er war hier«, sagte Andy stumpf.

»Was sags du da?« Henks gemütliche Hollandrad-Stimme klang plötzlich, als hätte sie zum ersten Mal eine Abfahrt gesehen.

Andy erzählte von dem Umschlag und der Eintrittskarte darin. »Sauerlandpark«, sagte er zum Abschluss. »Wo genau ist das?«

»Weißt du nicht, wo die Sauerland is?«, wies Henk ihn zurecht. »Jede Menge Berge sind da, wo man Ski laufen kann. Nicht zu hoch – für uns genau richtig. Fahre wir Niederländer sehr gern hin.«

»Das Sauerland kenne ich«, moserte Andy zurück. »Hemer allerdings habe ich noch nie gehört.«

»Muss Randlage sein«, erklärte Henk, »wir werde eine Fahndung dort organisiere. Bei dir schicke ich Kollege vorbei, die die Eintrittskarte abholen kommen. Bis du noch bei deine Carina?«

»Klar, das hast du mir ja befohlen.«

»Eins noch«, Henks Stimme klang ernst. »Die Mordfälle sind bei die Kripo inzwischen offiziell als Serienmorde eingestuft worde. Deine alte Bekannte Bianca Radekow leitet die Ermittlunge. Ich muss dir nicht erkläre, dass sie dich im Blick hat.«

»Aber ich habe ein Alibi für die Taten«, beschwerte sich Andy.

»Mag sein, aber du bis trotzdem ein Schlüsselfigur, eine Mitwisser, eine wichtige Zeuge, eine Komplize.«

»Henk …«

»Könnte zumindest die Radekow so sehe«, beeilte sich der Niederländer zu sagen. »Andy, auch in deinem eigenen Interesse: Halt dich da raus!«

»Jaja.«

»Nix jaja. Du bleibst, wo du bist. Nich, dass du auf die Idee komms, heut Ski fahren zu gehe.«

Böse erwacht

Zufrieden registrierte er, dass die A1 richtiggehend leer war, und so drückte er ordentlich auf die Tube. Knappe anderthalb Stunden Fahrt lagen vor ihm – wenn er nicht doch noch in einen Stau geriet. Er schob eine CD ein und Sekunden später ließ der brüllende Sound von Manowar den Honda erzittern. Genau die richtige Mucke, um in Stimmung zu kommen. Obwohl – eigentlich war er schon in Stimmung. O Mann, er freute sich echt auf das Treffen. Wie lange war das alles jetzt her?

Mit 160 Sachen jagte er auf eine Lkw-Kolonne zu.

Die E-Mail war völlig überraschend gekommen. Vor vier Tagen.

Hi, hatte Heiko geschrieben, *erinnerst du dich? Ich hab mal nach den kameraden gegoogelt. Dachte, man muss sich mal wieder sehen. Bisschen quatschen über die alten zeiten. Ernie und günni hab ich schon gefunden. Und jetzt auch dich. Was machstn so? Egal, kannste uns bald erzählen. Wir wollen uns treffen. Im sauerlandpark. Sagt dir das was? :-) Genau, in der alten kaserne. Haste bock? Dann sag bescheid, Zimmer ist schon reserviert. Sechsmann-bude natürlich, huhu, nee scherz ;-) Und 'ne uberraschung gibt's auch.*

Es folgten Ort und Zeit.

Sechs-Mann-Bude. Er musste grinsen. Im nächsten Moment setzte sein Herz einen Schlag aus. Er trat voll in die Eisen. Zog der Idiot mit seiner Karre doch tatsächlich auf die linke Spur! »Arschloch«, brüllte er, und setzte die Lichthupe, doch der Fahrer des Vierzigtonners ließ sich natürlich weder vom einen noch vom anderen beeindrucken.

Also zockelte er mit Tempo 97 die nächsten zwei Kilometer hinter dem Laster her. Was für ein Penner! Einen kurzen Moment dachte er daran, die Walther PPK aus dem Handschuhfach zu holen, das Beifahrerfenster herunterfahren zu lassen und auf den Lkw-Fahrer zu zielen, wenn er gleich an ihm vorbeizog. Hatte neulich mal jemand gemacht. Stand jedenfalls in der Zeitung. Klar, so bescheuert würde er natürlich nicht sein. Er begnügte sich damit, nachdem der Lkw endlich eingeschert war, den Truck zu überholen, sich vor ihn zu setzen und noch mal auf die Bremse zu treten. Im Rückspiegel bemerkte er mit Genugtuung, wie die Lichter des Lasters aufblendeten und wie sich die Zugmaschine leicht nach vorn senkte.

Er selbst drückte aufs Gaspedal und rauschte davon. Grinsend sah er, dass der Lkw-Fahrer noch mal aufblendete, aber da hatte er zwischen sich und den Brummi schon zweihundert Meter gelegt.

Heiko, Ernie, Günni und er. Sie waren ein gutes Team gewesen damals. Wieso hatten sie sich eigentlich aus den Augen verloren? Na, egal, er war gespannt, was die anderen zu erzählen hatten.

Doch, war schon 'ne coole Zeit gewesen beim Bund. Klar, viel Scheiß hatten sie auch gebaut. Aber alles noch im grünen Bereich, logisch. Auch wenn das einige vermutlich etwas anders sahen.

Die Tachonadel stand wieder bei 160, aber er sah frustriert, dass er gleich wieder abbremsen musste, und setzte den Blinker links.

Er musste laut auflachen beim Gedanken an diesen schrägen Ausbilder, wie hieß der noch gleich? Junge, der war vielleicht drauf gewesen! Wenn der einen auf dem Kieker hatte, dann sah's nicht gut aus. Und irgendjemanden hatte er immer auf dem Kieker, aber ihr Quartett nie. Zum Glück.

Manfred! Genau, so hieß er. Unteroffizier. Uffz Manfred hatte einen Blick für die Luschen. Dann haute er die Sprüche raus wie Dieter Bohlen, wenn der seinen grenzdebilen Superstars Licht ans Fahrrad machte. Was hatte er immer gebrüllt, wenn ihm irgendwas gegen den Strich ging? Genau! »Mir platzt gleich der Arsch!« Also, Manfred war jetzt nicht so einer wie bei diesen Folterskandalen, die vor einiger Zeit ans Licht kamen. Folterskandal, da konnte er manchmal auch nur mit den Augen rollen. War das gleich Folter, wenn man jemandem einen Sack über den Kopf zog? Oder ihn ein bisschen mehr Wasser trinken ließ? Bisschen verweichlicht waren einige Rekruten ja schon. Klar, diese Stromstoßgeschichten, die waren wirklich nicht astrein. Aber auf solche Ideen wäre man damals nicht gekommen.

Sie krochen langsam wieder heran, die Erinnerungen.

Er kicherte beim Gedanken an diesen Rekruten, dem sie kurz vor der Zimmerkontrolle ins Bett gepinkelt hatten. »Ich war's nicht«, hatte der gejammert. Und Manfred hatte gesagt: »Na, wenn du es nicht warst, musst du es auch nicht wegmachen.« Der Typ hatte die ganze Nacht in der Pisse gelegen. Wahnsinn. Wenn's nicht irgendwann so gestunken hätte, wäre es noch lustiger gewesen.

Ach ja, und dieser Heini, dem sie vor irgendeinem Marsch zwei fette Steine in den Rucksack geschmuggelt hatten. Bei der ersten Rast zog der Typ völlig verdattert die Klötze raus. Manfred natürlich gleich in Bestform: »Zwei Steine, sehr löblich, kann man immer brauchen, um dem Russen damit beim Nahkampf eins überzubraten!« Die Steine musste der Depp natürlich weiter mitschleppen. Nee, was hatten sie gelacht.

Und natürlich gesoffen ohne Ende. Er erinnerte sich an diesen Idioten, dem sie *Goldkrone* eingeflößt hatten, bis er kotzte wie ein Reiher. Oder war das sogar derselbe mit der Pisse gewesen? Na, einer von den Kumpels würde es wissen.

Er erreichte schließlich Hagen, fuhr ein Stück Landstraße, wechselte dann auf die A 46, zwanzig Kilometer noch.

Eine Viertelstunde später parkte er den Honda auf dem großen Parkplatz, den Heiko als Treffpunkt angegeben hatte.

Das Gelände sah nicht mehr ganz so aus, wie er es in Erinnerung hatte. Die Blücher-Kaserne war 2007 geschlossen worden. 2010 hatte auf dem Gebiet die Landesgartenschau stattgefunden, seit 2011 hieß das Ganze *Sauerlandpark Hemer*. Irgendwie auch ein trauriges Schicksal, dachte er.

Er parkte, stieg aus dem Wagen und sah sich um. Offenbar war er der Erste. Er setzte sich wieder in den Honda, holte sein Smartphone heraus und tippte sinnlos darauf herum.

Autos fuhren vor, andere rollten vom Parkplatz. Familien, stiegen ein, Paare stiegen aus – niemand blieb am Eingang stehen und sah sich suchend um.

Irgendwann kletterte er wieder aus dem Wagen, schaute auf die Uhr. Mist, wo blieben die denn? Standen seine Kumpels im Stau? Er hätte mit Heiko die Handynummern tauschen sollen. Blöd.

Was das wohl für eine Überraschung war, von der Heiko geschrieben hatte. Ob er Manfred ausfindig gemacht hatte? Das wär's ja noch!

Er vertrat sich ein bisschen die Beine. Ein Typ kam auf ihn zu, hob die Hand zum Gruß.

Was war das denn für ein Vogel? Er kniff die Augen etwas zusammen, dann machte es Klick. Ach du Scheiße, der Bettnässer! War das Heikos Überraschung? Ist ja zum Schießen, dachte er.

»Du auch hier?«, sagte er.

»Offensichtlich«, sagte der andere.

»Das is' ja 'n Ding!«

Sie standen sich jetzt gegenüber; der andere schwieg.

Na, schien ja 'ne echte Stimmungskanone geworden zu sein, der Bettnässer, dachte er. »Und?«, fragte er darum betont fröhlich. »Machsten so?«

»Läuft gut«, sagte der andere. »Hab ziemlich Glück gehabt in letzter Zeit.«

»Was denn? Lotto gewonnen?«

»Nee, hab 'ne halbe Million bei Jauch gewonnen.«

»Echt?«

»Scherz.«

»Ach so.«

Wieder Schweigen. Weil ihm nichts Besseres einfiel, zeigte er auf ein Veranstaltungsplakat: »Haste gesehen? Heute spielt das Musikkorps der Bundeswehr. Klassikkram. Die alten Kollegen. Ich hoffe nicht, dass Heiko mit uns da hingehen will.« Er lachte, aber es klang unsicher, das merkte er selbst.

Der andere lachte nicht, sondern sagte: »Glaub ich nicht, dass Heiko mit uns da hinwill.«

O Mann, der Vogel war ja wirklich 'ne Spaßbremse.

Jetzt stand der Typ da und taxierte ihn ziemlich unverhohlen. Wirkte fast schon unheimlich.

Seine Laune sank. Außerdem fühlte er sich zusehends unwohl. »Sach ma, damals, die Sache.« Er zögerte, der andere sah ihn aufmerksam an. »Das nimmste uns doch nich' mehr übel oder? War bloß Spaß, ne?«

»Scherz?«

»Scherz, genau! Ham wir doch alle gemacht, was?« Mann, langsam wurde es ihm echt zu blöd hier mit dem Dämlack.

Statt zu antworten, zog der Bettnässer ein Handy aus seiner Hosentasche und hielt es sich ans Ohr. Ein paar Sekunden nur, dann steckte er das Handy wieder weg und sagte: »Heiko und die anderen verspäten sich.«

Er guckte fragend.

»Stau.«

»Aha.«

»Komm mal mit«, sagte der Typ. »Ich hab Fotos im Auto.«

»Fotos?«

»Von früher. Sind ein paar ganz lustige dabei.«

Er trottete unsicher hinter dem Typ her. »Wo stehst du denn?«, fragte er.

»Da hinten. Der blaue Van.«

»Neben dem Toilettenwagen?«

»Genau.«

»Super, kann ich gleich mal pissen.« Er folgte dem anderen. Mannomann, das war wirklich eine 1a-Idee von Heiko gewesen, den Bettnässer einzuladen! Mit dem würden sie ja richtig Spaß bekommen! »Haste was am Bein?«

Der Bettnässer drehte sich fragend um.

»Du humpelst ein bisschen.«

Der Bettnässer ignorierte die Frage und ging weiter. Dann hatten sie den blauen Van erreicht.

»Toll, kaputt«, sagte er.

»Was?«, fragte der Bettnässer.

»Kaputt. Der Toilettenwagen.« Er zeigte auf ein Schild an den Eingangstüren. Auf beiden stand *Defekt – nicht benutzen*.

Der Bettnässer kommentierte auch das nicht weiter. Stattdessen zog er die Funkfernbedienung seines Autos aus seiner Jeans, er machte ein paar umständliche Bewegungen, dann fiel ihm das Ding aus der Hand und auf den Boden.

Er wollte behilflich sein, bückte sich und im nächsten Moment spürte er einen kurzen stechenden Schmerz am Hals.

Er erwachte davon, dass ihm jemand Wasser ins Gesicht schüttete. Wasser? Nein, eine gelbe, stinkende Flüssigkeit. Er spuckte, wollte das Zeug wegwischen, doch er konnte sich nicht bewegen.

Stille. Halbdunkel. Von weit drang seltsamerweise Musik an sein Ohr. Blasmusik? Ach ja, die Bundeswehrkapelle, erinnerte er sich.

Er versuchte sich zu bewegen, aber es gelang ihm nicht. Da war etwas. Etwas, das ihn lähmte. Sein Kopf dröhnte, er hatte Kopfschmerzen wie noch nie in seinem Leben. Sein Schädel fühlte sich an wie eine zentnerschwere Eisenkugel.

Wo war er? Er versuchte, den Kopf zu bewegen. Doch da war ein großer Druck, gegen den er ankämpfen musste. Er spürte etwas Hartes, Kaltes unter sich. Selbst die kleinste Bewegung seiner Augen schmerzte ihn.

Wo war er? Keine Fenster, keine Türen, zumindest sah er keine. Aber da war Feuchtigkeit, Kälte an seinem Körper, auf seinem Gesicht. Und dieser scharfe Geruch nach abgestandener Pisse, der nicht weichen wollte. Jemand hatte ihn mit Pisse begossen. Langsam drehte er den Kopf, millimeterweise. Eine schmutzig weiße Decke, dann eine weiße Wand, nein, keine Wand, das waren Türen. Eine gleichförmige Reihe weißer Türen. Er erkannte, wo er war: in einer Toilette.

Ein Gesicht tauchte in seinem Blickfeld auf. Der Bettnässer!

»Kamerad!«, sagte der Bettnässer in zackigem Tonfall. »Stillgelegen!« Er kicherte über seinen Witz, dann sagte er, in fast schon versöhnlichem Ton: »Junge, Junge, hast du dir dein ganzes Gedächtnis rausgesoffen? Oder hast du es dir mit dieser Heavy-Metal-Scheiße rausgedonnert?«

Er starrte den Mann an. Er sah. Aber er verstand nicht.

Der Bettnässer hielt die Nase schnuppernd in die Höhe: »Riechst du diesen Duft? Diesen lieblichen Duft nach Ammoniak?«

Er wollte etwas sagen, aber es kam nur ein Lallen aus seinem Mund. Kaum, dass er seine Zunge bewegen konnte. Scherz, dachte er. War doch nur 'n Scherz.

»Durst?«, fragte der Bettnässer.

Tatsächlich, er hatte Durst. Sein Mund war trocken. Er nickte unmerklich. Ihm fiel auf, dass der Bettnässer Einweghandschuhe anhatte.

»Ich hab was für dich.« Der Bettnässer verschwand aus seinem Blickfeld und tauchte im nächsten Moment mit etwas Langem, Dünnem in der Hand wieder auf. Ein Schlauch? Der Bettnässer nahm den Schlauch in eine Hand, mit der anderen öffnete er seinen Mund und führte den Schlauch langsam ein. Er wollte etwas sagen, aber er brachte nur unverständliches Gebrabbel heraus. Er spürte, wie der Schlauch in seine Mundhöhle hineinkroch, von dort in die Speiseröhre und weiter, tiefer. Er würgte, er musste kotzen, doch der Bettnässer schob den Schlauch immer weiter. Er hatte das Gefühl, eine Schlange krieche in seinen Schlund. Röchelnde Geräusche kamen aus seinem Mund. Er wollte sich wehren, aber er konnte sich einfach nicht bewegen. Dann hörte der Bettnässer auf, den Schlauch in seinen Mund zu schieben, nahm ein großes Stück Klebeband mit einem kleinen Loch in der Mitte, zog den Schlauch hindurch und klebte das graubraune Band quer über seinen Mund. Er wurde panisch, er konnte jetzt nur noch durch die Nase atmen, der stechende Ammoniakgeruch, in seinem Mund die säuerlichen Reste des Erbrochenen.

Der Bettnässer nahm einen Trichter und befestigte ihn am Ende des Schlauchs.

Seine Augen weiteten sich, sofern das überhaupt noch möglich war. Der Bettnässer hielt ihm jetzt eine Flasche *Goldkrone* vor die Nase.

»Prost«, sagte der Bettnässer und lächelte ihn freundlich an. Er hob die Trichter so weit in die Höhe, bis der Schlauch senkrecht nach unten in den Mund führte. Dann kippte er den Inhalt der Flasche hinein.

Die scharfe Flüssigkeit breitete sich warm in seinem Körper aus, er nahm noch wahr, wie der Bettnässer einen weiteren Klebestreifen langsam über seine Nase legte und festdrückte.

Das Gesicht kam nah an seines heran. »Reingelegt!«, flüsterte der Bettnässer. »Doch kein Scherz.«

Machtwechsel

Als Andy die A46 verließ, war er sicher, dass die Entscheidung richtig gewesen war. Klar, er verstieß gegen Henks klare Ansage, aber hey, Andy war nicht verdächtig, die konnten ihm nichts. Er war bestenfalls gefährdet. Und ob er dieses Risiko einging, war ganz allein seine Entscheidung. Und eins war klar: Wolle wollte offenbar ein Duell. Konnte er haben! Was trieb diesen Typen dazu? Warum hatte er es auf ihn abgesehen? Hatte es was mit seinem Radiojob zu tun? Mit Carina? Wolle kannte sie vom Sender. Eifersucht? Neid? Was Wolles Motive anging, waren es nur wirre Gedankenfetzen, die durch Andys Kopf schwirrten. Er würde herausfinden, was Wolle antrieb. Er würde alles herausfinden!

Andy warf einen Blick auf seinen Rucksack, der auf dem Beifahrersitz lag. Sicher war Wolle waffentechnisch besser ausgestattet, aber wenn er glaubte, Andy würde sich deshalb verkriechen, dann war er schief gewickelt. Außerdem würde heute die Polizei vor Ort sein. Sicherer ging es wohl nicht.

Es war halb acht, als die Schilder ihm den Weg an McDonald's vorbei und dann einen Berg hinaufwiesen. Dort wurde es trubelig. Fußgänger strömten zum Veranstaltungsort. Oma, Opa, Mama, Papa, Sohn und Tochter – das ganze Sauerland schien auf den Beinen zu sein und vergessen zu haben, dass es Gehwege gab. Autos fuhren Schritttempo, ihre nervösen Fahrer suchten auf dem riesigen Parkplatz eine Lücke, hupten ab und zu, wenn ein anderer schneller gewesen war. Polizei allerdings sah Andy nicht. Er stellte den Smart irgendwo ab, parkte einen Kleinbus zu, aber egal, nur ein weiteres Knöllchen für die Schmölln. Dann schlenderte er zum Eingang hinüber. Der Männeranteil im Publikum war auffallend hoch. Marschmusik halt. Hoffentlich gab es an der Abendkasse noch Karten, sein persönliches Exemplar hatte ja vorhin eine nette Polizistin in Carinas Wohnung abgeholt. Kein Problem, es waren noch Restkarten da. Allerdings auch jede Menge Sicherheitspersonal, das am Eingang herumstand. Es gab keine scharfe Kontrolle, doch jeder Hereinkommende wurde gemustert. Waren das Leute von der Polizei auf der Suche nach Wolle?

Andy fasste seinen Rucksack fester und ging an den Kontrolleuren vorbei. Keine Reaktion, er atmete tief durch, stellte sich in Sichtweite der Open-Air-Bühne. Andy warf einen Blick auf den Lageplan des Sauerlandparks, den man ihm mit der Eintrittskarte in die Hand gedrückt hatte. Mist, das hatte er sich übersichtlicher vorgestellt: Aussichtsturm, Museum, Gastronomie, Zugang zum *Felsenmeer* – was immer das auch sein mochte – und zum *WC der Sinne*, darüber hätte er unter normalen Umstände einige Witzchen gemacht. Jetzt war ihm nicht danach zumute. Das hier war ein riesiger Park, an dem heute ein vollgepacktes Familienprogramm angeboten wurde. Verflixt, wo wollte Wolle ihn diesmal hinlotsen? Vermutlich zum Konzert, und das würde in zehn Minuten beginnen.

Er sah sich um. Ein Hinweisschild erklärte, dass hier früher ein Kasernengelände gewesen war. Eine Kaserne … In Andy begann es zu arbeiten. Hatte Wolle nicht im Sauerland seine Grundwehrzeit verbracht – genau wie Markus? Er konnte seinen Bruder fragen, allerdings würde es sicher eine gute Stunde dauern, bis Markus sich zu einer Antwort durchgerungen hätte. Außerdem war Andy eigentlich sicher: Wolle hatte oft genug von seinen Heldenzeiten geschwärmt. Wie er mit der Waffe im Anschlag und soundso viel Promille im

Blut – da hatte Andy meistens schon weggehört. Mein Gott, warum hatte er eigentlich nie bemerkt, wie durchgeknallt Wolle im Grunde war? Andy begann zu schwitzen. Auf wen hatte der Kioskbesitzer es heute abgesehen? Seinen damaligen Vorgesetzten beim Bund, auf dessen Posten er scharf gewesen war?

Drüben begann das Konzert. Fanfaren waren zu hören – was war das, der *Große Zapfenstreich*? Andy wandte sich um, lief an den Zuschauerreihen entlang, schaute in die Gesichter der Konzertbesucher, suchte nach Wolle. Und dann trat plötzlich ein Mann von der Seite auf ihn zu. Andy erschrak. Im selben Moment näherte sich eine Gestalt von links. Er fühlte sich eingekeilt und bekam Panik. War er heute dran? Dann eine Stimme von hinten: »Guten Abend, Herr Otto!«

Er fuhr herum: Bianca Radekow. Die Hauptkommissarin. Wütend blitzte sie ihn an. »Vielleicht suchen wir uns ein ruhigeres Plätzchen für unser Gespräch?«

Wenn Andy sich nicht täuschte, wurde vorne gerade der *Radetzky-Marsch* gespielt. Die beiden Gorillas rechts und links ließen keinen Zweifel daran, dass Andy besser mitkommen sollte. Er sparte sich daher die Bemerkung, dass er gern das Konzert hören wollte. Er packte seinen Rucksack fester und folgte Bianca Radekow zum Ausgang. Was sollte das werden? Ab ins Auto mit Andy Otto und zurück ins heimische Körbchen? Oder doch lieber U-Haft im Schatten des Doms? Andy brannte der Rucksack über der Schulter. Was, wenn sie ihn durchsuchen würden? Wolle hatte ihm die Waffe besorgt. Besser konnte man sich gar nicht als sein Komplize präsentieren. Hatte Wolle vielleicht genau das geplant? Gab es heute keine Leiche, sondern eine Festnahme?

Er sah sich um. Die Gorillas hielten sich dicht an seiner Seite, da war Flucht zwecklos. Inzwischen hatten sie den

Parkplatz erreicht. Vielleicht konnte Andy den Rucksack in seinem Auto loswerden?

»Mein Wagen steht dort drüben«, startete er einen Versuch.

»Interessant, aber unserer steht dort!« Die Radekow zeigte in die hinterste Ecke des Platzes. Ein VW-Bus, wie gemütlich. Nur ein paar Meter von einem Toilettenwagen entfernt. Andy dachte angestrengt nach. Würden sie ihn aufs Klo lassen? Konnte er dort im Spülkasten die Wumme loswerden?

»Ich müsste mal für kleine Jungs«, bereitete er die Sache schon mal vor.

Bianca Radekow sah ihn verächtlich an. Weil er aufs Klo musste – oder weil sie etwas ahnte? »Da werden Sie auf die Wiese pinkeln müssen.« Sie deutete hämisch auf den Wagen. Dort hing ein handgeschriebenes Schild: *Defekt – nicht benutzen.*

Wenn es scheiße lief, dann lief es auch richtig scheiße – im wahrsten Sinne des Wortes.

Und dann entdeckte er plötzlich die Zahl. Direkt an der Tür. Andy blieb abrupt stehen. Einer der Gorillas wollte ihn weiterschieben, doch Andy blieb, wo er war, angewurzelt wie eine Eiche. Die Radekow sah sich irritiert um. Stumm zeigte er auf den Toilettenwagen. Es dauerte lange, bis sie es sah. Bis sie es erkannte. Über dem *Defekt*-Schild prangten zwei Nullen, eigentlich das Zeichen für WC, doch diese beiden Ziffern hatte jemand gedreht. Die beiden Nullen lagen jetzt übereinander und bildeten – eine Acht. Sogar Bianca Radekow wirkte geschockt. Sie sah Andy fassungslos an. Der hob unschuldig die Hände.

Dann ging sie zum Toilettenwagen, langsam, die Hand an ihre Waffe gelegt, einer der Gorillas folgte ihr auf den Fuß, ebenfalls die Pistole im Anschlag.

»Hallo? Polizei! Bitte verlassen Sie sofort den Wagen!«

Andy hatte wenig Hoffnung, dass Bianca Radekows Worte irgendetwas bewirkten. Er hatte überhaupt wenig Hoffnung. Fast war er froh, nicht selbst gehen zu müssen, nicht selbst als Erster entdecken zu müssen, was Wolle mit seinem Opfer Nummer sechs angestellt hatte.

Nein, dieses Mal war das Bianca Radekows Job. Als sie die Tür mit einem Ruck auftrat, beneidete er sie nicht. Und es wunderte ihn auch überhaupt nicht, dass sie nur kurz im Innern blieb, bestenfalls zwei Minuten. Wolle machte keine halben Sachen. Als sie herauskam, rannte sie auf den Grünstreifen hinter dem Wagen und übergab sich. Andy konnte keinerlei Häme empfinden. Er hätte es ihr gern erspart.

Es war also egal. Ob er allein ging oder mit der Polizei. Das alles änderte nichts: Die Menschen mussten sterben. Wolle ließ sich nicht beirren.

Anschließend, nachdem sie ihren Mund abgewischt und die Fassung zurückgewonnen hatte, telefonierte die Radekow hektisch. Andy verstand nur die Hälfte, da sie sich von ihm abgewandt hatte. Eine Leiche lag im Wagen, bekam er mit, offenbar zu Tode gequält. Andys Phantasie wurde von dem Gestank beflügelt, der aus dem Wagen drang, eine Mixtur aus Urin, Kot, aber auch Alkohol konnte er riechen. Fast hätte er auch gekotzt, genau wie die Radekow.

Zwei Stunden später wurde der VW-Bus, der in der Zwischenzeit als eine Art mobile Vernehmungsstube und Andys höchstpersönliches Wartezimmer gedient hatte, startklar gemacht. Sie hatten ihn ausführlich befragt, er hatte auf fast alles wahrheitsgemäß geantwortet, weitergekommen waren sie alle nicht. Vor allem hätte Andy gern erfahren, ob sie Wolle gekriegt hatten, diesen Arsch. Ob sein Tipp, dass man den Serientäter hier finden würde, etwas gebracht hatte. Und wer das Opfer im Toilettenwagen war. Doch aus der

Radekow war nichts herauszubekommen. Wenigstens behandelte sie ihn nicht wie einen Schwerverbrecher, er hatte sogar einen löslichen Kaffee bekommen.

Jetzt wurde der Motor angelassen. »Schnallen Sie sich an, Herr Otto«, sagte einer der Gorillas.

»Ich hatte eigentlich vor, mit meinem eigenen Auto nach Köln zu fahren.« Schon wegen der Schmölln, hatte Andy still hinzugefügt. Die wird ausrasten, wenn sie den Smart irgendwo in der sauerländischen Pampa abholen muss.

»Kommt nicht in Frage, Sie fahren mit uns!«

»Aber warum? Bin ich noch immer verdächtig?«

»Glauben Sie, Sie gehen noch einen Schritt allein?« Bianca Radekow war einem Ausbruch nah, es hätte ihn nicht gewundert, wenn ihre Brillengläser beschlagen wären, so sehr kochte sie. »Wolfgang Rademacher ist tot, und wieder waren Sie in der Nähe!«

Andy fuhr zusammen. Hatte er sich verhört? Wolle war tot? »Wenn er sich umgebracht hat, dann …« Ja, was dann? Diese Nachricht war echt der Hammer. »Dann hat er das nur getan, um mich endgültig in die Scheiße zu reiten.« Ein Selbstmord als krönender Abschluss! Aber wieso Abschluss? Wieso die Acht? Was war Wolle dazwischengekommen, dass er seinen Zahlenfetischismus nicht bis zum Ende durchgehalten hatte?

»Sich selbst umgebracht?« Die Radekow, die auf der Vorderbank Platz genommen hatte, drehte sich zu ihm um und lachte ohne eine Spur Fröhlichkeit. »Soll das ein Witz sein?«

Er wusste nicht, was sie damit meinte. Und es war dummerweise kein Wort mehr aus ihr herauszubekommen. Leider hatte Andy keinen Zugriff mehr auf seine Charmeoffensive, davon abgesehen war die Radekow ohnehin eine Frau, die dagegen immun war. Sie fuhren los. Der Wagen holperte, bis sie endlich auf der Autobahn angekommen waren.

Mist, er musste die Waffe loswerden. Bevor sie auf die Idee kamen, ihn zu durchsuchen. Ihm ging vieles durch den Kopf, während sie unterwegs waren, doch Andy versuchte sich auf dieses Problem zu konzentrieren: Wohin mit Wolles beschissener Waffe? Die Radekow schien sich immerhin ein wenig beruhigt zu haben. Zumindest hatte sie ihn in der letzten halben Stunde nicht mehr zusammengefaltet. Jetzt waren sie auf dem Kölner Autobahnring. Es musste Andy bald etwas einfallen. Spätestens im Präsidium würden sie ihn sicher sofort filzen.

»Darf ich mir von zu Hause ein paar Sachen holen?«, startete er einen Versuch. »Ich meine, das wird ja bestimmt noch eine lange Nacht heute ...«

Die Radekow fuhr herum. Es war kein Vorteil, dass Andy sie hatte kotzen sehen. Eher das Gegenteil.

»Ich könnte mit reingehen«, schlug der Gorilla neben ihm vor.

Andy war gerührt. Die konnten ja nett sein. Die Radekow wollte trotzdem allem Anschein nach wieder loslegen, dann schien sie sich plötzlich zu bremsen. Vielleicht war ihr Henk eingefallen. Andy schickte ein stummes Danke an seinen Kumpel.

»Von mir aus!«, sagte sie kalt.

Dann begann das Kopfkino. Was konnte er tun? Aufs Klo gehen, natürlich, dann die Knarre im Kasten versenken. Aber würde man vielleicht von draußen etwas hören? Was gab es sonst für Verstecke? Es würde nicht so einfach werden, die Knarre war nicht gerade klein und handlich.

Sie bogen in seine Straße ein, und er bastelte noch immer an seinem Plan. Er könnte einfach den Rucksack abstellen, ganz selbstverständlich, und eine andere Tasche herauskramen.

Ob das auffiel? In seinem Kopf rasten alle Gedanken umeinander. Der Tod von Wolle brachte all seine Theorien ins Wanken. Wieder schwamm er durch schwarzes Wasser ohne eine noch so kleine Aussicht auf ein rettendes Ufer.

Der Bulli hielt an, zu Hause! Hoffentlich saßen jetzt gerade keine Bekannten unten in der Pizzeria. Oder Frau Kaminke schaute zufällig aus dem Fenster und sah ihn aussteigen. Die würde sich ihre Geschichte schon zurechtspinnen. Andy holte tief Luft, er versuchte instinktiv, dem bescheuerten Werbeplakat gegenüber seiner Haustür auszuweichen, einen Blick auf seine bekloppt grinsende Visage und diesen Rettungsring im Kaffeebecher, nein, das könnte er jetzt nicht ertragen. Doch aus den Augenwinkeln sah er etwas blinken. Eine Baustelle? Nein, da standen Grablichter vor der Plakatwand. Verflixt, hatte jemand sein Konterfei mit Friedhofslampen geschmückt? Das endgültige Aus für *Morgens um Andy*? Ihm stockte der Atem. Der Gorilla war bereits ausgestiegen und wartete auf ihn, aber Andy saß noch immer da und starrte aus dem Fenster. Scheiße! Die *Powerradio-KKN*-Werbung war gar nicht mehr da, übertapeziert durch etwas anderes. Die Straßenlaterne beleuchtete das neue Werbeplakat, er konnte einen Grabstein erkennen. Was zum Teufel ...

»Worauf warten Sie noch?«, fuhr die Radekow ihn an. »Herr Otto, wir sind in Eile!«

Er sagte nichts. Er starrte nur. Und irgendwann folgte sie seinem Blick. Die Grableuchten machten selbst die Radekow stumm. Dann öffnete sie die Tür. Andy folgte ihr wie paralysiert. Der Gorilla, der nettere von den beiden, war sofort an seiner Seite. Aber das machte Andy nichts. Er ging auf das Plakat zu, wollte sehen, was dort stand. Was man für ihn – einzig für ihn, daran gab es keinen Zweifel – dort angebracht hatte. Es war nicht irgendein Grabstein, der auf dem Plakat abgelichtet war. Es war der Grabstein seines Vaters, Karl-Heinz Otto, unter seinem Namen waren die Geburts- und Sterbedaten in den Stein gehauen. Den kannte er, den hatte er einmal im Jahr in Begleitung von Mutter und Markus anstarren müssen. Schlimmer war, was auf der rechten Seite eingraviert war, auf dem Platz, der eigentlich für Andys Mutter vorgesehen war: Dort prangte eine Acht.

Immer noch sagte keiner von ihnen etwas, dann kehrte die Energie in Andy zurück. »Meine Mutter«, stammelte er, »sie ist die Nächste!«

Bianca Radekow blitzte ihn an. Ihr Widerstand war deutlich erkennbar.

»Immer taucht die Acht auf«, machte er weiter.

»Das ist uns bekannt.«

»Ich glaube, dass der Täter acht Menschen ermorden will. Ich habe geglaubt, es sei Wolle, aber die Tatsache, dass er jetzt auch tot ist, wirft alles über den Haufen! Es geht weiter. Wenn er sich nicht selbst getötet hat, dann war Wolle die Nummer sechs! Wer immer dahintersteckt, er kommt mir dabei immer näher. Mein Fahrlehrer, der Kioskbesitzer, bei dem ich morgens meinen Kaffee hole, jetzt meine Mutter. Wer ist als Letzter dran – mein Bruder, meine Freundin – oder ich selbst?«

»Was reden Sie da?«, fragte die Radekow, doch ihre Stimme hatte die altvertraute Härte verloren.

Was konnte er tun, damit sie ihm glaubte? Wie sollte er sie überzeugen, ihr sagen, was hier abging, ihr zeigen, dass er im Recht war? Wenn alles, was ihm in den Sinn kam, eine Frage war: »Haben Sie eine Ahnung, wie ich mich fühle?«

Bei der Radekow tat sich etwas. Ihr Blick wurde milder, ging zurück zu der Plakatwand. Ihre Wangenmuskeln zuckten, während sie offenbar angestrengt nachdachte.

»Ich muss dorthin«, erklärte er verzweifelt und merkte selbst, wie brüchig seine Stimme klang. »Ich muss sofort zu meiner Mutter.«

Einen weiteren Moment blickte die Kommissarin ihn intensiv an und schien seine Gedanken lesen zu wollen. Dann wandte sie sich abrupt um und kehrte zum Auto zurück. »Wir«, verbesserte sie ihn und ihre Stimme klang beinahe nett, »*wir* müssen dorthin!«

Wie Schmuck am Nachthemd

Der Duft nach Desinfektionsmittel, *Tosca* und vollen Inkontinenz-Windeln waberte durch die Flure. Sie verstand das nicht. Das tat in den Tagen von Raumspray und Duftbäumchen wirklich nicht mehr Not. Aber sie fragte ja keiner.

Das hatte sie sich auch anders vorgestellt, das mit ihrem Leben im Alter. Damals, als der lebenslustige, gut aussehende Karl-Heinz sie im Sturm erobert hatte, Karl-Heinz, der in zweiter Generation ein gut gehendes Fotogeschäft führte, mit dem sie traumhafte, sorglose Urlaube in Italien und Spanien verlebte, dem sie zwei Kinder schenkte. Dann war er gestorben, und mit ihm ihr Glück und all ihre Freude.

Sie hätte es sich anders gewünscht. Aber das Leben war nun mal kein Wunschkonzert.

Irgendwie hatte es weitergehen müssen, und irgendwie war es ja auch weitergegangen. Es war natürlich nicht leicht gewesen. Aber sie, Waltraud Otto, geborene Waghäusel, war aus Hartholz geschnitzt. Darauf war sie stolz. Sie hatte sich nicht unterkriegen lassen: nicht vom Tod des geliebten Mannes, nicht von den bitteren Jahren, in denen das Fotogeschäft immer schlechter lief, bis es schließlich für einen Appel und ein Ei verkauft werden musste. Und den Rest würde sie auch noch in Würde absitzen, hier in der *Seniorenresidenz Waldblick*.

Waldblick. Lachhaft! Eine Bruchbude, die ständig renoviert werden musste. Manchmal flackerte das Licht sogar, die Elektriker seien dran, hatte man ihr versichert, aber das dauerte. Alles so billig – buchstäblich und im übertragenen Sinn.

Aber von ihrer Rente konnte sie sich nichts Besseres leisten. Schlimm, ganz schlimm war es hier. Die alten Leute hier, schreckliche Proleten. Nebenan, der Günter Röttger, ehemaliger Schustermeister, war stocktaub. Er drehte den Lautstärkeregler an seinem Fernsehgerät immer bis zum Anschlag hoch, so auch heute. Sie hatte sich schon drei Mal schriftlich bei der Heimleitung beschwert, war aber jedes Mal vertröstet worden. Na, mit etwas Glück trat der Röttger bald ab. Wie hoffentlich auch die Alzheimer-Gänswein auf der anderen Seite. Waltraud hatte mehrfach nachdrücklich darauf hingewiesen, dass die Gänswein eine Bedrohung für das ganze Heim darstellte. Grenzdebile Greise wie sie, die vergaßen, den Wasserhahn zuzudrehen und das ganze Stockwerk fluteten, oder denen eine brennende Kerze umfiel, die dann das ganze Haus in Brand setzte, die mussten im Grunde weggesperrt werden. Wenn sie etwas zu sagen hätte, würde das hier ganz anders laufen. *Ganz* anders. Aber sie fragte ja keiner.

Waltraud, schon in Nachthemd und Bademantel, schaute zwischen den beiden Hochhäusern gegenüber zu ihrem Stückchen Wald. Es herrschte friedliche Abendstimmung. Beschauliche Stille.

Bis auf Andy Borg, der nebenan bei Schustermeister Röttger aus voller Kehle *Adios Amor* schmetterte. Wahrscheinlich lief *Muskatellerstadl* oder *Marianne und Margot* oder wie diese Musiksendungen alle hießen. Sie selbst hörte ja meistens Klassikradio. Man hatte ja schließlich Niveau. Und ab und zu dieses Radio KKN. Man wollte ja wissen, was der Sohn so trieb.

Waltraud Otto seufzte. Normalerweise versagte sie sich das Grübeln, beschäftigte sich mit Kreuzworträtseln oder Sudoku, das mochte sie sehr, aber immer rund um den

Todestag ihres geliebten Karl-Heinz misslang ihr das Verdrängen. Da musste sie daran denken, wie ihr Leben hätte sein können, wenn ihr Karli nicht gestorben wäre. Oder wenn sie wenigstens zwei gut geratene Kinder gehabt hätte.

Es musste ja leider gesagt werden, dass ihre beiden Söhne ein echter Griff ins Klo waren. Gut, Andreas hatte das Aussehen und den Charme seines Vaters geerbt, aber nicht dessen Gewissenhaftigkeit und Seriosität. Sehr bedauerlich. Und Markus war ja auf ganzer Linie eine einzige Enttäuschung. Im Grunde gut, dass ihr Karl-Heinz nicht mehr hatte miterleben müssen, wie Andreas zum Luftikus wurde, der immer über die Stränge schlug, und Markus zum realitätsfremden Träumer, der das Familiengeschäft in den Ruin trieb. Sie hatte ja getan, was sie konnte. Hatte von Anfang an klare Richtlinien vorgegeben. Kinder brauchten eine Orientierung, eine starke Hand, damit sie nicht verwahrlosten. Aber Andreas und Markus hatten nie zu schätzen gewusst, unter welch großen persönlichen Opfern sie es ihnen ermöglichte, eine gute Ausbildung zu genießen, was sie sich selbst alles versagte, nur damit ihre Söhne ordentlich gekleidet waren und ein Dach über dem Kopf hatten. Die Liebe zu ihren Söhnen lief ins Nichts – an Andreas prallte sie ab und Markus ... ach, Markus. Wenn sie an ihn dachte, schüttelte sie innerlich immer den Kopf. Er hatte ja noch nicht einmal einen richtigen Schulabschluss. Manchmal hatte sie sich gefragt, ob er bei der Geburt im Krankenhaus vertauscht worden war. Markus war nicht wie sie, er war nicht aus Hartholz geschnitzt, kein bisschen. Ein hoffnungsloser Fall eben. Wenn sie ihn schon sah, im ewig gleichen blauen Anorak über den hängenden Schultern. Aus dem wurde nichts mehr. Sie hatte wirklich getan, was sie konnte. Aber aus Schafwolle ließ sich eben kein Seidenstoff weben.

Nein, an ihren Söhnen war sie gescheitert. Sie besaß die Größe, sich das offen einzugestehen. Keiner ihrer Söhne hatte es zu etwas gebracht. Ja gut, Andreas bildete sich etwas darauf ein, beim Radio zu arbeiten, aber das war ja nun kein anständiges Handwerk. Und obwohl er schon 44 war, hatte er immer noch keine Frau gefunden und keine Kinder gezeugt. Markus war ja in dieser Beziehung noch hoffnungsloser. Nein, der gute Name Otto starb aus.

Aber auch, wenn es das Leben alles in allem nicht gut mit ihr gemeint hatte, sie würde die Zeit, die ihr noch blieb, in Würde absitzen. Hier, auf ihrem Balkon in der Seniorenresidenz.

Ein Zipfelchen Abendsonne ließ die Geranien in ihrem Blumenkasten besonders rot leuchten. Das war das Schöne an Blumen – mal so im Gegensatz zu Kindern: bei richtiger Pflege wusste man ganz genau, wie sie gediehen. Da gab es keine bösen Überraschungen.

Es klopfte.

»Herrje, was ist jetzt schon wieder«, entfuhr es ihr. Sie erhob sich mühsam von ihrem Plastikbalkonstuhl – in letzter Zeit hatte sie Rücken – und ging zur Tür. Das war hoffentlich nicht diese asiatische Aushilfe. Waltraud hatte nichts gegen Ausländer, wirklich nicht, aber sie sollten doch bitte im Ausland bleiben. Als sie die Kleine gefragt hatte, wo sie denn herkomme, hatte sie schnippisch geantwortet: »Uss Kölle.« Freches Ding. Dabei sagte man Chinesen doch immer Respekt vor grauen Häuptern nach. Aber das kam davon, wenn man diese Leute entwurzelte.

Waltraud öffnete die Tür. »Ja bitte?«, sagte sie zu dem Herrn, der vor ihr stand. Er hielt eine Tortenschachtel in den Händen, auf der eine transparente Tüte mit kleinen Kerzen lag.

Sie sah ihn an und stutzte. Seine Mundwinkel zogen sich nach oben, es sollte wohl ein Lächeln sein.

»Da staunst du, was?«, sagte der Mann. »Erkennst mich gar nicht wieder, oder?«

Waltraud Otto blinzelte.

War das ...? Grundgütiger!

»Markus?« Ihr Markus? In einem sichtlich maßgeschneiderten, beigefarbenen Leinenanzug mit weißem Hemd und Krawatte? Und mit einem selbstsicheren Lächeln im Gesicht? Einem Lächeln, das sie an ihren Karli erinnerte? Nein, nein, das war undenkbar.

Mit der Schachtel drängte er sie zurück ins Zimmer. Hinter sich schloss er die Tür.

»Da staunst du, was?«

Selbst seine Stimme klang anders. Von oben herab. So hatte er noch nie mit ihr gesprochen. Er hatte immer unterwürfig geklungen, um Bestätigung heischend, weich, welpig. Was sie immer verachtet hatte, wie sie jedes Zeichen von Schwäche verachtete.

»Ja, Markus, was ist denn mit dir los? So kenne ich dich ja gar nicht.« Sollte all die Jahre in ihrem hässlichen Entlein ein Schwan geschlummert haben?

Er stellte die Tortenschachtel auf dem Tisch ab. »Deswegen bin ich hier, damit du mich kennen lernst.«

Sie runzelte die Stirn. Sein unterwürfiger Ton hatte ihr nie gefallen, aber diese überhebliche Dünkelhaftigkeit ging ja nun auch nicht. Gerade wollte sie etwas sagen, da stieß er sie mit roher Gewalt auf das Bett, zog eine Rolle Paketkleber aus der Jackentasche und wickelte ihr das Band gleich darauf um den Kopf. Sie wehrte sich, natürlich wehrte sie sich, zumindest nach diesem ersten Moment völliger Fassungslosigkeit. Sie versuchte, ihn von sich zu drücken, aber das war nicht ihr

Markus, das war ein Tier, ein Tier, das grunzte, während es ihr mit roher Bestialität den Mund zuklebte. Ein stechender Schmerz fuhr ihr in den Rücken, und sie nahm etwas wahr, das sie nicht kannte, nie gekannt, allenfalls von fern gespürt hatte, aber nie an sich hatte herankommen lassen.

Angst.

Ja, sie hatte Angst. Das war nicht ihr Markus, ihr kleiner Markus, das war ein Monster. Vermutlich auf Droge. Man hörte doch immer von diesen Crack-Junkies.

»Ja, da gehen dir die Augen über, Mutter.« Das *Mutter* spuckte er förmlich aus. Er packte ihren rechten Arm, gleich darauf auch ihren linken und legte ihr Handschellen an. Das war ... unvorstellbar ... das konnte nicht real sein. Sie strampelte mit den Beinen, stieß gegen den Nachttisch, die *Tiffany*-Nachttischlampe und der Krug mit Leitungswasser – man trank ja als alter Mensch immer zu wenig und Mineralwasser war viel zu teuer – fielen klirrend zu Boden, aber nebenan röhrte Hansi Hinterseer *Heut' ist dein Tag*, und über sein Röhren hinweg würde niemand sie hören können. Sie schnaubte.

»Och, was willst du mir mit deinem Schnauben sagen, Mutter? Dass Papa jetzt enttäuscht von mir wäre? Weißt du was? Was ich dir immer schon sagen wollte? Ich bin *auch* enttäuscht. Von Papa. Dass er so eine wie dich zu meiner Mutter machte!«

Sie konnte keinen klaren Gedanken fassen. Was war denn mit ihm? Ihr Sohn – ihr *Sohn*! – zerrte sie jetzt an den Haaren vom Bett, bis sie vor ihm auf dem Billigparkettboden kniete und ihre gute Stützstrumpfhose aufriss. Aber sie untersagte es sich, vor Schmerz aufzuschreien.

Ihre Augen wurden groß. Aus Angst, aber mehr aus ungläubiger Fassungslosigkeit.

»Kriegst du es jetzt mit der Angst zu tun?«, fragte er höhnisch. »Das ist nicht schön, nicht wahr? Angst. Ich hatte immer Angst vor dir. Hast du das überhaupt gemerkt? Und wenn ja, hat dich das gekratzt, ob dein Kind Angst vor dir hat?«

Er atmete schwer. Und starrte sie an.

Waltraud erwiderte seinen Blick. Fest. Ja, es mochte durchaus Angst in ihrem Blick liegen, aber kein Bedauern. Sie hatte alles richtig gemacht. Was wollte er denn? Sie hatte ihre Kinder nie geschlagen. Aber man musste aus Jungen Männer machen, und das gelang nur durch konsequente Erziehung, die keinen Unsinn duldete. Gerade wenn man als Frau und Mutter allein war. Nein, sie bereute nichts.

Das schien ihn wütend zu machen.

Markus öffnete die Tür. Schräg links ging es zum Besucher-Aufzug, nach rechts am Ende des Flures zum Lastenaufzug, den man brauchte, um die Zinksärge mit den Verstorbenen abzutransportieren.

Waltraud starrte auf seinen Rücken. Wie gut er aussah im Anzug. Wie energisch er vorging. So hatte sie ihn sich immer gewünscht.

Nur das Humpeln störte. Seit wann humpelte er denn?

Es ging auf 21 Uhr. Die meisten Heiminsassen schliefen schon. Oder saßen halb komatös vor dem Fernsehgerät.

Markus riss Waltraud auf die Beine und zog sie aus dem Zimmer. Sie gab gurgelnde Geräusche unter dem Klebeband von sich, aber selbst hier draußen im Flur konnte man sich kaum selbst denken hören, so laut röhrte Hansi Hinterseer.

Mit dem Lastenaufzug fuhren sie in den Keller. Er hatte sie wieder auf die Knie gedrückt, wollte sie wohl klein machen. Er riss ihr den Kopf in den Nacken. »Andy war schuld, aber du hast gesagt, du hast keine Zeit für lange Diskussionen und Lügengeschichten und hast uns beide in dieses vermaledeite Kabuff unter der Treppe gesperrt. Wegen dir fiel mein Geburtstag aus. Wegen dir hatte ich nie Freunde.«

Ja doch, da war er wieder, der Markus, den sie kannte. Der selbstmitleidige, jammernde Markus, der für das, was er tat, nie geradestehen wollte, der immer anderen die Schuld gab. Ein echter Mann verhielt sich anders.

Markus schien es ihr von den Augen ablesen zu können, was sie dachte. Sie sah, wie seine Wut zunahm. Dann bekam er immer so hektische rote Flecken am Hals.

Im Keller angekommen zerrte er sie vorbei an diversen Farbeimern und Kabeln und einem Werkzeugkasten bis hin zu einem Vorratsraum, in dem sich nicht viel mehr als eine große Tiefkühltruhe befand. Er schubste sie mit Schwung auf den kalten, harten Boden. Wieder schoss es ihr heftig in den Rücken. Und weil sie sich mit den gefesselten Händen nicht abstützen konnte, fiel sie schwer auf die Schulter. Sie stöhnte.

»Jetzt tut es dir leid, nicht wahr, Mutter?«, sagte er, während er den Deckel der Tiefkühltruhe anhob und anfing, den Inhalt zu leeren. Die tiefgefrorenen Gemüsepackungen und die Fleischwaren warf er einfach neben die Truhe. »Es war immer Andy, er hat immer irgendwas angestellt, aber mich hast du einfach mitbestraft. Hast uns stundenlang in Dunkelhaft gehalten. Weißt du, wie man sich fühlt, in einem engen, dunklen Raum, in dem die Zeit in Zeitlupe verstreicht und man denkt, dass man nie wieder Licht sehen wird?«

Waltraud richtete sich auf. Der Schmerz war unerträglich, im Rücken und in der Schulter, aber dennoch versuchte sie, auf Knien zur Tür zu robben.

Er ließ es zu, räumte weiter die Tiefkühltruhe aus. Lange, bevor sie die Tür erreichte, war er schon fertig und holte sie ein. Er packte das Paketband und riss es ihr vom Kopf. Haare gingen mit ab und Haut und ein Streifen rohes Fleisch zog sich nun über ihr Gesicht. Sie wimmerte. Aber selbst, wenn sie schreien sollte, hier im Keller würde niemand sie hören.

Er packte sie am linken Oberarm und zerrte sie zur Tiefkühltruhe. Sie schrie vor Schmerz. Dann riss er sie hoch und stieß sie in die Truhe. Wie eine Marionette stopfte er sie hinein.

Und dann starrte er ein letztes Mal auf sie herab, und sie wusste, dass sie nun in dunkler Eiseskälte zu Tode kommen würde, denn es war eine alte Truhe, die noch einen Verschlusshebel hatte. Bis man sie fand, war sie erfroren oder erstickt oder beides.

Forschend sah er ihr in die Augen. Was erhoffte er dort zu sehen? Todesangst? Oder Bedauern? Reue?

Worüber? Dass sie immer ihr Bestes gegeben hatte? Immer nur sein Bestes im Sinn gehabt hatte?

Und ja, jetzt passierte es, was seit dem Tod von Karl-Heinz nicht mehr passiert war: eine Träne lief ihr über die Wange.

Er sah sie an, lächelte. Es schien ein zufriedenes Lächeln.

»Junge«, krächzte sie, von Kopf bis Fuß ein einziger Haufen Schmerz, »Junge, ich hab' alles richtig gemacht.«

Sein Lächeln zerfiel.

Er schlug den Deckel der Truhe zu.

Kerzen zum Nachtisch

Vor der *Seniorenresidenz Waldblick* stand ein Leichenwagen. Sie waren zu spät gekommen. Schon wieder. Andy sackte auf dem Rücksitz des Polizeifahrzeugs in sich zusammen. Alles umsonst. Seine Schuld. Er hätte früher darauf kommen müssen, dass der Mörder, der ihn per Schnitzeljagd durch halb Deutschland gehetzt hatte, sich irgendwann die Menschen in seiner nächsten Umgebung vornehmen würde. Er hätte einfach nur mal nachdenken sollen. Aber dazu war der große Radio-Star Andy Otto ja nicht in der Lage. Viel zu sehr damit beschäftigt, sich als Supermann zu fühlen, der seiner Berufung als Lebensretter folgt. Und was hatte er erreicht? Nichts. Niemanden hatte er gerettet, sie waren alle elendig gestorben. Nicht mal seine eigene Mutter konnte er schützen.

Er war ein Versager, ein erbärmlicher Versager.

»Herr Otto?« Die Radekow drehte sich zu ihm um. »Kommen Sie mit?«

Am liebsten wäre er sitzen geblieben. Er hatte keine Kraft mehr. Die ganze Anspannung hatte sich verflüchtigt, war aus ihm herausgeflossen, als hätte jemand den Stöpsel gezogen.

»Herr Otto? Ist Ihnen nicht gut?«

Was für eine Frage. Wie blendend sollte es ihm denn gehen, wenn da drüben seine tote Mutter abtransportiert wurde? Wenn sieben Menschenleben zumindest teilweise auf sein Konto gingen? Aber die Polizistin machte nur ihren Job. Und Andy war gerade der Mensch auf dem Planeten Erde, der am wenigsten ein Recht hatte, andere zu kritisieren.

»Alles okay«, murmelte er, drückte die Wagentür auf und kletterte mit wackeligen Beinen aus dem Auto. Die kühle

Nachtluft tat ihm gut. Zumindest fühlte er sich in der Lage, den drei Kripobeamten zum Eingang der Seniorenresidenz zu folgen.

Jemand, vermutlich der Leichenbestatter, hatte einen Keil unter die geöffnete Eingangstür geschoben. Andy trottete durch das von schummrigen Nachtlampen beleuchtete Foyer und stieg hinter den Polizisten die Treppe hinauf. Im ersten Stockwerk kam ihnen ein kleiner Leichenzug entgegen: zwei Träger mit einem Zinksarg, dahinter die asiatische Aushilfe, die bei seinem letzten Besuch am Empfang gesessen hatte. Wieso waren die so schnell? Musste nicht zuerst die Spurensicherung aufkreuzen und den Tatort untersuchen? Dass seine Mutter ermordet worden war, stand für Andy außer Frage. Wo war überhaupt die örtliche Polizei? Vor dem Altenheim hatte kein einziger Polizeiwagen gestanden.

Auch die Radekow guckte misstrauisch. Als die Sargträger in Hörweite kamen, hob sie die Hand. »Moment!«

Die beiden Männer stoppten abrupt.

»Abstellen!« Die Polizistin zog einen Ausweis aus der Tasche. »Kripo.«

Der vordere Träger schaute sich überrascht zur Pflegerin um. »Ich dachte …«

»Nicht denken!«, befahl Radekow. »Anweisung befolgen!«

Der Metallbehälter setzte mit einem Klong auf dem gefliesten Boden auf.

»Darf ich meine Mutter noch mal sehen?«, fragte Andy. Seine Stimme klang belegt, Welten entfernt von der Sexy-Andy-Radio-Stimme.

Der Träger guckte zur Pflegerin, die Pflegerin zur Radekow, die Radekow zum Träger. »Nun machen Sie schon!«

Der Sargdeckel wurde hochgehoben. Andy sah eine alte, leichenblasse Frau. Die nicht seine Mutter war. »Wer …«

Die Asiatin erfasste die Situation als Erste. »Haben Sie etwa geglaubt, Ihre Mutter sei gestorben, Herr Otto? Das ist Frau Gänswein.«

»Woran ist sie gestorben?«, erkundigte sich die Radekow.

»Herzschlag. Hat der Notarzt bescheinigt.«

»Und Mutter?«, stammelte Andy.

»Müsste in ihrem Zimmer sein.« Die Aushilfe pustete. »Hier ging heute Nacht alles drunter und drüber. Zuerst ein Stromausfall, weil die Elektriker bei der Renovierung gepfuscht haben, dann der Tod von Frau Gänswein. Ich hatte keine Zeit, mich um andere Dinge zu kümmern.«

Andy rannte los. Das Zimmer seiner Mutter befand sich ganz am Ende des Flures. Er riss die Tür auf und schaltete das Deckenlicht ein. Das Bett war leer. Er blickte sich um, auf dem Tisch stand ein Kuchen, ansonsten schien sich seit seinem letzten Besuch nichts verändert zu haben. Mit drei Sätzen war Andy an der Badezimmertür. Nein, Mutter saß auch nicht auf der Toilette.

Das Zimmer füllte sich mit den drei Polizisten und der asiatisch aussehenden und rheinisch redenden Aushilfskraft.

»Wo könnte Frau Otto sein?«, fragte die Radekow.

»Weiß ich nicht«, schrillte die rheinische Asiatin, offenbar am Rand eines Nervenzusammenbruchs. »Nachts sind wir zu zweit für vier Etagen zustandig, da kann ich nicht überall sein.«

»Ihnen macht niemand einen Vorwurf«, schaltete die Kripofrau einen Gang zurück. »Wir haben nur Grund zu der Befürchtung, dass sich Frau Otto in Gefahr befindet.«

»Wie!«, kreischte die Aushilfe. »Gefahr?«

»Meine Liebe.« Andy hatte sein Stimmwerkzeug wieder im Griff und drückte auf die Empathie-Tube. »Beruhigen Sie sich! Und beantworten Sie mir eine Frage: Haben Sie hier heute Abend jemanden gesehen, den Sie nicht kannten?« Das wirkte. Die Asiatin atmete aus, schluckte und besann sich auf ihre professionelle Rolle. »Nein. Niemanden. Ich habe versucht, den Strom wieder einzuschalten. Seitdem die Renovierungsarbeiten laufen, haben wir ständig Probleme. Und dann musste ich mich ja um Frau Gänswein kümmern.«

»Wir teilen uns auf«, entschied die Radekow. »Vielleicht ist Frau Otto ja noch im Gebäude. Ich gehe hoch.« Sie dirigierte die beiden Kollegen zu ihren Bereichen, in denen sie suchen sollten.

Andy übernahm das Erdgeschoss. Hier wohnten diejenigen, die noch halbwegs gut zu Fuß waren und das Gebäude selbstständig wiederfinden konnten. An manche Türen musste er mehrfach klopfen, doch nach zwanzig Minuten hatte er alle aus den Betten geholt und in jedes Appartement geblickt. Seine Mutter war nirgendwo zu Besuch. Ernsthaft hatte Andy nicht damit gerechnet. Zum einen, weil Mutter nicht zu den Menschen gehörte, die nach zwanzig Uhr persönliche Kontakte pflegten, eigentlich auch nicht *vor* zwanzig Uhr. Zum anderen, weil er davon überzeugt war, dass der Mörder das Grabstein-Plakat nicht aufgehängt hatte, um ihn lediglich zu erschrecken. Nein, der Typ meinte es jedes Mal ernst. Sechs Mal hatte das schon so funktioniert. Da würde er sich beim siebten Mal nicht mit einem schlechten Scherz begnügen. Der wollte Mutter umbringen.

Die Asiatin kam von der ersten Etage herunter. Andy sah an ihrem Gesichtsausdruck, wie die Suche verlaufen war, trotzdem fragte er: »Und?«

Sie schüttelte den Kopf.

Andy zeigte auf eine Tür, neben der kein Namensschild hing. »Wo geht's da hin?«

»In den Keller.«

»Sollen wir?«, fragte Andy auffordernd.

Die Aushilfe zögerte kurz, dann nickte sie.

Der Lichtschalter befand sich an der Wand direkt neben der Tür, doch obwohl sie beide zweimal draufdrückten, blieb der Keller dunkel.

»So ein Mist«, fluchte die Aushilfskraft jugendfrei. »Da unten stehen unsere Tiefkühltruhen. Die ganzen Lebensmittel werden schlecht.«

Andy machte sich gerade weniger Sorgen um Lebensmittel. »Haben Sie eine Taschenlampe?«

»Sie wollen wirklich da runter?«

Er wollte, und im Büro der Pflegerinnen war wegen der häufigen Stromausfälle tatsächlich eine Taschenlampe deponiert.

Andy ging voran, die Asiatin benutzte seinen Körper als Deckung. Gleich nach der zweiten Biegung stieß er mit dem Fuß gegen eine Pappschachtel. Eine Großpackung Hühnerfrikassee. Dann folgten Plastiksäcke mit Möhren. Und Erbsen. Kiloweise Fischstäbchen. Bei Oma Paschke hatte es freitags immer Fischstäbchen mit Senfsoße gegeben. Wie er das Zeug gehasst hatte! Dass alte Leute kindisch wurden, bedeutete doch nicht, dass man sie mit Kinderessen abfüttern musste. Hoffentlich würde er rechtzeitig sterben, bevor man ihm freitags wieder Fischstäbchen auf den Teller schaufelte.

»Das hier«, er stieß mit der Schuhspitze gegen einen Möhrensack, »wäre auch ohne Stromausfall hinüber gewesen.«

»Wer macht denn so eine Unordnung?«, stieß die Pflegerin empört hervor.

Im selben Moment wusste Andy die Antwort. Jemand, der die Tiefkühltruhe für einen Menschen brauchte. Da standen gleich mehrere Geräte in einer Reihe, doch Andy begann instinktiv mit der alten, abgeschabten Truhe hinten in der Ecke.

Und da lag sie. Seine Mutter. Mit Handschellen gefesselt.

»Mutter!«, schrie Andy.

Keine Reaktion. War sie tot?

Andy beugte sich hinunter, griff ihr unter die Arme, zog sie hoch, fühlte ihren kalten Körper, fing an zu weinen, wusste nicht mehr, was er machen sollte. Halb hing Mutter in der Truhe, halb außerhalb. Zu zweit schafften sie es schließlich, die alte Frau auf den Kellerboden zu legen. Routiniert griff die Asiatin nach dem Handgelenk, konzentrierte sich mit geschlossenen Augen. »Sie lebt. Ich spüre einen Herzschlag.«

Andy streichelte über die faltige, von Altersflecken übersäte Wange. So nah war er seiner Mutter seit Kindertagen nicht mehr gekommen. Wenn er ihr doch bloß die blöden Handschellen abnehmen könnte. Wie eine Verbrecherin sah seine Mutter damit aus.

Die Radekow ging neben Andy, als zwei Sanitäter die immer noch bewusstlose Frau auf einer Trage zum Krankenwagen schafften. »Und Sie haben keine Ahnung, wer der Täter sein könnte? Überlegen Sie mal: Der Mann hat es auf Ihre Mutter abgesehen. Sie müssen ihn kennen. Er muss Ihnen nahe stehen.«

Da war etwas, das Andy in der letzten Stunde verdrängt hatte, etwas, das er in Mutters Zimmer gesehen hatte. Er war sich nicht sicher. »Ich …«

»Ja?«, forschte die Radekow.

»… würde mich gerne noch mal im Zimmer meiner Mutter umsehen.«

Der Kuchen auf dem Tisch war ein *Kalter Hund*, das Lieblingsgebäck seines Bruders, Butterkeks und Schokocreme zu einem Kasten geschichtet, genau das Richtige für Mütter, die keine Energie hatten, für ihre Kinder eine Torte im Format einer Schwarzwälderkirsch zu backen. Und es steckten genau acht Kerzen darin, wie zum achten Geburtstag.

Ja, Andy wusste, wer der Täter war. Und wo er jetzt hin musste. Und zwar allein.

Achtlos

Das Loch war tief. Richtig tief. Sie hatten lange daran gearbeitet, mindestens zwei Wochen. Nicht jeden Tag, aber oft. Sie waren immer wieder hergekommen mit ihren Schaufeln. Weil es cool war, ein Loch zu haben. Ein Geheimversteck.

Und jetzt war es fertig.

Andy hatte gesagt, dass Markus es auch benutzen dürfe. Wenn Andy und seine Freunde es nicht brauchten. Das war eigentlich unfair, weil Markus ja genauso viel daran gearbeitet hatte wie Andy und darum dieselben Rechte hatte. Er sagte trotzdem nichts. Mit Andy streiten war blöd, weil der irgendwie immer gewann. Und eigentlich fand Markus es sowieso gar nicht so toll da unten. Es war feucht und kalt, und es roch komisch.

Markus war nicht sicher, ob es erlaubt war, so ein Loch-Geheimversteck zu haben. Er hatte sich nicht getraut, Andy zu fragen. Wenn er solche Sachen fragte, dann lachte ihn sein Bruder oft aus und sagte, dass er ein Schisser sei.

Andy war nicht immer gemein, nur manchmal. Manchmal war er auch in Ordnung. Manchmal machten sie Sachen zusammen. So wie das Loch. Das war eigentlich ganz gut an Andy. Er hatte oft so Ideen.

Das mit dem Schisser war blöd, aber ein bisschen stimmte es auch, das wusste Markus. Es gab irgendwie viele Sachen, vor denen er Angst hatte. Der fiese Köter an der Ecke, der ihn immer anbellte. Wespen in der Limodose. Vom Dreier springen. Der Sportlehrer, der einen mit Absicht immer die Sachen vormachen ließ, die man nicht konnte.

Am meisten Angst hatte er vor seiner Mutter, wenn sie wütend war.

Wenn sie ihn so ansah, richtig böse, und sagte, wie enttäuscht Papa wäre, wenn der wüsste, wie ungezogen Markus war. Papa war schon lange tot. Markus konnte sich nicht an ihn erinnern, und Andy auch nur ganz wenig. Das konnte nur Mutter und darum sagte sie ihnen oft, was der Papa gedacht oder gemacht hätte, wenn er irgendwas wüsste. Und was er von ihnen erwartet hätte.

»Komm schon!« Andy war die Leiter, die sie heimlich aus dem Schuppen geholt hatten, runtergeklettert. Es war die kleine Leiter, die nie jemand brauchte. Außer ihnen, für ihr Loch. Trotzdem war Markus absolut sicher, dass Mutter einen Tobsuchtsanfall kriegen würde, wenn sie wüsste, dass sie die Leiter genommen hatten. Das hätte Papa schlimm gefunden.

Manchmal, wenn sie im Kabuff waren, sagte Andy, dass es wurstpiep wäre, das mit Papa, weil Papa schon längst die Würmer gefressen hätten. Markus fand es blöd, wenn er so was sagte. Vor allem im Kabuff. Markus hasste das Kabuff. Es war unter der Treppe. Sie mussten da rein, wenn sie etwas angestellt hatten. Mutter schloss von außen ab und sie mussten da sitzen, bis sie lange genug darüber nachgedacht hatten. Es war unheimlich und eng. Markus bekam keine Luft, wenn er da drin war. Es schnürte ihm den Hals zu. Es stank nach Schuhcreme, und wenn man da drin war, passierte etwas Komisches mit der Zeit. Sie ging einfach nicht weiter. Markus musste oft heulen, wenn er im Kabuff war. Er gab sich Mühe, das nicht zu tun. Er wollte nicht, dass Andy das mitkriegte. Und Andy war immer dabei. Weil – das machte Mutter so. Sie hatte nämlich keine Zeit für lange Diskussionen und Lügengeschichten, sagte sie. Darum bestrafte sie immer beide, egal, wer was gemacht hatte. Damit sie beide was lernten.

Das Ungerechte war, dass Markus sich wirklich Mühe gab. Er überlegte oft, was Mutter wollte. Und machte das dann. Nicht immer, aber meistens. Er schrieb gute Noten und hielt sein Zimmer in Ordnung, und er sagte keine Wörter, die man nicht sagen durfte. Er machte sich meistens nicht schmutzig und kam pünktlich zum Essen. Er gab sich wirklich viel Mühe, brav zu sein und keine Enttäuschung für Papa. Bei Andy war das anders. Andy gab sich keinen Funken Mühe, ihm war das piepegal, Mutter und das Kabuff und der Rest. Und darum machte er eine Menge Mist. Und darum mussten sie oft ins Kabuff. Viel öfter, als Markus es verdient hatte.

»Komm schon«, rief Andy. »Oder hast du wieder Schiss?«

Markus hatte keinen Schiss. Er war fast acht und hatte garantiert keine Spur Schiss vor einem blöden Loch. Trotzdem wäre er lieber nach Hause gegangen. Das war allerdings riskant, heute. Er wollte Mutter lieber nicht in die Quere kommen, sie aus Versehen ärgern.

»Quatsch«, sagte er also und hangelte sich auf die Leiter. Sprosse für Sprosse tasteten seine Füße sich abwärts. Bis er unten war.

Es war wirklich nicht so toll. Eigentlich viel zu eng für zwei. Es war wirklich ein bisschen so wie das Kabuff.

»Cool«, sagte Andy. »Hier kann einen keiner finden. Es könnte auch ein Gefängnis sein, oder? Für Feinde. Wenn man die hier ins Loch wirft, dann hat man sie. Dann kann man sie verhungern und verdursten lassen.«

Markus nickte. Eigentlich wollte er jetzt doch lieber nach Hause. Es war dreckig hier unten. Wenn er sich die neue Hose versaute, dann konnte er was erleben. Und das ging heute nicht. Heute durfte er nichts, aber auch gar nichts vermasseln. Denn morgen war der große Tag.

Mutter hatte schon den kalten Hund gemacht. Den gab es immer, wenn Geburtstag war. Und er durfte acht Kinder einladen. Immer so viel Kinder wie Jahre, sagte Mutter. Markus hatte genau überlegt und hatte acht Einladungskarten geschrieben, in Schönschrift und ohne Fehler. Er hatte aus seiner Klasse die Kinder ausgesucht, bei denen er sicher war, dass sie sich gut benehmen würden. Nicht rumbrüllen und Pups-Witze machen oder so. Kinder, die Mutter nicht ärgerten. Weil das wichtig war, fand Mutter, dass man sich gut überlegte, mit wem man sich abgab. Vielleicht würden die, die er eingeladen hatte, wirklich seine Freunde werden. Dann würden sie oft vorbeikommen und klingeln und fragen, ob er raus dürfe, spielen. Dann war es gut, wenn Mutter sie mochte.

Es war natürlich nicht sicher, dass sie seine Freunde werden würden. Aber irgendwie hatte Markus das Gefühl, dass es diesmal klappte. Weil er acht wurde. Im August. Und acht Kinder zum Geburtstag kamen. Wenn so was in Büchern war, dann bedeutete das etwas. Es war ein gutes Zeichen.

»Von oben kann man garantiert nicht sehen, dass hier einer ist«, sagte Andy. Er sah ihn an. Grinste. »Du hast wohl Schiss!«

»Voll nicht!«, sagte Markus. Und das stimmte eigentlich auch. Er fand es nur einfach nicht so toll hier unten.

»Ich geh mal hoch«, sagte Andy. »Ich guck mal, ob man was sieht von draußen.«

»Ich komm mit.«

»Nee, du musst hier bleiben. Ich muss doch gucken, ob man dich sehen kann.«

Das war Quatsch, natürlich, es war sonnenklar, dass keiner einen sehen konnte, wenn man hier unten war. Aber wenn

Andy in so einem Ton redete, dann hatte es keinen Sinn, irgendwas zu sagen. Außer, man wollte Streit. Und das wollte Markus jetzt nicht, und darum riss er sich zusammen und sah zu, wie Andy die Leiter hochkletterte und über den Rand verschwand.

Es war eigentlich auch nicht so schlimm. Eklig eben. Aber es ging schon.

»Die Leiter!« Andys Kopf tauchte am Rand des Lochs auf. »Man sieht die Leiter. Die müssen wir rausziehen und verstecken. Weil sonst findet jemand anderes unser Loch. Und macht es vielleicht kaputt.«

Markus nickte. War ihm eigentlich egal. Er wollte lieber in Ruhe an seinen Geburtstag denken. Er fände es nicht so schlimm, wenn jemand das doofe Loch finden würde. Obwohl seine neuen Freunde das vielleicht gut finden würden, wenn er ein Geheimversteck hätte. Das hatte nicht jeder.

Er sah, wie die Leiter sich bewegte. »Was machst du?« Seine Stimme klang komisch piepsig.

»Ich teste das. Warte!«

Bevor Markus verstand, war die Leiter schon so hoch, dass er hätte springen müssen, um sie zu erwischen. Am liebsten hätte er das getan, denn ohne Leiter war es doch ein bisschen gruselig hier unten. Er würde trotzdem nicht heulen. Auf keinen Fall würde er jetzt heulen.

Er hörte Andys Stimme. »Was?«, brüllte er, so laut er konnte und um zu beweisen, dass er nicht heulte. »Ich kann dich nicht hören.«

Andys Gesicht erschien am Rand. »Ich glaub, da kommt jemand«, sagte er. »Ich versteck schnell die Leiter. Sicher ist sicher.« Bevor Markus etwas sagen konnte, war er weg. Er sah nur noch den grauen Himmel und die Baumkronen. Es sah nach Regen aus. Wenn es regnete, dann würde das Loch voll Wasser laufen. Dann konnte man wahrscheinlich ertrinken. Natürlich würde es nicht regnen. Nicht so jedenfalls, es war ja schließlich August. Manchmal kamen Gewitter im August. Dann regnete es ziemlich stark. Aber der Himmel war ganz hellgrau. Und es war auch nicht so heiß. Es war alles in bester Ordnung. Markus war fast acht, und er war kein Pipimädchen, auch wenn Andy das manchmal zu ihm sagte. Pipimädchen war noch schlimmer als Schisser. Total gemein.

Irgendwie wurde der komische Geruch immer schlimmer. Plötzlich musste Markus an das denken, was Andy immer wegen Papa sagte. Hier war bestimmt alles voller Würmer. Er war ja quasi da, wo die Würmer wohnten. Er wusste nicht, ob Würmer nur tote Leute fraßen. Es waren bestimmt noch andere Tiere da. Spinnen und so Ekelkram. Er konnte nicht gut sehen, weil es ziemlich düster war.

Er bemühte sich, ruhig zu atmen. Nicht heulen jetzt. Er war fast acht. Kein Schisser und kein Pipimädchen. Er feierte Geburtstag, morgen, morgen war der große Tag. Er wurde acht und hatte bald Freunde und dann wurde es gut. Und während er das dachte, wurde es immer dunkler und irgendwann rief er. Er rief Andys Namen, immer lauter, bis sein Hals wehtat. Es war jetzt wichtig, wirklich, wirklich wichtig, dass Andy zurückkam. Nicht wegen Regen oder Würmern, sondern weil es schon so dunkel war, bestimmt Essenszeit. Markus dachte an das, was Andy vom Verhungern gesagt hatte, aber das war egal. Verhungern war nicht so schlimm wie nicht da zu sein beim Essen. Dann setzte es nämlich was. Dann gab es nicht nur Kabuff, dann konnte er den Geburtstag vergessen. Da kannte Mutter nichts, sie belohnte ihn ja wohl nicht auch noch, wenn er sich so benahm und sie und Papa so enttäuschte. Jetzt schrie er, wusste gar nicht, wann er damit angefangen hatte. Er schrie und schrie, er schrie Andys Namen und jetzt heulte er doch, konnte gar nicht aufhören zu heulen, weil die Wände immer näher kamen und da waren Würmer, viele Würmer, und es fing an zu regnen, und er merkte, dass seine Hose nass wurde, aber das war nicht der Regen, der die neue Hose versaute. Pipimädchen, höhnte Andys Stimme, obwohl der nicht da war, sondern weg. Andy war weg, und Markus war allein. Und er verstand, dass er nicht acht werden würde, morgen.

Er verstand, dass er nicht acht werden konnte.

Und das war das Schlimmste.

Jetzt wird der Schluss gemacht

Er hätte todmüde sein müssen, aber sein Körper erlaubte es ihm nicht. Der Weg, den Andy zu Fuß vom Seniorenheim hierher zurückgelegt hatte, führte stetig bergauf, der Rucksack wurde bei jedem Schritt schwerer, er war außer Atem. Klare, kühle Luft wurde in seine Lungen gepumpt. Es war sechs Uhr. In der Ferne hörte er den Straßenverkehr, der sich schon über die B56 nach Bonn hineinwälzte.

Es war noch keine zwei Tage her, seit er nach all den vielen Jahren wieder hierher gekommen war. Mit einer Waffe in der Hand, mit der er nicht umgehen konnte, hatte er hier im Wald herumgeballert.

Jetzt war er wieder da.

Wieder mit einer Waffe.

Und er konnte immer noch nicht damit umgehen.

Er ging langsam auf das alte Fabriktor zu. Alles lag noch im Schatten. Die Luft war voll vom Gezwitscher der frühen Vögel.

Was würde ihn erwarten? Wer ihn erwarten würde, war ihm jetzt endlich klar. Der Mörder hatte endlich ein Gesicht. Andy hätte all das lieber nicht gewusst.

Er trat von einem Fuß auf den anderen. Er musste wieder auf das Gelände. Alle Spuren hatten ihn hierhin gelenkt. Vermutlich schon das Handy, das man ihm regelrecht vor die Füße gelegt hatte, und das ihn zeitweise hatte glauben lassen, Wolle stecke hinter alldem. Hier war es also, wo diese bizarre Schnitzeljagd endlich ihr Ende finden sollte. Es gab noch so viele ungelöste Rätsel. Würden an diesem Ort alle Fragen beantwortet werden? Dort hinten, über den asphaltierten

Weg, vorbei an den Hallen, hinein in das Dickicht. Dort irgendwo, wo dieses gottverdammte Loch im Boden gewesen war, dort musste er hin.

Gerade als er sich einen Ruck geben wollte, nahm er die alte Villa wahr. War da Licht in einem der Fenster? Er trat einen Schritt zur Seite, reckte den Hals. Die Sträucher behinderten seine Sicht.

Tatsächlich war ein Fenster hell erleuchtet. Wie konnte das sein? Obwohl, mittlerweile wunderte ihn irgendwie nichts mehr. War das Ding jetzt bewohnt? Er folgte der Straße ein paar Schritte, und das große, alte Gebäude schälte sich langsam aus dem Versteck aus Ästen und Blättern.

Jetzt konnte er es überblicken, in jedem der hohen, schmalen, von Ziegelsteinumrandungen eingefassten Fenster brannte Licht. Auch wenn der Tag das Altweiß des Fassadenputzes langsam erhellte, überstrahlte die Beleuchtung alles.

Die Baumstümpfe der ehemaligen Allee waren verschwunden, stattdessen führten nun Reihen junger Bäume auf den Haupteingang zu, der in einem zweigeschossigen Vorbau eingelassen war.

Nein, das konnte nicht sein! Die Hausnummer war selbst aus dieser Entfernung zu erkennen.

Es war eine Acht.

Sie glänzte Andy messingfarben entgegen, sie lud ihn ein, durch das offenstehende Eingangstor zu treten und den säuberlich gekiesten Weg zu beschreiten. Die makellos in Stein gehauenen Stufen führten zur hölzernen Tür hinauf. Sie war geöffnet. Nur für ihn. Keine Frage, er wurde erwartet.

Seine Linke schloss sich fest um den Griff seines Rucksacks, als er hinaufstieg. Beim Eintreten fuhr seine Hand über die metallene Ziffer. Eiskalt.

Das Treppenhaus war überraschend klein. Das hatte er als Kind anders empfunden. Die Holztreppe, die sich in die Höhe wand, war aufwendig restauriert worden, glänzte in einem edlen, dunklen Farbton, ebenso die Türen. Weitere Stufen hinauf öffnete sich der Blick in die Halle. Er wurde magisch angezogen, eine unsichtbare Kraft leitete ihn den Weg entlang, den er zu gehen hatte.

Der bröckelnde Putz, die zersprungenen Bodenplatten, all das war verschwunden. Stattdessen empfingen ihn fein wiederhergestellte Wände, ein schulterhoher Wandsockel aus einer Textiltapete mit dezenten Ornamenten, eingefasst am oberen und unteren Ende mit elegant geschnitzten Holzleisten, teure Fliesen im Diagonalmuster, die durchbrochene Decke mit dem Blick in den ersten Stock. Dort in der Höhe kreuzte eine offene Holzbalkenkonstruktion den bis zum großen Dachfenster hinaufreichenden Raum. Rings herum war das hölzerne Geländer der Galerie gespannt. Alles war edel, gediegen, alles zeigte, dass hier viel Geld investiert worden war.

»So früh bist du noch nie zu meinem Geburtstag gekommen«, sagte eine Stimme hoch über ihm.

Markus beugte sich über das Geländer. Er hatte die Arme ineinander verschlungen und sah regelrecht entspannt aus. »Hättest du ihn vergessen, wenn ich dich nicht daran erinnert hätte?«

Was sollte er sagen? Wie konnte er anfangen? Vielleicht zur Abwechslung die Wahrheit?

»Wahrscheinlich schon, ja.« Seine Stimme klang belegt.

Markus grunzte leise und in sich gekehrt. »Klar«, sagte er kaum hörbar. »Es gibt ja immer Wichtigeres.«

Andy drehte sich langsam im Kreis. Er ließ den Blick schweifen, keine Möbel, alles leer. »Was tust du hier?« Er fühlte sich wie unter einem Vergrößerungsglas. Über ihm war der Mann, dessen Plan es war, acht Menschenleben auszulöschen. Sein eigener Bruder. Und wenn er mit seinen Annahmen richtig lag, was er nicht mehr bezweifelte, sollte er selbst – Andy – das achte Opfer werden. Was sollte er tun? Die Waffe aus dem Rucksack ziehen und Markus bedrohen? Sie auf seinen eigenen Bruder richten? Oder reden? Ihn einlullen? Totquatschen? Versuchen, Markus zur Vernunft zu bringen und zum Aufgeben zu zwingen?

Er fragte, um irgendetwas zu fragen: »Wem gehört das alles hier?«

»Mir«, sagte Markus trocken.

»Red keinen Scheiß. Was hast du da an? Ist das ein Jackett?«

Markus reckte einen Arm nach vorne und betrachtete scheinbar amüsiert den Ärmel. »Ein Anzug. Auf Maß geschneidert. Nicht schlecht, oder?«

»Was hältst du davon, runterzukommen? Mir tut der Nacken schon weh.«

Wieder dieses gepresste Grunzen. »Weißt du noch, wie wir früher hier über diese Balken balanciert sind? Würde ich heute nicht mehr machen. Obwohl sie nagelneu sind.« Er legte die Stirn in Falten und stützte jetzt die Hände auf die Balustrade. Es sah ein bisschen anklagend aus. »Würdest du heute alles so machen wie früher?«

Andy überlegte nicht lange. Er sagte es nicht nur, weil er wusste, dass sein Bruder es hören wollte. Er meinte es auch so: »Sicher nicht.«

Markus lächelte milde. »Komm mal hoch, ich zeig dir was.«

Als Andy die mit dickem, rotem Teppich ausgelegten Stufen hinaufstieg, dachte er angestrengt darüber nach, dass noch nicht alles zu spät war, dass dieser Besuch nicht zwangsläufig in der Katastrophe enden musste. Sein Bruder wirkte entspannt, war in geradezu gelöster Stimmung.

»Du siehst gut aus, Markus«, sagte er, als er ihn im ersten Stock erreicht hatte. Und es stimmte. Ein sandfarbener Anzug aus leichtem Stoff. Nicht zu schick und nicht zu leger, genau richtig. Was war nur mit ihm passiert? »Ist das dein Ernst? Die Villa gehört dir? Du verarschst mich.«

Jetzt lachte Markus hell auf, und kam auf ihn zu. Er zog das Bein ein bisschen nach. Seine Miene war die eines gut gelaunten Gastgebers. Fast sah es so aus, als wollte er Andy umarmen, oder wenigstens herzlich die Hand schütteln. Aber ein paar Schritte vor ihm blieb er stehen.

»Sagen wir mal, es hat sich alles verändert in meinem Leben. Ein Besuch im Spielcasino, und ... Pssscht!« Er machte das Geräusch einer startenden Silvesterrakete.

»Aber Carina und ich haben dich doch an deiner Wohnung abgeholt. Vor ein paar Tagen erst.« Casino? Sein Bruder war vermögend? Das Flugzeug, das komplett gebuchte Hotel. Und auch die abgesperrte Straße, das Toilettenfahrzeug – dafür brauchte man Geld. So war es also gelaufen? Sollte das wahr sein? »Du bist doch ... du hast aber doch ...«

Wieder lachte Markus auf. »Das sollte mein kleines Geheimnis sein. Und wenn wir mal ehrlich sind, dann hast du dich doch nie besonders dafür interessiert, wie ich so lebe, oder? Wie es mir so geht. Was dein *Bruder* so macht.« Er betonte das Wort Bruder besonders.

Andy schwieg betreten.

Dann machte Markus zwei weitere Schritte auf ihn zu und stand ihm jetzt ganz nahe gegenüber. Er senkte die Stimme und sagte leiser: »Die Acht ist der Schlüssel.«

»Hab ich auch schon mitgekriegt«, sagte Andy flapsiger, als er das eigentlich wollte. Sein Bruder störte sich nicht daran. Er winkte mit der Rechten und forderte ihn auf, ihm zu folgen, was Andy zögernd tat. Während sie an den Türen entlanggingen, die um die Galerie herum lagen, ließ er Andy voller Begeisterung an seinen wirren Gedankengängen teilhaben. »Ich beobachte dich jetzt schon eine ganze Weile, und ich glaube erkannt zu haben, dass du mittlerweile durchaus das ein oder andere erkannt hast.«

Beobachtet! Andy sah sich Schießübungen im Wald machen, nur einen Steinwurf entfernt von hier. Da war ihm das Navi ins Auto gelegt worden.

»Diese Numerologin sollte dir eigentlich die Augen für die enorme Wichtigkeit der Zahlen in unserem Leben geöffnet haben«, schwadronierte Markus weiter. Andy hatte ihn noch nie so energiegeladen erlebt.

»Der tote Verleger? Korbach?«, fragte er.

»Eine miese Ratte. Ich habe die Dummheit begangen, ihm mein Manuskript anzuvertrauen.« Er wandte den Kopf und grinste Andy über die Schulter an. »Alles rächt sich. Die Acht hilft mir dabei.«

Da klinkte irgendetwas aus. Andy glaubte es regelrecht hören zu können.

»Wolle, Jupp Bronft ... das ist doch alles verdient, oder? Die haben mich schikaniert bis aufs Blut. Ich meine, man hat doch das Recht, denjenigen, die einen gequält haben, die Strafe zukommen zu lassen, die ihnen gebührt, oder?«

Der Bundeswehrkamerad, der Fahrlehrer ... Andy wusste nicht im Detail, was sie seinem Bruder angetan hatten, aber er ahnte es. Die tote Frau auf Juist – eine Liebesgeschichte, keine Frage.

Markus beantwortete die Frage, die er ihm nicht gestellt hatte: »Die Kindergärtnerin hat mich um meinen Job gebracht. Immer habe ich die Fotos für diese Kuh gemacht, hab ihre schrecklichen Kinder fotografiert, und plötzlich ist Schluss. Einfach so. Das erscheint jemandem, der alles so leicht nimmt wie du, natürlich als unbedeutend, aber dir fehlt das Gespür für die Feinheiten im Leben, für die Tragik hinter den Dingen. Und vor allem fehlt dir der Blick für all diese komplexen Zusammenhänge.«

»Was war mit dem Typ auf der Kegelbahn?«, fragte Andy.

Markus blieb stehen und drehte sich mit vorwurfsvollem Blick zu ihm um. »Aber Andy. Das habe ich doch so gut inszeniert, das musst du doch klar erkannt haben.«

Andy zuckte ratlos mit den Schultern. »Kegelbahn ... nackt ... ein Kegelkumpel von dir?«

»Ja, genau!«, schrie Markus plötzlich laut auf. »Ein Drecks-Kegelkumpel, der sich mit seinen Schweinen von Freunden einen so widerlichen Scheißspaß mit mir erlaubt hat, dass ich heute noch loskotzen könnte, wenn ich daran denke. Die haben mich behandelt wie ein Stück Dreck, verstehst du? Nackt auf der Kegelbahn inmitten dieser widerlichen Frauenkegeltruppe!« Seine Stimme hatte sich in die Höhe geschraubt, und er verlor von einem Moment auf den nächsten völlig die Fassung. »Einer nach dem anderen. Jedem Unglück folgte das nächste. Alles baut aufeinander auf. Die Kindergärtnerin war die Letzte, die mir so etwas angetan hat.«

Und deswegen musste sie als Erste sterben, dachte Andy. Markus hatte sich rückwärts gerächt, war immer weiter in die Vergangenheit vorgestoßen, deswegen waren Andy die Opfer auch immer vertrauter geworden, denn die frühe Vergangenheit war etwas, das die Brüder sich teilten. Und jetzt war Markus bei ihm angekommen. Er war das letzte Opfer – und somit der erste Täter. Was für eine grauenvolle Logik!

»Ihr Acht seid schuld an dem, was ich heute bin!« Markus stockte, starrte einen Moment lang ins Leere und sagte dann, wieder in gemäßigter Tonlage: »Das, was ich bis vor Kurzem war.«

Er stieß eine Tür auf, und Andy sagte, um das Beklemmende der Szene ein bisschen abzuschwächen: »Sicher Zimmer Nummer acht, was?« Er versuchte, es heiter klingen zu lassen.

Markus sah ihn kurz an und murmelte: »Vom Hauseingang aus durchgezählt natürlich, ja.« Sie traten ein.

Andy erinnerte sich an das Zimmer. Es war der Raum, in dem sie den Schatz gesucht hatten. Hier hinter den alten, vergammelten Holzvertäfelungen hatten sie ihn vermutet. »Das Schatz-Zimmer«, sagte Andy leise und sah sich langsam um. Vor dem Fenster standen ein gepolsterter, antiker Sessel und ein kleines Schubladentischchen. Sonst war das Zimmer leer.

Jetzt strahlte Markus wieder wie ein kleines Kind. »Du erkennst es wieder? Wirklich? Das ist schön! Ach, ist das schön!« Eifrig sprang er zu einer der Wände und klopfte dagegen. »Hier haben wir das Loch geklopft. Es wurde immer größer und größer, weißt du noch. Wir konnten bis ins nächste Zimmer durchgucken. Mit einem fetten Hammer, *Wumms, Wumms, Wumms,* immer dagegen!« Er machte es mit der Faust nach, dann ging er zu dem kleinen Tischchen und zog die Schublade auf. »Und du glaubst es nicht, was wir hier bei der Renovierung unter dem ganzen Schutt und Gerümpel gefunden haben ...« Er hielt ihm seinen Fund auf den ausgebreiteten, flachen Händen entgegen wie etwas Heiliges. Es war ein alter, speckig glänzender Hammer. »Was haben wir damals einen Spaß gehabt«, hauchte Markus.

In diesem Moment klingelte das Handy im Rucksack. Instinktiv griff Andy hinein, seine Hand streifte dabei die Pistole. Er erkannte die Nummer des Altenheims, aber Markus machte eine Schnute und schüttelte betrübt den Kopf.

»Ach nö, nicht heute. Ist doch mein Geburtstag. Denkst du, es geht mal ohne?«

Seufzend nickte Andy, drückte den Anruf weg und schob das Handy in die Hosentasche. Dann folgte er der Handbewegung seines Bruders, die ihn zu dem einzigen Fenster des Raumes winkte.

Der Blick ging hinters Haus. Wenn man sich weit genug nach vorne reckte, konnte man links Teile der Fabrikgebäude sehen. Hinter dem Haus erstreckte sich ein Garten, an dessen Ende ein Zaun verlief, der von wuchernden Kletterpflanzen in einen grünen Wall verwandelt worden war. An einer Stelle war er ganz niedergerissen worden. Dahinter lag Brachland, und am Waldrand, da hinten ...

»Da ist es«, sagte Markus ganz leise neben seinem linken Ohr. »Das Loch.«

Andy wandte seinem Bruder den Kopf zu. Gerade rechtzeitig, um noch zu sehen, wie der mit dem Hammer ausholte. Der faustgroße Metallklotz traf mit ungeheurer Wucht auf Andys linken Oberschenkel, und zu einem krachenden Geräusch explodierte ein wütender Schmerz, der durch seinen ganzen Körper schoss. Sein Bein knickte weg, er stürzte zu Boden. Als er sich wimmernd auf dem Parkett krümmte und seinen Oberschenkel mit den Händen umklammerte, beugte sich Markus zu ihm hinunter und hob den Rucksack auf, der seinen Händen entglitten war. Er kramte darin herum und förderte die Pistole zutage. »Du hättest sowieso nicht getroffen«, murmelte er. »Ich habe gesehen, wie du geübt hast.« Dann bedeutete er ihm mit der Waffe, aufzustehen.

Andy zog sich mit aufeinandergebissenen Zähnen an dem Brokatsessel hoch und ächzte: »Du hast mir das Bein gebrochen. Scheiße, es ist gebrochen. Ich kann nicht gehen.«

»Ach was«, sagte Markus ruhig. »So schnell bricht das nicht. Wir haben ja nur den kurzen Weg bis dahinten, zum Waldrand.«

Das Loch hatte ungefähr die Größe, die Andy in Erinnerung gehabt hatte. Als er nun in gebeugter Haltung am Rand der Öffnung kniete, konnte er aus seiner Position den Boden nicht erkennen. Es musste deutlich tiefer sein als ihr Loch aus Kindertagen. »Das ist Wahnsinn, Markus, Wahnsinn«, keuchte er.

»Das war es damals auch.«

Als Andy zu seinem Bruder hinaufblickte, konnte er ihn kaum erkennen, weil seine Augen tränenblind waren, er heulte und sagte leise »Sorry.«

Der lachte laut und schrill auf. »Sorry! Sorry! Die Entschuldigung eines Radiomoderators! Sorry!«

»Entschuldigung! Verzeihung! Bitte um Vergebung!«, brüllte Andy. Speichel tropfte ihm von den Lippen. Es tat ihm leid! Es tat ihm wirklich leid! Er würde Berge versetzen und die Welt anhalten, wenn es helfen könnte, die Vergangenheit ungeschehen zu machen, diese schreckliche Sache damals in diesem Loch, seine Schuld gegen seinen kleinen Bruder, die all das hier verursacht hatte.

Andy wusste nicht, wie er es überhaupt bis hierher hatte schaffen können. Das Bein war nicht gebrochen, in diesem Punkt hatte sein Bruder recht gehabt, aber der Schmerz wühlte so sehr mit bösartigen Klauen, dass er kaum imstande war, einen klaren Gedanken zu fassen. Er kauerte am Rande des Lochs und konnte nicht aufhören, zu zittern. Gab es noch eine Rettung? Er blickte sich um. Ein riesiger Berg Erde lag aufgeschüttet neben dem Loch. Spitzhacke, Schaufel und ein Eimer an einem Seil, eine Seilwinde, eine Schubkarre ... Zwischen ihm und all diesen Gegenständen stand sein Bruder mit der Pistole.

Er setzte auf den Überraschungseffekt. Andy nahm all seine Kraft zusammen und sprang auf. Er warf sich gegen seinen Bruder, der ins Straucheln geriet. Ein Schuss löste sich, aber Markus hielt die Waffe fest umklammert.

Andy lief los, so schnell es sein malträtiertes Bein zuließ. Auf den Wald zu! Zwischen die Bäume! Der zweite Schuss krachte durch den Morgen, und schlug dicht neben ihm in einem Baum ein. Er taumelte vorwärts, stolperte über Grasbüschel und Wurzeln, dürres Laub stob um ihn herum auf.

An der Stelle, an der er am Vortag Schießübungen gemacht hatte, stürzte er der Länge nach hin, robbte voran, versuchte, sich an dem Rest der kleinen Mauer hochzuziehen, und im nächsten Moment war Markus auch schon über ihm. Er richtete den Lauf der Pistole auf seinen Kopf. »Denk erst gar nicht daran«, sagte er bösartig. »Du bist die Nummer acht. Du bist der, mit dem das alles angefangen hat. Es ist nicht so, dass ich dich hasse. Du bist mein Bruder. Man hasst seinen Bruder nicht, nicht wahr?«

»Nein«, winselte Andy. Und da war wirklich kein Hass in ihm.

»Man nennt seinen Bruder auch nicht Pipimädchen, nicht wahr?«

Er brachte nicht einmal mehr ein Nein heraus und schüttelte nur den Kopf.

Andy rappelte sich schluchzend auf und ließ sich von seinem Bruder zurück zu dem abscheulichen Loch führen, in dem er seine letzte Ruhestätte finden sollte.

Er stellte sich mit hängendem Kopf in Positur.

»Hättest du auch nur ein einziges Mal nachgedacht, was du mir angetan hast, würden wir hier nicht stehen. Dann würden wir heute nicht die Geburtstagsfeier nachholen müssen, die damals ausgefallen ist.« Die Stimme seines Bruders klang traurig.

Es folgte ein tiefer Seufzer und dann ein kurzer Moment völliger Stille.

Etwas piepste leise. Eine SMS. Andy spürte die Vibration in seiner Hosentasche.

»Oh, oh, oh.« Markus machte eine fordernde Handbewegung.

Mit zitternden Fingern fischte Andy das Gerät hervor und reichte es seinem Bruder. Im letzten Moment erkannte er die Kurznachricht. Sie kam von Carina. Was er las, erleichterte ihn ungeheuer: »Die Polizei war hier. Deiner Mutter geht es gut. Wo bist du?«

Und plötzlich musste Andy lachen. Es kam tief aus seinem Bauch, kämpfte sich die Kehle hoch und wuchs von einem tonlosen Kichern langsam zu einem lauten, nicht enden wollenden Brüllen heran.

Markus betrachtete das Mobiltelefon in seiner Hand mit offen stehendem Mund.

Seine Sieben lebte. Sein Plan glitt von den Schienen.

»Was ist denn, verdammt noch mal ... Es war doch alles vorbereitet. Ich habe doch keinen Fehler gemacht. Da war der Leichenwagen. Sie haben sie abtransportiert, die böse Frau, diese wirklich böse, böse Frau. Es ist alles so verlaufen, wie ich es geplant habe, ich ...«

»Es hat einen Stromausfall gegeben«, sagte Andy leise. »Sicherung raus. Wirklich Pech für dich.«

»Aber das geht nicht!«, schrie Markus, und gerade, als er die Waffe hob, um den Lauf an Andys Schläfe zu pressen, riss dieser seine Hände hoch und drückte auf das kleine Knöpfchen des metallenen Fläschchens, das er am Fuße der zerborstenen Mauer gefunden hatte. Das Pfefferspray zerstäubte in der Luft, kroch unerbittlich in die Augen und Nase seines Gegenübers. Andy drückte und drückte und ignorierte das Heulen seines Bruders und dessen Arme, die nach ihm schlugen, und die Pistole, aus der sich zwei weitere Schüsse lösten.

Plötzlich begann Markus zu taumeln, sein Fuß verfing sich in dem Strick, der am Boden lag, er ruderte mit den Armen, sein Schreien hörte für einen kurzen Augenblick auf, und dann stürzte er rücklings in die Tiefe, die vor ihm gähnte. Es folgte einen Moment lang Stille, dann ein weiterer Schuss, und als Andy sich vorbeugte, um hinunterzusehen, lag die Leiche seines Bruders so, dass man gar nicht erkennen konnte, ob es versehentlich geschehen war, oder ob er sich mit voller Absicht selbst erschossen hatte.

Der Strick, der Markus zu Fall gebracht hatte, lag dort in diesem Grab noch um dessen Fuß, er hatte zwei Schlingen geformt, Zufall oder Fügung, darauf kam es nicht mehr an. Eine Acht.

Andy fror.

Weitergedacht

Hallo ins *Powerradio-KKN*-Land! *Morgens um Andy* ist die Welt …« Es ging ihm noch nicht wieder schmerzfrei über die Lippen. Er musste sich zwingen. Es ging jeden Tag ein bisschen besser. Aber es war noch ein weiter Weg. »… noch in Ordnung«, beendete er den Satz. »Und als dieses Lied entstand war auch bei den Dire Straits noch alles in Ordnung, hier ist *Brothers in Arms*.« Mark Knopflers Gitarrenlicks stiegen in den Himmel über Köln, holten sanft die Frühaufsteher aus dem Schlaf. Andy stellte sich vor, wie sie bei dem Song lächelten, als wäre ein alter Freund überraschend vorbeigekommen.

Die Tür ging auf und Saskia Schmölln kam herein. Heute mal kein Hosenanzug, sondern einer von diesen knappen, eng anliegenden, grauen Röcken, den heiße Sekretärinnen in Hollywoodstreifen trugen.

Sie lächelte. »Ich habe gesehen, dass Sie heute eine halbe Stunde vor der Sendung hier waren. Sind Sie krank?«

»Hab aus Versehen eine Bahn zu früh genommen. Kommt nicht wieder vor.«

»Sie sind noch auf Probe zurück«, sagte die Schmölln halb lächelnd, halb ernst.

»Das ganze Leben ist eine Probezeit, Chefin.«

»So philosophisch?«

»Hab ich in einem Glückskeks gelesen«, antwortete Andy und startete Bob Dylans *Gates of Eden* vom Album *Bringing it all back home*.

»Was macht die Anklage wegen unerlaubtem Waffenbesitz?«, fragte sie.

»Läuft«, sagte Andy.

»Ich weiß es zu schätzen, dass Sie mich davon unterrichtet haben.«

Andy nickte, und schob sich wieder den Kopfhörer auf. Die nächste Moderation stand an. Saskia Schmölln verabschiedete sich mit einem aufmunternden Augenaufschlag.

»Immer noch erreichen mich Anrufe von euch, wo denn der *Witz des Tages* bleibt, aber unser Lieferant hat die Arbeit eingestellt und von jemand anderem wollen wir die Waren nicht beziehen. Wir nehmen hier schließlich nicht alles, nur Qualitätsgags von freilaufenden Bio-Hühnern. Aber jetzt weiß ich, was wir stattdessen machen: Die Weisheit des Tages. Weisheit kann man nie genug haben, hat meine Oma Paschke immer gesagt. Die war klasse. Wenn es im Winter kalt war, hat sie meine Hände genommen und unter ihre warmen Achseln gesteckt. So eine Frau überlebt auch die Invasion der ameisenköpfigen Froschkrieger von *Alpha Centauri*. Und wisst ihr, was die immer gesagt hat? ›Fremde Fehler beurteilen wir als Staatsanwälte, die eigenen als Verteidiger.‹ Ihr seht: Eine kluge Frau, und backen konnte sie übrigens auch. Hier sind *Bake That Cake*. Na, war das eine geile Überleitung? Ich seh schon, demnächst darf ich die Oscars moderieren. Der Song heißt *Silent Running* und hier gibt es gleich einen Bericht über ein Schriftsteller-Camp in der Uckermark. Manchen Leuten ist echt nicht zu helfen.«

Der Song startete mit herrlich krachenden Drums, und Andy sah, dass sein Handy blinkte. Es war das Samsung mit *Hello-Kitty*-Aufdruck. Andy wusste nicht, warum er es behalten hatte. Aber er wusste, dass er es nicht weggeben wollte. Seine Mutter hatte angerufen. Er holte tief Luft und drückte auf Rückwahl.

»Ich bin es«, sagte Andy statt einer Begrüßung.

»Sonntag ist das Sechs-Wochen-Amt von Markus. Vielleicht könnte Carina auch mitkommen. Sie gehört doch zur Familie.« Dann weinte sie. Sie weinte viel in letzter Zeit. Sie hatte viele Jahre des Weinens aufzuholen. Vielleicht blieb noch genug Zeit. Andy hatte seit Markus' Tod viel nachgedacht. Eigentlich hatte er kaum noch was anderes getan. Seine Mutter war hart gewesen, weil sie allein erziehen musste, die Familie durchbringen, mit wenig Geld, doch das entschuldigte nicht alles, nicht die fehlende Wärme, nicht dass sie ihnen nie das Gefühl gegeben hatte, geliebt zu werden, egal was sie taten. Bei Markus war es zu spät. Und bei ihm? Wer wusste das schon. Vielleicht. Ein *Vielleicht* war mehr, als er je gehabt hatte. Und würde er schaffen, was Markus nie gepackt hatte, zu verzeihen? Es war verdammt schwer.

»Mutter, ich muss wieder auf Sendung gehen. Soll ich heute Abend mal kurz bei dir vorbeischauen?«

Sie fing sich wieder. »Dann bring aber auch Eierlikör mit. Den Guten. Meine Flasche ist bald leer. Und eine Packung *Edle Tropfen in Nuss*. Komm aber direkt nach Dienstschluss. Ich will nicht, dass ich wegen dir zu spät zum Abendessen komme. Dann sind die besten Fleischstücke schon weg.«

Ein *Vielleicht* wäre definitiv alles, was er je haben würde. Wenn überhaupt.

In der zweiten Stunde hatte Andy gleich ein Telefoninterview mit der Pressestelle der Polizei, die über die spektakulärsten Fälle berichtete. Um genauer zu sein: Er hatte das Interview mit Henk. Einmal die Woche. Als Dankeschön für die Hilfe eines Freundes. In Köln waren die Einschaltquoten merklich in die Höhe gegangen, seit die warme, holländische Bullette regelmäßig zu hören war – und auf dem CSD würde Henk einen eigenen Wagen bekommen. Philipp hatte gekreischt vor Freude.

Er blätterte die Zeitung durch, ob sich noch irgendetwas fand, worüber er gleich einen Gag reißen konnte – und hatte Angst, dass immer noch Berichte über seinen Bruder kamen. Er wollte sie nicht mehr lesen, wollte seinen Bruder nicht mehr als Serienmörder sehen. Markus sollte sein Bruder sein. Um den er sich nicht gekümmert hatte. Für den er nicht da gewesen war. Über den er nicht nachgedacht hatte. Sein kleiner Bruder. Große Brüder passten auf die auf. Verantwortung war bisher nie Andys Stärke gewesen. Siehe Lamprecht. Gut, das Vieh biss ihn ständig in die Füße, kotzte aufs Sofa, nachdem er mal wieder eine Grünpflanze angeknabbert hatte, oder haarte seine Computertastatur voll, aber es war sein Kater. Obwohl die treulose Tomate jetzt bei Carina wohnte und nicht mehr wegwollte. Jeden Tag legte Lamprecht geschätzt ein Kilo zu. Das Guinness Buch der Rekorde hielt den Platz für den Kater, der am ehesten einem Pottwal ähnelte, extra für ihn noch frei.

Carina ging in diesem Moment an der Fensterfront des Studios vorbei. Andy liebte es, sie zu beobachten, wenn sie es nicht bemerkte, er liebte ihren schwungvollen Gang, und erst vor Kurzem war ihm aufgefallen, was für eine schöne Nase sie hatte. Viel schöner als die von der Hollywoodschauspielerin, die auf die Rolle der Jugendliebe abonniert war, nämlich spitzer und ganz leicht emporstrebend. Wie bei Cleopatra in den Asterix-Comics. Das würde er ihr heute Abend sagen. Dafür würde sie ihn bestimmt schlagen.

Die nächsten beiden Stunden vergingen schnell, alles lief gut. Irgendwann war es zehn vor neun, er startete den letzten Track, schaltete das Mikro aus, lehnte sich zurück, streckte die Arme in die Höhe und atmete tief ein. Diesen Song hatte er ausgesucht. Er wusste nicht, ob der Adressat ihn hören konnte, wo er jetzt war. Aber er wusste, dass er ihn spielen wollte. Robbie Williams: *Eight Letters*.

And when I went away what I forgot to say
Was all I had to say:
Eight letters, three words, one meaning ...

Auf dem Flur stand plötzlich die Schmölln vor ihm.

»Haben Sie noch einen Moment Zeit, Herr Otto? Es geht um ein neues Format, das wir in Kooperation mit *Antenne Bayern* entwickeln.«

Andy hatte von der Kiste gehört, eine große Sache, multimedial, ein Sprungbrettprojekt. Der heißeste Scheiß seit Jahren. Die Schmölln zeigte einladend auf ihr Büro.

»Morgen gern, jetzt habe ich aber leider keine Zeit«, sagte Andy, griff in seine Tasche und biss dem bis dahin friedlich in einer Süßigkeitentüte lebenden Schlumpf die Rübe ab.

»Keine Zeit? Wo müssen Sie denn so eilig hin?«

Carina tauchte neben ihm auf und nahm ihre Jacke von der Garderobe. Sie lächelte Andy an. Und der beugte sich nah zu Saskia Schmöllns Ohr, damit Carina nicht hören könnte, was er sagte.

»Schlumpfi hat eine Wohnungsbesichtigung.«

Die haben's gemacht:

Peter Godazgar, geboren 1967, studierte in Aachen Germanistik und Geschichte und besuchte unter anderem die Henri-Nannen-Journalistenschule in Hamburg. Er arbeitet als Redakteur bei der Mitteldeutschen Zeitung in Halle (Saale) und lebt seine kriminellen Phantasien in den Abenteuern des tollpatschigen Privatermittlers Markus Waldo und einer stetig wachsenden Zahl von Kurzgeschichten aus. Als Ausgleich zu den vielen Toten hat er soeben seine erste Liebeskomödie vollendet. www.peter-godazgar.de

Kathrin Heinrichs wurde 1970 in einem sauerländischen Dörfchen geboren, studierte Germanistik und Anglistik in Köln und lebt heute mit ihrer Familie in Menden. Bekannt wurde sie mit ihrer Reihe von Sauerland-Krimis um den Lehrer und Hobby-Ermittler Vincent Jakobs. Darüber hinaus schrieb sie etliche Kurzkrimis, Alltagssatiren, Theaterstücke und Kabarett-Texte. www.kathrin-heinrichs.de

Carsten Sebastian Henn: Der mehrfach ausgezeichnete Kölner Autor (* 1973) gilt als »Deutschlands König des kulinarischen Krimis« (WDR). Seine Reihe um den Ahrtaler Koch und Meisterdetektiv Julius Eichendorff hat mehr als 100.000 Exemplare verkauft und erscheint auch in Hörbuchform, gelesen vom Entertainer und Kabarettisten Jürgen von der Lippe. www.carstensebastianhenn.de

Jürgen Kehrer, geboren 1956 in Essen, lebt in Münster. Mit achtzehn Kriminalromanen und etlichen Drehbüchern für das ZDF ist er der geistige Vater des Buch- und Fernsehdetektivs Georg Wilsberg. Außerdem hat Jürgen Kehrer einige historische Kriminalromane sowie Sachbücher veröffentlicht. Nach *Wilsbergs Welt*, einer Sammlung von (nicht nur) Wilsberg-Geschichten, erschien von ihm zuletzt der Kriminalroman *Münsterland ist abgebrannt*. www.Juergen-Kehrer.de

Ralf Kramp, geboren 1963 in Euskirchen, lebt heute als Autor und Karikaturist in der Eifel. Für sein Debüt *Tief unterm Laub* erhielt er 1996 den Eifel-Literatur-Förderpreis. Seither erschienen zahlreiche Kriminalromane, Kurzgeschichtenbände und Kinderkrimis. Die Presse nennt ihn »Kurzkrimi-König Kramp«, und das Festival *Mord am Hellweg* preist ihn als den »lustigsten Krimiautor Deutschlands« an. Mit seiner *Agentur Blutspur* veranstaltet er Krimiwochenenden in der Eifel. Im Jahr 2002 erhielt er den Kulturpreis des Kreises Euskirchen, 2009 die Herzogenrather Handschelle. Seit 2007 leitet er mit seiner Frau Monika das »Kriminalhaus« in Hillesheim, mit dem Krimi-»Café Sherlock« und dem »Deutschen Krimi-Archiv« mit etwa 30.000 Büchern. www.ralfkramp.de

Tatjana Kruse, Jahrgangsgewächs aus süddeutscher Hanglage mit Migrationshintergrund (Vater Schweizer, Mutter Norddeutsche), lebt und arbeitet in Schwäbisch Hall und Hamburg. Wer ihr auf Facebook folgt, weiß aber, dass sie eine begeisterte Eifel-Freundin ist und so viel Zeit wie möglich in Hillesheim, der Krimihauptstadt Deutschlands, verbringt. Seit dem Jahr 2000 schreibt sie Kriminalromane, u.a. die »Kommissar Seifferheld«-Reihe bei Droemer Knaur. Ihre Kurzkrimisammlungen *Klappe zu, Gatte tot* und *Kalte Platte* sind bei KBV erschienen. www.tatjanakruse.de

Sandra Lüpkes, geboren 1971, verbrachte die längste Zeit ihres Lebens auf der Nordseeinsel Juist und wohnt nun in Münster, wo sie als freie Autorin und Sängerin arbeitet. Mit ihren zwölf bereits erschienenen Romanen, drei Kurzgeschichtensammlungen und drei Sachbüchern hat sie bereits eine Gesamtauflage von über 350.000 Exemplaren erreicht. Besonders ihre aufgeweckte, etwas chaotische Serienheldin Wencke Tydmers, die inzwischen als Profilerin beim LKA tätig ist und in sieben Romanen ermittelt, hat eine bundesweite Fangemeinde. www.sandraluepkes.de

Sabine Trinkaus lebt mit Schaf und Familie in Alfter bei Bonn. Seit 2007 schreibt sie kriminelle Kurzgeschichten, für die sie bereits zahlreiche Preise gewonnen hat. Ihr zweiter Roman *Schnapsdrosseln* erschien im März 2013. Sie ist Mitglied bei den *Mörderischen Schwestern* und im *Syndikat*.

KBV KRIMINALROMAN

Thomas Kastura (Hg.)

SCOTCH AS SCOTCH CAN

Taschenbuch, 376 Seiten

ISBN 978-3-942446-89-1

9,90 EURO

Whisky – flüssiges Gold mit uralter Tradition, von Mythen umrankt und inspirierend für Leser wie für Schriftsteller. Ob rauchig, würzig oder weich – der Geschmacksreichtum des »Lebenswassers« (uisge beatha) begeistert seit jeher Genießer in aller Welt.

27 Krimiautoren haben tief in die Flasche geschaut und spannende Geschichten rund um den Whisky destilliert. Jede der Geschichten hat eine berühmte Whiskymarke zum Thema. Da wird »Der letzte Ardbeg« getrunken, es geht »Durch die Nacht mit Glenfarclas« und auf den Spuren von James Bond sogar ins »Casino Fatale« in den schottischen Highlands. Ein Fest für jeden Whiskykenner, ein wärmendes kriminelles Vergnügen für stürmische Herbstabende!

Die Autoren: Jürgen Alberts, Richard Birkefeld, Nina George, Brigitte Glaser, Peter Godazgar, Carsten Sebastian Henn, Tessa Korber, Tatjana Kruse, Sandra Lüpkes, Karr & Wehner, Ralf Kramp und viele andere mehr.

»Meine Empfehlung: Die Krimis am besten ›schlückchenweise‹ genießen. Wie einen guten Whisky eben.« (EVAlution)

Ralf Kramp (Hg.)
TATORT EIFEL 4

Taschenbuch, 264 Seiten
ISBN 978-3-95441-139-9
9,50 EURO

Da hängt man gerne tot überm Zaun
Warum ausgerechnet die Eifel? Eigentlich ein friedlicher Landstrich. Und doch morden hier zahlreiche Krimiautoren nach Herzenslust. Hinter jeder Mauer liegt einer auf der Lauer, hinter jeder Eiche liegt eine Leiche.
Ralf Kramp ist einer der literarischen Serientäter, die immer wieder zur Freude aller Eifel-Krimi-Fans erbarmungslos zuschlagen. Zusammen mit seinen Kolleginnen und Kollegen hat er für »Tatort Eifel 4« das Vulkanland unsicher gemacht. Zu den Autoren, die bislang unbescholtene Dörfchen zum Schauplatz ihres Verbrechens gemacht, die in die Städtchen, die bislang nur durch Mauschelei auffällig wurden, nun ein Quentchen Meuchelei gestreut, die liebreizenden Landschaften einen saftigen Mord verpasst haben, gehören Altmeister Jacques Berndorf ebenso wie die Queen of Eifel-Crime, Carola Clasen oder Carsten-Sebastian Henn, Elke Pistor, Guido M. Breuer, Brigitte Glaser, Rosa und Thorsten Wirtz, Klaus Stikkelbroeck und viele andere.
Dazu sind in diesem Band auch die Stories der sechs Finalisten des Wettbewerbs um den »Deutschen Kurzkrimi-Preis 2013« zum ersten Mal abgedruckt.

KBV KRIMINALROMAN

Tatjana Kruse
KALTE PLATTE

Taschenbuch, 224 Seiten
ISBN 978-3-942446-63-1
9,50 EURO

Alles im Leben hat drei Seiten: eine positive, eine negative und eine komische. Vor allem letztere findet sich in diesem kriminellen Sammelband einmal in rauen Mengen.

Tapsige Toupetträger in der Eifel, Tegernseer Wasserleichen, ein Killerkakadu in Krefeld und schwäbische Auftragsmörder beim Spätzleessen: Kein Fleck auf der deutschen Landkarte bleibt leichenfrei. In heiterer Harmonie tummeln sich mörderische Metzgereifachverkäuferinnen aus Hameln neben Plattfischanglern aus Ostfriesland und käuflichen Zimmerkellnern in oberbayrischen Nobelherbergen. Kurzum, von der Nordsee bis zur Zugspitze wird aufs Fröhlichste gemordet, gemeuchelt, filetiert und final entsorgt.

»Lokalkolorit, Witz, Spannung - hier stimmt alles.« (Für Sie)

»Krimi-Comedy at its best - Ohnsorgtheater meets Monty Python, mitten auf den Lachmuskeln des Lesers.« (WDR 5)

KBV KRIMINALROMAN

Sandra Lüpkes

**DIE AUFTRAGS-
KILLERIN**

Taschenbuch, 232 Seiten

ISBN 978-3-942446-30-3

9,50 EURO

Die Liste der Mordopfer, die auf Sandra Lüpkes' Konto gehen, ist lang und umfassend – und trotzdem läuft die Frau noch frei herum und freut sich des Lebens. Warum?

Weil sie eine Auftragskillerin der literarischen Sorte ist. Wenn Städte und Gemeinden, Tourismusverbände oder Firmen fragen, ob sie ihnen nicht einen Mordfall auf den Leib schreiben will, ist sie dabei. Bewaffnet mit Phantasie, Sprachwitz und Neugierde wird sie zur professionellen Jägerin nach den Leichen in den Kellern der Bundesrepublik – und darüber hinaus: sogar bis nach Argentinien zieht sich ihre Spur. Fingerabdrücke hinterlässt sie übrigens haufenweise, denn Lüpkes' Kurzkrimis sind einfach unverwechselbar.

Die besten Auftragsmorde sind in diesem Buch zusammengefasst – wer würde dieser Frau da noch ernsthaft das Handwerk legen wollen?

»›Die Auftragskillerin‹ ist eine Sammlung äußerst subtiler und in bester Krimimanier erdachter Geschichten, die besonders für zwischendurch mörderisch guten Spaß versprechen!« (media-mania.de)

KBV KRIMINALROMAN

Sandra Lüpkes & Jürgen Kehrer (Hg.)

MÖRDERISCHES MÜNSTERLAND

Taschenbuch, 288 Seiten
ISBN 978-3-940077-84-4
9,90 EURO

Lange galt das Land der Wasserschlösser, Pferdezüchter und Pumpernickelesser als pure Idylle. Doch spätestens seit »Wilsberg« und »Tatort« weiß man, dass auch im Münsterland fleißig gemordet wird.
Und nicht nur in der Hauptstadt Münster – zwischen der niederländischen Grenze und dem Teutoburger Wald bleibt kaum ein Ort vom literarischen Verbrechen verschont. Dafür sorgen 20 namhafte Krimiautorinnen und -autoren, die den Spuren von Annette von Droste-Hülshoff und Udo Lindenberg folgen, den Nacktbadern am Dortmund-Ems-Kanal zuschauen und die Untiefen von Güllegruben ausloten.
Ob Norbert Horst, Judith Merchant, Regula Venske, Stefan Holtkötter, Dorothea Puschmann, Georg Veit, Sandra Niermeyer, Michael Bresser, Martin Springenberg, Eva Maaser, Ursula Meyer, Peter Godazgar, Gisa Pauly, André Lütke-Bohmert, Adam Riese, Kathrin Heinrichs, Sabine Deitmer, Ralf Kramp, Sandra Lüpkes oder Jürgen Kehrer – sie alle liefern im neuen Band der Reihe MORDLANDSCHAFTEN Münsterländer Krimiköstlichkeiten vom Feinsten.

»Ein Highlight des Buches ist der gemeinsam geschriebene Krimi der beiden Herausgeber: Kehrers Privatdetektiv Wilsberg trifft auf Lüpkes Ermittlerin Wencke Tydmers. Eine wunderbare Begegnung…« (Westfalen Anzeiger, Münstersche Zeitung)

Pssst...
KBV-Krimi-Fans
aufgepasst!!!
Spannende Neuigkeiten rund
um die Autoren und ihre Bücher,
mordsmäßige Verlosungen und
kriminell gute Veranstaltungen
gibts auf unserer Internetseite,
bei Facebook oder im Newsletter!
Schnüffeln Sie doch
mal bei uns rum...
KBV
www.kbv-verlag.de
www.facebook.de/KBV.KrimiVerlag